L'INCENDIE

Collection dirigée par Glenn Tavennec

SÉVERINE VIDAL

LE GOÛT DU TEMPS DANS LA BOUCHE

roman

L'INCENDIE

Robert Laffont

Visuel de couverture réalisé d'après
© Jorge-Zapata / Unsplash

ISBN 978-2-221-25473-8
ISSN à venir
Dépôt légal : janvier 2022
Éditions Robert Laffont – 92, avenue de France 75013 Paris

Pour Jérôme.

Pour Thélio, Ninon et Fantine.

Tu préfères être la pièce manquante du puzzle.

Georges PEREC, *Un homme qui dort*

I don't, I don't want anything
I know it's not, it's not your fault
I don't want anyone
Always I do, it's not for you…

The Strokes, « The Adults Are Talking »

PREMIÈRE PARTIE

André, Nico

Deux mains agrippent mes mollets.

On me traîne lentement sur le chemin ; mon corps charrie le dur des cailloux, la terre d'ici, l'herbe sèche, ah oui, et mon sang. Je ne sens rien, pas de douleur, aucun cri. J'ai ce goût-là dans la bouche, la rouille. Et puis son parfum à elle, encore un peu vivant sur mes lèvres.

Il gueule, je reconnais sa voix, un râle, il dit que je pèse un âne mort, il s'arrête, vomit. Attrape à nouveau une jambe, l'autre. Il tire, trébuche, à lui la boue, la pierre qui transperce. Il gémit, paraît qu'il en a marre, marre de moi, je lui fais vivre un enfer, et puis quoi encore.

Il m'a retourné, mes pieds tordus lui font comme un guidon. Maintenant, c'est mon visage qui glisse sur le sol, qui racle. Je laisse derrière des morceaux de moi, peaux, cils arrachés.

Tout à coup, une odeur crue, humide. Il dit on y est, on l'a fait, tu vois quand tu veux. *Il passe ses bras sous mon dos et fournit un dernier effort, il lutte, je devine la grimace, la veine visible sur son front. Il pue l'alcool et le moisi, à moins que ce soit moi – je ne sais plus. On s'enfonce dans le grain épais du tuffeau, je respire des paillettes de craie, si je respire.*

Il me lâche. Me roule d'un coup de pied contre la paroi.

En partant, il marche sur moi, je sens le poids de ses bottes et, comme s'il appuyait fort, exprès, tout son poids à lui, celui de son rire sordide, de tout ce qu'il me vole.

De tout ce qu'il emmène avec lui, dehors.

Et puis rien.

Le silence et le froid. Alors je pense que ça, un pas sur ma cuisse, un pas entre mes côtes, c'est sans doute la dernière fois qu'on m'aura touché. Le dernier contact avec une autre peau, une autre vie.

Je suis déjà venu ici, petit, avec les cousins. Peut-être pas dans ce coin-là exactement, mais pas loin. La même odeur piquante. On avait dessiné sur les murs, nos initiales, une date ; on avait mangé des prunes, craché les noyaux, écouté leur écho. Cet endroit, on l'appelait la vieille cave le serpent le centre de la Terre. J'aimais bien la peur légère, le nœud que ça me faisait dans la gorge ; nos mains balayant la roche.

Je laisse derrière des morceaux de moi, toi sous le haut ciel d'été, notre danse, la paille qui s'imprimait sur nos fesses, je laisse l'amour, et l'envie d'embrasser.

Je tremble, immobile dans une flaque de sang noir.

Mon corps va nourrir la grotte.

1

Brunnby, Suède
Hiver 2012

Les premières semaines, alors que Nicolas venait de s'installer, il s'émerveillait de tout. Les maisons se ressemblent ; pourtant il voyait des nuances subtiles dans les rouges du bois peint et leur cherchait de drôles de noms, sang d'écureuil, baies écrasées, écorce d'érable, joues d'Asta (la vieille voisine). Après soixante et onze trouvailles, répertoriées sagement dans un carnet, il avait cessé, puis remplacé cette manie par une autre. Les mots suédois, évidemment, faisaient sa joie. Certains soirs d'ennui, il s'était entraîné à les prononcer, avait essayé d'apprendre à distinguer les sons.

Sa maison, galet moutarde posé entre deux lacs, il l'avait choisie pour son adresse, Bränneslyckevägen à Brunnby, qui semblait, en soi, constituer le début d'une aventure. Il avait récupéré les clés de la location un jour de tempête de neige. Le blanc tombait dru, avalant les routes, les panneaux, les marques au sol – tous ses repères. Il avait tourné des heures avant de se garer, enfin, devant *chez lui.* La maison était meublée, de l'antique recouvert de laque blanche, encore du blanc, et ça lui convenait bien de se fondre dans un décor imaginé par quelqu'un d'autre. Il n'avait apporté que deux choses de sa vie d'avant, une chaise d'enfant qui lui servait désormais de table de chevet, et sa guitare. Ce soir-là, il avait ouvert les fenêtres pour faire entrer la neige, puis il l'avait fait fondre pour la boire, accompagnée de trop de whisky. Il avait mis de la musique, un Philip Glass, tiens, *Einstein on the Beach.* Il y avait des voix dans sa tête, des voix stridentes à faire taire.

Il avait fallu deux ans pour les avoir à l'usure, ces cris. Deux ans avant de parvenir à se réveiller sans brûlure au ventre. Maintenant, il est presque d'ici. Bien sûr, on l'appelle encore *le Français,* mais il sait dire le nom de sa rue sans accent, et il râle sur les jours qui rétrécissent, la nuit qui vient vers midi, le goût trop salé du saumon ; il ne voit même plus le rouge des maisons. Il a changé physiquement, c'est dire l'assimilation, il a laissé pousser barbe et cheveux ; en fait, il a laissé pousser tous ses poils, y compris ceux du nez et des oreilles. Il aime l'air que ça lui donne, entre l'ours et le Viking hirsute. Et puis il s'est épaissi : il ne sent plus ses os autrefois saillants – clavicule, hanches, tout est plus moelleux.

Chez lui, il a ajouté des choses en deux ans, des tapis colorés, des livres, une nature morte assez laide ramassée dans les poubelles, tête de poisson coupée, aubergine et oignons sur fond de nappe à carreaux, qui trône au-dessus du poêle de la cuisine. Il ne s'en lasse pas. Vilma la détestait mais il a tenu bon.

Vilma. Parfois, le matin, il la cherche dans le lit pour l'attirer contre lui. Il aimait ça, respirer la nuit sur sa peau, elle se tournait d'un geste brusque, dégageait les cheveux de sa nuque et venait se coller contre lui. La chaleur du dos de Vilma, des fesses de Vilma, de Vilma tout entière lui faisait pire qu'une brûlure ; il savait qu'elle n'était que de passage, que ça ne durerait pas, cette fille avec lui.

Il avait raison, ça n'a pas duré. Deux saisons à peine, des heures sublimes, des heures râpeuses, une ou deux inspirations.

Elle a laissé sa brosse à dents, un nœud de cheveux au fond de la baignoire et son odeur sur les draps. Il les changera bientôt. Il jettera le lait de coco en conserve qu'elle avait acheté et qui commence à moisir. Il aérera la chambre. L'air est saturé de ses rires, encore ; il a peur des courants d'air qui feraient disparaître pour de bon ce qui reste d'elle ici. Il l'a croisée hier, au port, elle l'a salué de loin et s'est engouffrée dans la voiture de sa sœur avant de filer. Il est resté comme un con, la main levée, ce petit geste emprunté, inutile, ridicule. Quand il l'a baissée, elle avait déjà tourné à l'angle du bar. Il y est entré, d'ailleurs, et a commandé une bière.

— À 10 heures du matin, déjà ? lui a lancé la serveuse derrière le comptoir.

— À 10 heures du matin, oui.

Elle a mis de l'espace entre eux, douze kilomètres exactement. Pourtant, on dirait qu'il coule encore un peu de Vilma dans son sang à lui, que c'est Vilma qui palpite contre ses tempes. Il peut la respirer s'il ferme les yeux.

Le pire, c'est qu'il n'est même pas sûr qu'elle lui manque. Il a aimé l'embrasser le premier jour, goûter sa langue sans avoir échangé plus de trois mots. Il a aimé qu'elle soit encore là le lendemain et les jours suivants, qu'elle apporte quelques affaires. Faire l'amour au pied du poêle (éteint), et qu'elle rie à cause de la tête de morue, de ses yeux fixes.

— Elle me juge. Elle pense que j'ai un gros cul. Regarde son air morose.

Nicolas avait dit *je l'adore, moi, ton cul, viens là.*

Non, il n'est pas sûr que ça lui manque. Il a recommencé à croquer dans le mou, là, à l'intérieur de ses joues, à grignoter ses ongles jusqu'à sentir le goût de fer sur sa langue ; il gratte les peaux mortes de ses talons, en fait des petits tas sur le tapis qu'il jette ensuite au feu. Il va bien. Il tient le coup.

Il ne sort pas beaucoup, les répétitions avec les copains des Dirty Poodles, les deux heures de cours par semaine qu'il donne au fils des voisins, et les courses. C'est tout. Il boit trop et finit les restes.

Un jour, elle lui a dit *tu vas devoir faire sans moi*, et elle est partie.

Elle a laissé la porte grande ouverte, même pas un dernier baiser, un mot laissé sous l'oreiller, rien.

Elle a dit ça, *faire sans moi*, et elle a laissé la porte ouverte.

Le bar du port, à Mölle, Nico n'y va jamais. Il sert d'espace de coworking pour les anciens citadins qui s'étonnent de la faiblesse du réseau chez eux. Nico n'aime pas le bois trop poncé des grandes tables communes, il n'aime pas qu'on dessine des cœurs dans son café, ni les racks d'ampoules à fil noir, la décoration loft industriel, les tabourets hauts qui lui brisent les reins. Il retrouve ses copains dans le vieux café à peine propre de Kullaberg. Gustav passe un coup d'éponge le matin et un autre avant de fermer, ça suffit bien. Il y a des jeux de cartes à disposition, de la mauvaise musique en fond ou une radio locale, des Suédois taiseux et une grosse cafetière de café épais posée sur le comptoir.

Ce soir, Nico a rendez-vous avec les membres de son groupe. Les deux derniers concerts ont été annulés à cause de la tempête et l'ambiance entre eux est un peu tendue. Quand il arrive, Peter et Danne sont déjà assis au fond de la salle. Peter est venu directement après sa journée de travail, il s'excuse pour la panoplie d'agent immobilier, il dit que ça ne fait pas très rockeur. Il paie sa tournée pour se faire pardonner. Danne, grand type roux longiligne, semble frigorifié sous sa capuche fourrée. Il a gardé ses gants, tente de se réchauffer les mains autour d'un gros mug de chocolat chaud. Il renifle.

— On attend Markus, toujours en retard...

Nico jette son blouson sur le vieux juke-box en panne. Hausse les épaules.

— Du moment qu'on a un truc à boire...

Ils échangent quelques phrases banales, commentent la météo, un hiver comme ça, paraît que ça remonte à, oui enfin Peter ne sait plus mais ça remonte. Nico tend à Danne les disques qu'il lui a prêtés, la pop alternative des Sugarplum Fairy ne l'a pas beaucoup emballé mais il fait comme si. Et puis c'est l'arrivée de Markus ; il entre avec la tempête et des kilos de neige sous ses grosses bottes de garde forestier. La porte du bar claque derrière lui, il s'avance vers le groupe. Immense carcasse de deux mètres dix, il retire une à une ses couches de vêtements, doudoune, veste polaire – sifflement de Lina, la serveuse –, premier pull, second pull – couinement de Lina, qui fait semblant de baver –, écharpe en laine, bonnet –, Lina se presse contre lui et passe sa main sous le fin t-shirt qui lui reste. Elle lui tend sa bouche, sur la pointe des pieds.

— Salut beau gosse, t'as déposé le petit chez ma mère ?

— Ouaip, chérie. Et je le récupère après la réunion. Ça va pas durer longtemps, hein les mecs ?

Peter lance les hostilités et annonce, sans l'ombre d'une ironie, qu'ils doivent redonner un coup de fouet à leur tournée. Nico, lui, ça le fait doucement marrer, le mot *tournée*. Des concerts chez les gens, dans leur salon, sous les arrêts de bus et dans les espaces détentes des entreprises de la région, c'est une idée disons mignonne, c'est intime, convivial, mais de là à parler de tournée, il y a un gouffre.

Il pouffe, en recrachant ses cacahuètes :

— Et sinon, on a des nouvelles pour les dates au Japon ? Notre agent, il dit quoi ?

Markus rigole un bon coup, mais Peter et Danne cachent très mal la vexation. Danne avec son air tout froissé, les lèvres serrées, frappe même du poing sur la table (en douceur, parce que Danne n'est pas un violent). Ça fait trembler le formica vieux rose, légèrement, et déborder la bière, légèrement aussi.

— C'est pas parce que c'est local que c'est pas sérieux, merde !

Pour Danne, balancer un merde, et en fin de phrase en plus, c'est pire qu'une gifle, pire qu'une bombe. Un sacré coup de froid s'abat sur les Dirty Poodles. Quelqu'un se racle la gorge, quelqu'un forme un bonhomme dans une boulette de mie de pain, quelqu'un sifflote.

Il y a plusieurs minutes de silence rugueux avant que Markus ne tente de détendre l'atmosphère.

— Et pour Noël, des projets ?

Nico est soulagé, il cherchait quoi dire pour sauver la situation et ne trouvait rien d'autre que « vous avez pu vous garer facilement ? » – question qui avait un sens quand il vivait à Nation, moins dans ce coin paumé de Scanie, au sud de la Suède, en plein hiver. Chacun aurait sans doute répondu « Oui, sur le parking vide devant le café » et un autre moment gênant aurait succédé au précédent.

Alors, c'est la libération, l'alignement des planètes. La conversation reprend.

— Je file chez ma mère à Stockholm samedi, on sera cinquante-six. Un cauchemar.

— Moi, j'ai pas mes enfants cette année ; je les aurai le 31. Je vais faire un truc tranquille avec Mary.

— Grosse fête chez des amis de lycée à Malmö. On fait garder le petit. Et toi, Nico ? Tu retournes en France ?

Il sait mentir. Le discours est bien rodé. Deux ans qu'il le peaufine, qu'il en ponce les contours. Un beau mensonge, brillant, parfait, à afficher sous cadre.

— Non, tu sais bien, j'ai plus personne, moi, là-bas. Je reste en Suède. Toute façon, j'aime pas trop les fêtes.

Il se ressert une bière et la boit en deux gorgées. Repose le verre avec vigueur. Il y a du vrai dans ce mensonge, il n'aime pas Noël. Un souvenir âpre, visqueux ; quelque chose qui s'infiltre profondément en lui, qui s'accroche, dégueulasse, comme de la suie.

L'année dernière, Vilma était encore chez lui ; ils avaient coupé un sapin à l'arrière de la maison. Comme ils n'avaient rien trouvé pour le caler, il était resté là, posé de travers contre le mur de la cuisine. Et comme il n'y avait pas de décoration de fête, ils avaient enroulé sur les branches de la ficelle de couleur, du papier journal, des chouchous de Vilma et des pommes de pin. Pas d'étoile dorée : une chaussette à motifs donuts avait fait office de cimier. Ils avaient déclaré que c'était le sapin le plus laid de tous les temps, chacun avait donné à l'autre un « bon pour le cadeau que tu voudras pendant les soldes ». Ils avaient ri, bu, mangé ce qui traînait dans le congélateur (des écrevisses de la dernière kräftskiva, la vie est bien faite), puis fini nus sur le canapé.

Et Nico avait oublié pourquoi il n'aimait pas les fêtes.

La réunion s'est finie mieux qu'elle avait commencé. Gustav leur a parlé d'un mec qui tient une salle à Norrköping ; il y a peut-être une chance pour un concert.

Nico a trop bu, bien sûr.

Il n'a pas déneigé le chemin, il laisse sa voiture près de la route et termine à pied. Il parle tout seul. Sa voix noyée de mauvais alcool lui fait presque peur, il préfère se taire.

Autour de lui, le blanc glacé éteint le moindre son. Il avance dans le coton.

Ses pieds s'enfoncent dans la couche de neige fraîche. Il essaie de rester debout ; il pourrait mourir de froid, peut-être, s'il tombait maintenant et passait la nuit là. Il y a de la lumière, on dirait. Il est certain d'avoir éteint pourtant. Il s'attend à voir la silhouette de Vilma passer devant la grande fenêtre. Il presse le pas. Finit par coller son oreille contre la porte, croit entendre des craquements, des pas. Il entre ; Wilbur, le siamois du voisin, lui passe entre les jambes et file se geler le poil dehors. La maison est vide. Pas de silhouette de fille, d'ailleurs pas de fille du tout. La lumière venait du *lampadaire extérieur à allumage automatique* acheté d'occasion au père Lundgren. Il l'a mal réglé, il s'en occupera demain.

Nico attrape une bouteille de vin blanc au frigo et la boit au goulot, debout dans la cuisine.

Il aimait ça, avant, Noël. Leurs rires, la montagne de paquets, le dîner aux fausses chandelles (des bougies vacillantes à pile, les seules qu'il supporte).

Maintenant, il est assis sur les marches basses de l'escalier. Il espère qu'il n'a pas laissé les clés sur le contact. La dernière fois, ça avait vidé la batterie. Demain, il achètera une bûche au chocolat blanc, des escalopes, des morilles en conserve, du citron vert, une nappe en papier. Il fait quelques pas vers sa chambre. Une latte de parquet craque, celle qu'il doit recoller depuis des semaines. Il est déjà au lit, la tête contre l'oreiller froid.

Sa solitude fait un boucan terrible.

*

C'est à deux pas de chez lui, quelques minutes à peine en voiture pour arriver au parking, le reste du trajet ne peut se faire qu'à pied. Il n'aime pas beaucoup le type, un provocateur d'extrême droite à qui il collerait bien plusieurs beignes, mais ce qu'il a construit ici, sur ce morceau de plage au bord de la mer du Nord, lui plaît. Il vient quand il est sûr de ne pas croiser ce Lars Vilks, il attrape au passage une viennoiserie à la cannelle dégoulinante de sucre glace au Himmelstorpsgården et traverse la forêt pour rejoindre *Nimis* and *Arx*. Deux gigantesques sculptures en bois flotté qu'il faut atteindre en empruntant un escalier mouvant, que le vent fait danser, que le vent retourne. Les planches sont givrées, il progresse en douceur, l'équilibre est précaire. Ce qu'il aime, c'est manquer de tomber, se rattraper de justesse aux cordages, baisser les yeux vers le vide, se sentir fragile. Il lèche ses doigts poisseux de cannelle, et saute sur les rochers. Il y est venu avec Vilma, au début du printemps. Elle avait tenté un cochon pendu, trempé deux orteils dans une eau à cinq degrés, hurlé. Il la sort de son esprit, ce n'est pas la nostalgie qu'il est venu chercher ici. Deux touristes lui demandent de les prendre en photo avec les soixante-quinze tonnes de bois flotté en arrière-plan. Il reconnaît leur accent français mais ne dit rien. Deux ans qu'il n'a pas entendu cette langue, ça le cisaille. La femme lâche *tiens, si on en faisait une autre devant la mer,* parle à Nico dans son meilleur anglais, prend déjà la pose. C'est bizarre ce que quelques mots charrient avec eux, souvenirs, flammes, cicatrice, c'est bizarre ce que ça vient détruire en lui, son peu de force, le début de confiance durement gagné. Il appuie sans vérifier, la photo sera floue, il s'en fout ; il leur tend l'appareil. Pas un mot, il passera pour un Suédois timide, repart vite, glisse sur un rocher rond. Évidemment, il tombe. Il a suffi de deux phrases pour le faire vaciller.

Il se relève, court maladroitement jusqu'à sa voiture, ses bottes le harponnent à la glace.

Entre-temps, le noir a tout envahi, il roule entre les arbres. C'est bête, il y était presque. Ils avaient presque disparu, tous. Leurs voix s'étaient éteintes.

Nico ouvre la vitre, du froid pour les faire fuir, ça marchera peut-être.

Il s'est calmé.

Vilma est passée récupérer des affaires qu'elle a oubliées, un livre de recettes thaïe, un chemisier. Ils se parlent à peine.

Elle dit :

— Sors tes poubelles de temps en temps, ça pue la mort chez toi.

Et puis :

— Lève pas les yeux au ciel. C'est juste un petit conseil en passant, voilà.

Nico la regarde remettre son écharpe en place, faire le tour de son cou deux fois, comme toujours.

— Tu as bien vérifié tes tiroirs, dans la chambre ? J'ai pas envie de te voir revenir toutes les semaines.

— Ah.

— Dis donc, tu es d'un lyrisme aujourd'hui. *Ah.* C'est tout ce que tu trouves à me répondre.

— Qu'est-ce que t'es chiant, c'est fou. C'est un ah de compassion, tu vois ? Un ah désolé.

Nico a une poubelle dans chaque main, dont une lui coule sur les orteils.

— C'est trop dur de te voir. Ne viens plus, Vilma.

Elle est sur le seuil de la porte, referme le dernier bouton de son col, lui lance un regard vaguement méprisant, les orteils, le jus jaunâtre de fond de poubelle sans doute. Elle répond en fixant, dans la nuit d'encre, la grande lune.

— Trop dur ? Pourquoi ?

Là, il lâche, s'énerve un peu, lui crie *tu le fais exprès ou quoi ? Va-t'en, maintenant.*

Quand elle est au bout du chemin, presque arrivée à sa voiture, il rouvre la porte, fait quelques pas – la neige lave ses pieds nus –, lui lance les deux sacs d'ordures.

— Tu peux les prendre ? C'est sur ta route !

Vilma secoue la tête, retire une de ses moufles et lui tend son majeur.

— Va te faire foutre, Nico. Va bien te faire foutre.

*

Plus tard, il partage son repas avec Wilbur, une sardine chacun, directement sur le plan de travail. À croire que personne ne nourrit ce chat à part lui. Il essaie trois nouvelles séries et les abandonne dans la foulée sans leur laisser la moindre chance. Le tas de lettres est là, il le sait, sous un bazar de factures, d'enveloppes éventrées. Il faudrait une boîte pour les ranger toutes ; il attrape celle du haut de la pile et l'ouvre. De sa petite griffe vieillie, les pleins et les déliés, l'encre bleu pâle de fin de cartouche, elle raconte ce qui vient, elle écrit comme elle parle, le nouveau Président, l'état de santé de sa voisine de palier, *Raymonde, tu l'avais connue ?*, l'évasion de sa perruche, tout se dégrade, le temps, ses artères, sa vue, Noël qui approche, la date anniversaire de. Il ne retourne pas la feuille pour lire la fin de la phrase, il la connaît ; à la place il arrache d'un coup de dent un peu de peau de son pouce gauche, et dans la foulée, achève la bouteille de rouge.

Suzanne lui envoie sans doute mille baisers, des pensées, du courage, et puis tout son amour.

Il sait très bien pourquoi c'est si dur.

À cause de l'amour.

Il est sorti pisser dehors (Nico adore pisser la nuit, dans le froid), il appelle Vilma. Elle décroche vite.

— Quoi encore ? T'as vu l'heure ? (La voix est âpre, dure.)

— Je voulais entendre ce son si doux.

— Très drôle. (Là, c'est tranchant.)

— Non, je t'appelais pour répondre à ta question. C'est à cause de l'amour.

Il aurait préféré qu'elle se taise, elle éructe :

— Putain, Nico, tu fais vraiment chier ! Tu peux m'oublier, franchement ? C'est ça l'idée d'une rupture. Ne plus se voir.

Un souffle, le vent, percute le toit, s'enroule entre les tuiles.

Il se remet à neiger. Nico lève la tête pour sentir les flocons frôler ses joues. La douceur, cette nuit, c'est le vent, et rien d'autre.

2

Saint-Palais-sur-Mer
Juillet 1954

Ici, les maisons ont des noms. Un jeu de mots, un aveu, un prénom formé à partir de ceux des trois filles de la famille, un secret. Depuis l'été dernier, André a inventé un jeu pour son fils, sur le chemin vers la plage. Luc s'amuse à les déchiffrer, Coin de paradis, Carméliane, ouf ! ça y est, il a eu du mal à apprendre à lire mais maintenant il sait, Gazouillis, Mine de rien, Les Fauvettes. Les jeux sont infinis, il peut fermer les yeux et essayer de les réciter de mémoire et dans l'ordre, il peut imaginer la légende de ces fauvettes au 4 de la rue Ernest-Palanquin, et d'ailleurs c'est quoi des fauvettes ?, ou les rebaptiser avec des noms plus marrants. André marche avec son fils sur la route cabossée qui descend vers Nauzan, leur plage préférée. Luc sautille sur le trottoir, la main tellement serrée dans la sienne que ça lui fait mal, il ne la lâche pas, jamais, il s'accroche. Il a peur, à peu près de tout, de tomber, de s'envoler, de se perdre, du monstre dans sa poche (il l'a vu, il en est sûr, il est bien pire que celui du placard de sa chambre), de la vague géante, de la main qui sort du caniveau pour l'attraper par les mollets, d'Escargot, le chien de la pharmacienne, du soleil qui tape trop fort, de la nuit, du sang, de tout. Il lui suffit d'avoir son père à ses côtés pour se sentir invincible. André jette un œil vers son fils qui semble marcher sur un fil imaginaire. Concentré, fixé sur son objectif (ne surtout pas toucher le caniveau), il fronce les sourcils ; quand il trébuche, que son père lève le bras d'un coup pour le maintenir en équilibre, ça fait bouger son épi, la mèche de cheveux plus foncés au-dessus de son crâne.

— Papa, et notre maison, pourquoi elle s'appelle Les Diables Rouges ?

— Tu n'as pas envie de savoir. Une affreuse histoire de monstres.

— Tu mens.

Il a affirmé ça avec son demi-sourire, celui qui le fait tant ressembler à sa mère.

— Ah, peut-être bien, oui.

André fait un grand pas quand son petit garçon en fait six. Il a les doigts presque violets.

— T'as une sacrée poigne, quand même. Tu ne veux pas courir un peu, tu ne risques rien ici.

Luc hausse les épaules.

— Nan, pas trop. J'aime pas courir, moi, ça me fait saigner.

— Si tu tombes, oui. Mais le pire n'arrive pas toujours.

— Ah bon.

Ils traversent le grand boulevard, rejoignent la corniche, croisent Escargot, tenu en laisse par sa maîtresse.

— Tu vois, il est attaché, tout va bien.

— Alors, tu me réponds, papa, pour le nom de chez nous ?

— Ce n'est pas vraiment chez nous, Luc, c'est la maison de mes parents.

Luc s'arrête devant le marchand de glaces, son père promet qu'il aura droit à un cornet deux boules, au retour. Il prend son air sérieux, petite main posée sous le menton, index en pleine réflexion.

— Hum… Mais toi ton père il est mort, j'te signale. C'est la maison de grand-mère, et voilà. Je prendrai citron-fraise.

— Beurk.

— Quoi, beurk ? T'aimes pas ces parfums ?

— Non, beurk la mort. J'aime pas que mon père soit mort.

— Ah, oui. C'est raté, la mort, t'as raison.

— Oui, ça m'emmerde.

Luc, enfin, lâche la main de son père, le sang afflue à nouveau. Il exulte.

— C'est un gros mot, ça ! Maman va dire que…

— Rien du tout, parce que tu ne le lui diras pas, toi. Les secrets, c'est bien, les secrets.

— D'accord, mais alors j'ai droit à un cornet trois boules !

— C'est du chantage, ça, mon fils !

André rit tellement que Luc l'imite, il en oublie qu'il a peur. Il fonce vers l'eau, en agitant les bras. Il est un avion, une fusée, un albatros. Il a cinq ans, on peut choisir d'être ce qu'on veut, à cinq ans.

Cette plage est à l'entrée de l'estuaire de la Gironde : l'eau y est opaque, marron, épaisse, on a l'impression de se baigner dans la boue. Le petit pousse des hurlements aigus, il y a des bancs de sardines, des méduses glissant sur sa peau. Il le sait. Il ne les voit pas, c'est pire, il les devine.

— Pourquoi pas des sirènes ! Allez, arrête un peu tes gamineries.

Luc boit la tasse, se réfugie dans les bras de son père et déclare :

— C'est la même chose, en plus petit. Les méduses sont des sortes de… sirènes miniatures.

— Ah, d'accord. Je l'ignorais. Quand j'étais petit, on les détestait ces gros machins visqueux. Celles qui s'échouaient sur le sable, tu sais ce qu'on en faisait ?

— Oui tu me l'as déjà dit. Tu les découpais au canif et vous faisiez des batailles avec.

— Et même qu'une fois…

— Et même qu'une fois, tu t'es réveillé avec des centaines de boutons rouges sur tout le corps.

— Tu connais ma vie presque par cœur, dis donc.

— C'est parce que tu radotes. Maman m'a dit ça, *il radote, comme son père*. Il radotait grand-père.

André sourit.

— Elle a raison mon Adrienne, elle a toujours raison.

Alors qu'il tient son petit garçon sous le ventre pour l'entraîner à la brasse, André repense à son père, ce radoteur de compétition. Il y a deux ans, il s'est assis dans le transat après avoir avalé la dernière chipolata du barbecue, et il est mort. Un battement de cils et c'était fini. Discrètement, sans faire de bruit – il s'est effacé. Avant la cérémonie, les employés des pompes funèbres étaient montés à l'étage, portant le cercueil à bout de bras, pour récupérer le corps. André, Adrienne, Prudence et tous les autres attendaient au salon, sagement installés sur les gros fauteuils en velours vert d'eau. Quand ils ont voulu le redescendre, un des types a lâché sa prise, un grand *merde* a fusé. Le cercueil a rebondi sur le mur, André fermait les yeux, serrait ses poings. Il y a eu plusieurs coups sourds, un bazar. C'est la nièce d'André, Paola, la fille de sa sœur Simone, qui a parlé la première. Elle a dit *c'est grand-père qui se cogne comme ça ?* Prudence a posé sa main sur sa bouche, réprimé un cri. Oui c'était bien ça qu'on entendait, la tête du mort, ses bras, ses jambes, son dos, son corps tout entier ratatiné, trop petit dans la grande boîte, qui cognait contre les parois. Ce bruit-là, André l'entend encore, c'est à chaque fois sa tête à lui qui se fracasse, son cœur qu'on éventre. Son père est enterré au cimetière de Courlay. Et même si tout n'a pas été simple entre eux, même s'il y avait de l'agacement, de l'incompréhension, il aimerait bien l'entendre encore radoter, de temps en temps.

Luc le rappelle à l'ordre, *tu rêves, papa, tiens-moi mieux.* Il veut jouer à *l'aventure*, ça consiste à s'accrocher à son père comme une moule à son rocher, à prendre sa respiration et à descendre sous l'eau, ensemble. À faire des bulles avec le nez, pas d'aventure sans bulles avec le nez, c'est bien connu. André sent ses bras l'étreindre fort, il sait que Luc ferme les yeux, les serre pour que l'eau ne rentre pas (il croit que, sinon, elle atteindra son cerveau par ce qu'il appelle les tuyaux de sa tête) ; lui, André, a les siens bien ouverts, il veut garder le moment intact, un souvenir silencieux, opaque, habité de méduses, mais qui laisse passer la lumière. Au signal – Luc lui touche le lobe de l'oreille droite – André doit donner un petit coup de pied dans le sable pour remonter à la surface, les bras tendus, ainsi son fils sort de l'eau avant lui. Et éclate son grand rire.

C'est au retour qu'André finit par répondre à Luc ; ils ont la peau tirée par le sel, le sable, des algues plein les maillots. Luc tient son père d'une main, son cornet de l'autre.

— Quand Jean et Prudence ont acheté la maison…

— Prudence, c'est grand-mère ?

— Ouais. Quand tes grands-parents ont acheté la maison, donc, ça s'appelait Les Diables Bleus.

— DiaBleBleBle !

— Pas facile à dire, n'est-ce pas ? Moi, en tout cas, je n'y arrivais pas. Alors c'est devenu Les Diables Rouges parce que, cette année-là, c'était la couleur de nos maillots.

Luc est dubitatif, il trouve sans doute le dénouement très moyen. Il espérait quelque chose de plus effrayant, de la terreur et des flammes ; il doit faire avec cette décevante histoire de slip.

Située au bout d'une impasse sombre, la maison est entourée de pins immenses, ses volets sont assortis à son ancien nom, d'un bleu un peu passé, qui fut sans doute turquoise vingt ans auparavant. Depuis la mort de Jean, personne n'a désherbé la jungle autour du patio en bois, c'était lui le roi de l'herbe mauvaise et des grimpantes sauvages.

Prudence n'a touché à rien. À l'intérieur non plus, elle n'ose pas, c'est resté en l'état. Son mari gardait tout, des articles de journaux découpés, des timbres décollés à la vapeur, des notices d'appareils électriques eux-mêmes disparus, des pierres, des cailloux, des fonds de poche. Plus d'une fois elle a failli le quitter pour ça, l'entassement, les kilos de paperasses, les piles de dossier jusqu'au plafond ou presque, ça lui donnait l'impression qu'il érigeait des murs entre eux, qu'il avait inventé cette manie pour l'éviter, elle. Alors elle s'emportait, il résistait, il y avait des disputes, des menaces, des semaines de silence. Maintenant, elle appelle ce bazar *ses collections,* et c'est de l'or. Elle voudrait encore des cris et des litiges, des nuits chacun dans sa chambre à attendre que l'autre fasse le premier pas. Même ses jours de beuverie lui manquent ; Jean avait ce qu'elle nommait pudiquement *la descente facile,* et c'était un autre motif de brouille. Pourtant, aujourd'hui, elle en voudrait du trouble, de l'ivresse. Elle tuerait pour un peu de vie ; elle lui parle souvent, au lit. Elle lui dit *reviens, merde, je prends le paquet, ta mauvaise foi, ton haleine impossible, tes poils dans les oreilles, je prends tout mais reviens.*

Elle ne se résout pas à jeter. Elle attend le bon moment pour trier. Adrienne, André, Simone et Suzanne, les deux sœurs d'André, sont venus pour ça, cet été, l'aider à faire le vide, elle déteste cette expression d'ailleurs. Et cet après-midi, elle met les points sur les i, avec sa fermeté à elle, discrète.

— Mes petits cocos (Prudence les appelle tous ses petits cocos), faire le vide, c'est exactement ce que j'aimerais éviter. On peut jeter deux, trois bêtises, mais on ne se débarrasse pas de ce que votre père a mis une vie à entasser. Bien clair ?

Simone pose ses mains sur ses hanches charnues et lève un sourcil (un seul, c'est sa marque de fabrique) :

— Euh ? Maman ? Tu es sûre ? Même ça ?

Elle attrape le pyjama de son défunt père, encore accroché à la patère de la salle de bains.

Suzanne passe la tête par la porte, explosion de taches de rousseur et foulard noué autour du crâne :

— Et ça non plus ? Sa brosse, cheveux inclus, on ne jette pas ?

Adrienne et André ne s'en mêlent pas ; ils comptent les points, en gloussant à quelques mètres.

— Écoutez mes cocottes (ses deux filles sont des cocottes, depuis toujours, rien ne change), sa robe de chambre, son peignoir et ce pyjama en soie, c'est…

— À donner aux bonnes œuvres ! la coupe Simone, l'œil qui frise.

— Non, ce sont… ce sont les vêtements qu'il portait le matin de sa mort, il y a encore son odeur dessus. Le reste, j'ai dû laver… les draps, les taies, tout. Dans le col de ce pyjama que tu veux donner aux Petites Sœurs des Pauvres, il y a ce mélange, vous vous souvenez, de vétiver et de cuir, de sueur, de menthe. Il y a lui.

Elle s'immobilise et rappelle avec juste ce qu'il faut de sécheresse dans la voix :

— On ne peut pas jeter toute une vie aux ordures, mes petits cocos.

Adrienne s'approche de sa belle-mère et lui caresse le dos, doucement. Simone, Suzanne et André ne bougent plus, ils regardent leur mère, ses épaules, frêles, qui se soulèvent ; elle ne sanglote pas, c'est pire. Sa tristesse est invisible.

— C'est bon, Prudence, vous avez raison. Le pyjama reste là.

— Merci ma petite Adrienne, vous êtes bien mignonne.

La vieille femme s'éloigne ; elle rejoint Luc dans le jardin. Ils l'observent tous, sa démarche désaxée, lente, ses mains si maigres qui s'agitent comme si elle dansait. Il n'est pas difficile de l'imaginer le soir avant de se coucher, fine silhouette debout contre la porte de la salle de bains, le visage plongé dans le tissu. Elle prend une profonde inspiration, il est là, elle le sent, il est encore un peu là.

Simone tape dans ses mains :

— Allez, hop ! On enchaîne ! On l'emmène chez Nono ce soir ? C'est marée basse !

Le restaurant où ils aiment aller de temps en temps sert des moules-frites sur la plage. À certaines périodes de l'année, la salle du bas est fermée à marée haute, l'eau s'infiltre partout.

— Tu rigoles ? Elle veut cuisiner des fouaces aux mogettes, annonce André.

Suzanne mime le dégoût, une grimace qui vaut de l'or, bouche tordue, langue sortie.

— Des haricots blancs cuits dans la graisse d'oie par ce temps ? Il fait trente-cinq !

— Elle dit que ça lui rappelle son enfance à Angers, qu'elle en a besoin. Tu mangeras de la salade, Suzette, il reste une mâche.

André ajoute :

— Tu sais bien que, pour maman, aucun souci ne résiste à la graisse d'oie. On ira chez Nono demain ! En attendant, je vais jeter les dix-huit classeurs de relevés de banque et de factures d'électricité.

— Dix-huit ? Il avait un petit grain, le père, quand même.

Adrienne apporte quelques bières à partager, et une citronnade pour Suzanne qui déteste l'amer et les bulles.

Simone s'assoit par terre. Elle transpire à grosses gouttes, s'essuie le front avec une manche du pyjama de son père, souffle.

— C'est amusant ce que ça fait, la mort, non ?

— Amusant n'est pas le mot que j'aurais utilisé, sœurette, reprend Suzanne. Où tu veux en venir ?

— Je veux dire… Papa, c'était pas un saint quand même. On en a bavé tous les trois ; tous les quatre si on compte maman. Ses coups de gueule, merde, il n'y a que moi qui m'en rappelle ?

André rejoint sa sœur, les fesses sur la moquette, la tête contre le mur tournée vers elle.

— Non, t'es pas toute seule à t'en souvenir. L'alcool, les gifles.

— Ah, ça… les fameux *cinq cents grammes de désossé,* la cérémonie du carnet de notes le samedi soir. Maintenant, quand on en parle on dirait que tout est pardonné, ses silences, cette vie en creux. Il y a des jours…

— Quoi, Simone ? Vas-y, on est entre nous, parle.

Haussement d'épaules de Simone.

— Je sais ce que tu vas dire, cocotte. Je pense pareil.

Suzanne est toujours debout, bras croisés ; elle tient son verre sous le menton, des glaçons pour faire baisser la température. On dirait qu'elle bouillonne.

— Il y a des jours où il ne te manque pas du tout. Des jours où la vie, tu en es sûre, te paraît plus douce sans lui, c'est ça ?

Adrienne s'éclipse ; elle se sent de trop. Tous les trois, quand ils commencent comme ça, c'est le signe qu'ils ont besoin de se retrouver entre eux, sans témoin. Elle ramasse le plateau, n'est déjà plus là.

— Moi, je lui en veux. Il y a tellement de questions qui restent sans réponse. Toute la période de la guerre, les tranchées, leur amour. On n'en saura jamais rien. Chaque fois qu'on en a parlé, on a eu droit à la même réponse.

— La même foutue réponse.

André force la voix pour rappeler celle de leur père, *Je n'ai pas envie de remuer l'horreur.*

— Les mêmes foutus silences.

Chacun regarde un point, fixement, une lampe que Jean a sans doute réparée dix fois, un livre sur lequel il s'est endormi, une fissure dans le plafond, un carreau de ciment brisé, un attrape-mouches jaunâtre frôlant les rideaux.

André pense on s'est construits comme ça, entre ses silences. D'un côté, il a le sentiment d'avoir enterré un inconnu ; de l'autre, le manque le consume.

— En tous cas, la mère, elle a oublié qu'elle le détestait certains jours, dit-il.

— Si ça l'apaise, tu sais elle…

Il fait sombre dans la pièce, d'un coup. Ça coupe Simone en pleine phrase. Une rafale de vent ouvre en grand la baie vitrée. André se précipite pour refermer. On entend Prudence et Luc crier depuis le fond du jardin *Orage ! Orage !*, c'est une grosse et chaude pluie d'été. Ils rentrent trempés, en riant,

Luc devant sa grand-mère ; il lui donne la main, patient.

— Je la tiens, elle dit que ça la rassure !

Prudence ruisselle, de grosses gouttes dégoulinent sur ses joues, son menton, son cou.

Le petit garçon lui tend un mouchoir en tissu, de ceux que l'on range sous la manche.

— Tiens !

Et puis il se tourne vers son père, vers ses tantes, et lance :

— Elle pleurait pas, hein… C'est juste la grosse pluie !

— Oui ! On s'est pris une de ces saucées, mes cocos ! Ça vous dirait, ce soir, des moules-frites sur la plage ? Je n'ai pas le courage de cuisiner, moi !

Évidemment, ils sont ravis d'échapper aux haricots blancs, de sortir un peu des Diables Rouges et de marcher vers le village.

La dernière fois qu'ils sont allés manger chez Nono, c'était pour l'anniversaire de Jean. Il a dit *ce sera mon cadeau, je n'ai besoin de rien d'autre*. Le serveur était confiant, ce jour-là, le coefficient de marée était bas, alors ils pouvaient s'installer à leur table préférée, avec vue sur la mer. Jean et Prudence, assis l'un collé à l'autre, on aurait dit deux moineaux. Une journée paisible, de celles où on laisse l'acidité derrière soi, les agacements. Où on s'accommode. Ils riaient tous en passant la commande, les vagues tapaient fort sur les rochers, derrière la terrasse du restaurant. Même le patron pensait que tout irait bien. C'est au moment où on leur servait l'apéritif qu'une vague plus puissante que les autres a déferlé. L'eau est vite montée, et leurs pieds ont été vite mouillés. Jean tenait sa femme contre lui :

— J'ai les chaussettes trempées, mais le cœur au chaud !

Il a lancé aussi *on boit le verre de pinot et on s'en va !*

Paniqués, le serveur et Nono ont jailli des cuisines et obligé tout le monde à quitter la terrasse en vitesse.

— Ne glissez pas ! Ne glissez pas !

Très rapidement, il y avait dix centimètres d'eau dans la salle, et les clients s'échappaient, leur assiette de moules à la main. Toute la famille, Luc en tête, a filé dehors se remettre les pieds au sec. Il ne restait plus que Jean et Prudence à l'intérieur, têtus, assis à leur table, les mocassins dans l'eau salée. Ils trinquaient, les yeux dans les yeux. Prudence a ri, sa tête balançait en arrière, quelques boucles grises s'échappant de sa barrette. C'est seulement après la seconde vague, le pantalon de Jean relevé aux genoux, la jupe de Prudence baignant dans les remous, seulement après la seconde vague qu'ils ont fini par rejoindre les autres.

Des trombes d'eau, le courant fort qui s'enroule autour des pieds de table, une corbeille de pain flottante, un petit chaos, une lame de fond. Deux vieux qui oublient que, certains jours, ils se détestent.

Prudence l'a dit et elle a été claire, *on ne peut pas jeter toute une vie aux ordures* : le pyjama reste où il est, avec son odeur de vétiver et de cuir, de sueur, de menthe, son odeur d'alcool fort et de secret bien gardé.

Le petit déjeuner est servi, Prudence a sorti sa confiture de tout. Elle y met les fruits qui lui tombent sous la main au marché, les abîmés, les pas bien beaux. Elle fait bouillir l'eau pour se faire un café, avale une tartine, jamais plus. Et pas de sucre, pas de lait ; le café fort, presque solide, elle le boit jusqu'à le manger, quand le marc s'accroche au fond de la tasse. Luc dort encore ; les autres sont au marché, elle a son quart d'heure à elle. De 8 h 25 à 8 h 40, elle n'est là pour personne à part Robert Raynaud. À la RTF, l'émission est coincée entre « Danses et chansons nouvelles » à 7 h 45 (du temps de Jean, elle faisait semblant d'attendre Brassens, Ferré ou Aznavour, parce qu'il les aimait bien, mais ce qu'elle voulait vraiment entendre, c'était Bill Haley et ses comètes, ou l'autre, encore mieux, celui qui gesticule, Elvis Presley, auquel elle adore ne rien comprendre) et « La femme et le foyer » à 8 h 40, qu'elle coupe après le générique. Ces minutes-là, c'est sacré. Deux ans qu'elle suit religieusement « Le réveil musculaire ». Jean s'était moqué, *renforcer tes muscles mais pour quoi faire, enfin ? Moi, tu me plais avec ton gras ici* (il avait touché ses hanches) *et ton gras là* (et posé ses mains sur ses fesses). Elle enfile une tenue confortable (une sorte de pantalon souple vert amande et son haut en maille crème) et obéit, transpirante, à la voix de ce Robert, qui roule les *r* en cadence.

dos droit belle attitude générale courez courez décontractez les bras sur les côtés levez le droit le gauche laissez revenir les mains à plat sur la partie antérieure des cuisses vous lancez vous reposez hop là une dernière fois prenez le soin d'assouplir l'épaule hop là courez courez belle attitude générale respirez profondément

Quand l'émission s'arrête, elle boit directement au robinet des litres d'eau, et sort parfois sur le patio fumer à moitié un des cigares de Jean. Elle n'aimerait pas qu'on la surprenne, elle a l'impression de faire quelque chose d'interdit ; pourtant je ne fais rien de mal se dit-elle. Rien de mal.

Elle renifle l'air de ce matin de juillet, le ciel délavé par les pluies diluviennes de la nuit. Elle chantonne, ça fait longtemps qu'elle n'avait pas chanté comme ça, des mois, deux ans. Elle se sent plus forte, vivez vivez oubliez dansez et respirez profondément.

Elle se tient face au miroir, elle passe sur son corps nu un gant de toilette tiède, sous les bras, sur la nuque, lavez lavez rincez, elle frôle ses seins vides, son sexe sans désir, frottez, frottez, oubliez. Rien de mal. Le gant de toilette sur ses yeux au mauve fané, sur ses mèches blanches, respirez profondément.

Prudence entend *on est de retour, on a acheté des coques, et du lard, et on t'a pris des pétunias, tu aimes, ça, maman, les pétunias ?*

Elle ne répond pas, jette un œil sur la chambre, le tiroir de la table de chevet déborde de mouchoirs en tissu, de médicaments ; les placards de ses cravates, de ses tricots, vestes, débardeurs, boutons de manchettes. Elle se dit maintenant il est peut-être temps, se saisit de la poubelle émaillée et se demande par quoi elle va commencer.

Les courses sont rangées dans le cellier. Luc a fini par se lever, sa mère passe sa main dans ses cheveux et les ébouriffe ; son père lui propose une virée à Royan dans l'après-midi : il paraît que les travaux de la rue de la République sont finis, que les immeubles épousent la courbe de la route, qu'ils sont d'un blanc immaculé, comme en Grèce, que les stores des boutiques sont rouges, sont bleus, sont verts, que la guerre est effacée. Luc bougonne un peu, il s'en fiche, de Royan, des constructions et des cicatrices de la guerre, il n'était même pas né. Par contre s'il peut voir des voitures, il est partant, n'importe quoi, Juvaquatre, Simca Aronde ou Frégate, il ne fera pas le difficile. Parfois son père l'emmène au garage, ils ont un jeu. Ils font semblant de vouloir acheter un nouveau véhicule et ils demandent à essayer tous les modèles. André prend son fils sur ses genoux, il a le droit de tenir le volant, de tourner sur le parking, de se garer. À la fin, André dit toujours *merci monsieur nous allons réfléchir, nous vous tiendrons au courant* et ils se retrouvent à choisir un parfum de glace chez Lopez.

— D'accord ! Et les filles, qu'allez-vous faire pendant ce temps-là ? demande-t-il à sa mère et à ses tantes.

— Une partie de cartes sous le parasol, lance Prudence. N'est-ce pas mes cocottes ?

Simone et Suzanne acquiescent. Adrienne ne sait toujours pas, après sept ans dans la famille, si elle fait partie des cocottes. Elle ne répond pas, plonge le nez dans son livre.

La radio bourdonne encore, personne n'y prête attention.

— Maman, j'éteins, non ? Plus personne n'écoute.

Les actualités par région, une voix traînante annonce la suite des programmes, une émission de documentaires, les enquêtes non résolues, cette semaine, « Le disparu des Sablons ».

Prudence relève la tête, Angers, un mot qui transporte avec lui ses années d'enfance, sa part de jeunesse.

Autour d'elle, la famille s'active, on sert l'apéritif, on coupe un oignon, on allume le four.

La phrase de Prudence fend l'air, traverse le patio et atteint la cuisine.

— Non ! Tu n'éteins pas, on écoute ! Il a parlé d'Angers ! Des Sablons !

André attrape son fils et le chatouille, rires crispés, Luc crie *non pas le ventre pas le ventre,* Prudence voudrait qu'on se taise, elle voudrait pour une fois finir d'écouter le reportage, elle répète *ça se passe à Angers, c'est chez moi, ça, l'Anjou.*

Personne n'y prête attention, Simone sifflote, Adrienne étend le linge, seule Prudence tend l'oreille. Elle s'est raidie.

C'est une vieille histoire que les anciens racontent, un jeune homme disparu en 1913 et jamais réapparu. À l'époque, l'enquête a tourné court à cause de la guerre. Le ton du journaliste se fait grave, de façon très appuyée. Les autres ne le voient pas mais Prudence a cessé de bouger, de respirer. Il s'appelait Augustin Samson. Retenez vos larmes dansez dansez portez la main à votre bouche étouffez vos cris. Il avait dix-neuf ans.

Le visage de Prudence est couleur de poussière. Elle suffoque.

vivez oubliez souffrez respirez profondément

— Il a dit quoi le monsieur dans la radio ? Raconte grand-mère, ça fait peur, non ?

Simone est distraite mais des bribes lui reviennent.

— Oh, rien, une sombre affaire qui date d'avant-guerre. Le type est sûrement mort. Ils feraient mieux de chercher un squelette. Qui fait la vinaigrette pour la salade ?

André se tourne vers sa mère, ratatinée, minuscule dans le grand fauteuil en osier.

— Maman, ça va, t'es sûre ?

L'enquête se poursuit pour déterminer ce qui.

— Coupez ça, c'est morbide ! dit Adrienne. André, tu veux bien baisser le son ou éteindre ? Le petit va faire des cauchemars, tu le connais.

— Maman ?

Prudence se lève. Elle explique qu'elle a la migraine, une douleur aiguë, qui passera. Elle doit se mettre au lit, fermer les fenêtres, les rideaux, rester dans la pénombre. Adrienne lui tend un verre d'eau, Suzanne un linge frais, Simone un baiser sur la tempe. Elle titube jusqu'à son lit, enfouit son visage dans l'oreiller et étouffe, doucement, un hurlement que personne n'entend. Les sanglots viennent, ce sont des larmes anciennes, vieilles de plus de quarante ans.

S'ils marchent au-dessus de moi, là-haut sur le chemin des Sablons, je ne les entends pas. S'ils travaillent dans la vigne, si leurs enfants jouent et crient, et si toi, tu m'appelles, je ne le saurai pas. Ici, on dirait que tout est aboli, les sons, le temps. Bien sûr que tu m'appelles, que tu remues ciel et terre. Ciel et terre. Je ne sais pas depuis quand je suis au fond de cette galerie. Je ne bouge plus du tout, je ne suffoque pas. Mes poumons et mon cœur, l'intérieur de ma bouche, de la langue jusqu'à la trachée, cartilages et cordes vocales, l'humidité les a recouverts, j'ai avalé le calcaire tendre, chaque goutte suintant des parois. Je nourris la grotte et je me nourris d'elle, elle s'infiltre partout, mes paupières sont scellées par la poudre.

Cette nuit beaucoup trop longue, infinie, ce jour qui ne se lève plus, est-ce que ça se compte en secondes ou en siècles ? Ceux qui m'aiment, sont-ils vivants, me cherchent-ils encore ? Il n'y a aucune réponse à mes questions, et j'en ai d'autres.

Je ne sais plus rien, petit à petit, de seconde en seconde, de siècle en siècle, je me détache.

Je ne sais plus le goût du cassis, l'acide et le sucre mêlés, ni l'odeur du bois mouillé.

Je ne sais plus la sensation d'un baiser sur la joue, quand je retrouvais ma mère après l'école, sa voix aussi a disparu, mais où, dites, où, que je sache où chercher.

Je ne sais plus rien, la hâte, le manque, la peur, la faim, la soif, le bruit des pas dans la première neige, le frôlement des peaux, ni ce que ça fait au ventre quand on aime.

Est-ce que j'étais déjà mort quand il m'a traîné ici, sous la terre ?

Tout finira par s'effacer, par n'exister nulle part, on aura beau fouiller, creuser.

Tout passera.

Sauf notre danse, la dernière, sauf ton souffle et la couleur changée de tes yeux quand je suis entré en toi, de tes yeux fixes, sauf l'étreinte.

3

Saint-Palais-sur-Mer
Juillet 1954

— Presque une semaine qu'elle n'a pas quitté son lit ! Tu te rends compte ?

Aux Diables Rouges, il ne reste plus que Suzanne et André. Les autres sont repartis ; Adrienne a pris le car pour la côte basque où vivent ses parents, son fils sous le bras. L'ambiance était un peu trop lourde pour un enfant, elle a dit *reste, toi, reste auprès de ta mère.* Simone a grimpé dans sa vieille Citroën, elle a rejoint Paola pour une virée en Espagne, à San Sebastián.

Pour quelques jours encore, c'est donc eux deux, et Prudence, silencieuse. Prudence, murée.

Suzanne a relevé en chignon son épaisse masse de cheveux, elle a délaissé ses petites jupes plissées pour une tenue qu'elle appelle *de combat.* Ils poursuivent à deux le rangement initié en famille. Prudence n'est pas sortie de sa chambre depuis la grosse migraine de l'autre jour. Ils lui apportent ses repas sur un plateau, elle mange sans plaisir, et parle peu, refuse d'expliquer pourquoi.

André et Suzanne se sont installés sur les marches du patio. Ils partagent des macaronis au beurre, une assiette pour deux, chacun sa fourchette.

— Je sais bien, Suzette. J'ai essayé de lui tirer…

— Les vers du nez ? Répugnante cette expression, je ne peux pas m'empêcher de visualiser.

Suzanne avale sa bouchée avec dégoût.

— Euh, tu finis pas tes pâtes ?

Elle tend l'assiette :

— Non, là, tu vois, je visualise une plâtrée de vers au beurre. Vas-y, finis.

Il rit. Et, après quelques secondes, dit :

— Je suis content que tu sois restée avec moi, Suzanne.

— J'allais pas te laisser tout seul, entre le fantôme de papa et notre ado de soixante et un ans ! Tu ne fais pas le poids. Et puis, c'est pas comme si j'avais une petite famille qui m'attendait à Clamart.

André repose l'assiette sur la marche la plus haute et se ressert un verre de rouge.

— Hum… ma petite famille me manque d'ailleurs. J'ai hâte de les retrouver. Hâte que la mère aille mieux.

— Je comprends. Luc et toi, je vous ai pas mal observés. Vous êtes vraiment liés, n'est-ce pas ? Vous avez ce…

— On est complices. On se parle, on rigole.

— On dirait que vous vous protégez mutuellement, je ne sais pas comment le dire autrement. Comme il te regarde, cette confiance. C'est beau.

— C'est surtout l'inverse de ce que j'ai connu avec papa.

— Tu parles, t'étais de loin son préféré !

— Tu racontes n'importe quoi… T'as trop bu, Suz'.

— Écoute, vous passiez votre temps ensemble, il t'emmenait faire des tours entre hommes, c'était son expression, tu te souviens ?

— Oui, évidemment, que je me souviens, on partait en vadrouille, pêcher, conduire des voitures, ce genre de choses. Des coquilles vides.

— Des coquilles vides ?

— On ne parlait de rien, il était emprunté, confus. Jamais un geste gentil, jamais de marque d'affection. De la retenue, pas d'ardeur. Moi ce que j'aurais voulu, c'est qu'il fasse avec moi comme avec vous, les filles. Qu'il se mette à quatre pattes sur la moquette pour faire le canasson. J'aurais voulu rire avec lui, chahuter.

— On n'a jamais ce qu'on veut, alors. Moi, j'aurais voulu les virées, me sentir à part. Il nous appelait les filles, Simone ou moi, c'était pareil. D'ailleurs il se trompait souvent de prénom.

Ils pensent exactement à la même chose. Leur père qui trébuche sur les noms, *simonesuzanneprudence oh pardon désolé.* Suzanne fait ce geste avec le pouce, un de ses gestes à elle, elle gratte délicatement l'espace entre ses yeux, comme s'il y avait quelque chose à creuser, et elle a son air absent. Jean faisait comme elle, ou c'est l'inverse, elle lui a volé ce tic, peut-être. Il tenait ses cigarettes d'une drôle de façon aussi, entre le majeur et l'annulaire, les cinq doigts écartés, paume ouverte, comme pour se cacher derrière sa main. André avait longtemps essayé de l'imiter, Prudence l'avait remarqué, attendrie, et s'était gentiment moquée, tu es bien comme ton père, toi, vous vous ressemblez tellement. Il avait cessé, à la seconde, de copier les gestes paternels, de chercher à lui ressembler. Cessé, d'ailleurs, de le chercher tout court.

— Papa et moi, on est un peu passés à côté l'un de l'autre, toute la vie.

— Je sais pas. C'est pas l'impression que vous donniez en tout cas.

Pendant quelques instants, les mots de Suzanne restent suspendus. André les aide à retomber :

— Toujours personne dans ta vie depuis ta rupture avec… comment c'était déjà ? Claude ?

— Oui, Claude, c'est ça.

— Ton amour secret, je ne l'ai même pas vu une fois, Claude. Tu en parlais beaucoup mais de là à l'amener, non ! On n'a jamais compris. Pourtant ça a duré, quoi ? Quatre ans, non ?

Suzanne arrache le verre de vin des mains d'André et le boit, cul sec.

— Trois ans, neuf mois et une semaine. Tu vois c'est précis. Je compte aussi le nombre de jours depuis notre rupture. Je peux te les convertir en minutes, en secondes, si tu veux.

— Oh... Je suis désolé, je ne savais pas que c'était si dur.

Elle hausse les épaules et sa bouche offre un sourire triste, infiniment triste.

— À vif. C'est encore à vif.

— Tu l'aimais tant que ça, ce Claude ?

Là, elle s'éclaire, et s'ouvre. Sa tête penchée sur le côté, elle plante ses yeux dans ceux de son frère, ne les lâche pas et dit :

— *Cette* Claude. Je l'aimais autant que ça, oui, cette Claude.

Elle a un peu peur, maintenant, qu'il la noie de questions, qu'il soit mal à l'aise ou, pire, qu'il se taise et s'en aille. Elle a peur mais connaît bien son frère, elle n'est donc pas étonnée qu'il se relève, fasse quelques pas jusqu'à la cuisine, revienne avec une autre bouteille et l'ouvre.

Il se rassied auprès d'elle. Plus près ; leurs bras se touchent à présent. Ses gestes sont doux, il ne tremble pas. Le bouchon saute, ça leur rappelle leurs anniversaires, quand le jeu consistait à l'envoyer le plus haut possible.

André verse le crémant, la mousse déborde et Suzanne se penche en riant pour l'aspirer, vite, avant qu'elle ne leur coule sur les jambes.

— Pourquoi ce vin de fête ?

Il répond :

— On a quelque chose à fêter, non ? Un secret révélé, ça vaut bien de trinquer.

Plus tard, avant la nuit, ils emmèneront Prudence marcher sur la digue du centre. Ils achèteront une crêpe à la Potinière, en revenant. Pour l'instant, il n'y a pas grand-chose à dire, André ne pose que deux questions. Toi, Suzanne, est-ce que tu es heureuse ? Et, dis, la prochaine, tu nous la présenteras, promis ?

Elle promet.

À la fin, il faut une fin, André croit entendre la voix de leur mère. Il passe son bras autour des épaules de sa sœur et fait claquer sur ses joues un énorme baiser bruyant, chaud, mouillé. Elle crie *tu baves André, tu baves !* en s'essuyant d'un revers de manche.

André est déjà debout, il attrape les verres et la bouteille.

— J'arrive, maman, j'arrive !

Suzanne sent une goutte, puis deux, puis dix, sur son front, sur son nez. Maintenant, il pleut vraiment. La pluie qu'ils attendaient depuis le matin, celle qui va rafraîchir l'atmosphère. Le voisin l'avait dit, on aura l'orage ce soir, il fait lourd.

Elle entend son frère ouvrir la porte de la chambre du fond, où Prudence se terre depuis trois jours.

Elle ne rentre pas, pas encore, elle attend le premier éclair, les paumes ouvertes.

*

Prudence est sortie de sa chambre et de son silence. L'odeur de la viande qui cuit l'a réveillée. Ça lui rappelle la vie d'avant, avec Jean, un steak de cheval chaque mardi, servi avec des pommes de terre au four. Elle a retrouvé un teint frais, elle ne se traîne pas. Elle avance le dos droit, son visage s'éclaire quand elle voit ses enfants affairés en cuisine.

— Vous l'avez achetée chez Raciborski, la viande ?

— Évidemment, où d'autre, maman ?

Elle s'assoit sur le petit tabouret en formica jaune paille, ses fesses débordent. Elle croise les bras, calme et affamée.

— Tu nous raconteras ?

— Il n'y a rien à dire.

André pose le plat sur la table, fumant, sanglant.

— Une semaine enfermée. Si, il y a des choses à dire. Ça a commencé l'autre matin, pendant les actualités. Tu as entendu *Angers, disparu* (elle se tend à *disparu,* serre les dents) et tu as filé, blême. Pourquoi ?

Elle plante la fourchette dans la pièce de viande, et la soulève sans la couper, elle la porte entière à sa bouche.

— Ça a remué de vieux souvenirs. La guerre, les jeunes partis au front qui ne sont pas revenus. Rien d'autre. La vie de cette époque, c'était autre chose. La mort était partout, on vivait avec, on entendait qu'Untel ne reviendrait pas, qu'un autre venait de rentrer estropié. Entendre ça, imaginer ce garçon oublié, mort peut-être, et tout ça sur la terre de mon enfance, tu vois, ça m'a secouée.

Elle attend une seconde et ponctue :

— Voilà.

Suzanne et André se regardent, lèvent les yeux au ciel.

— Quoi ? J'ai dit quelque chose qui vous déplaît ?

— Non, tu n'as rien dit du tout, c'est ce qui nous déplaît. Enfin, bref… C'est un peu tard pour ce pauvre garçon. S'ils retrouvent quelque chose un jour.

André poursuit :

— Tu le connaissais ?

— Qui ? Le squelette ? Non, mon fils, je ne connais aucun squelette. Peut-on passer à autre chose maintenant ?

André se dit que c'est la technique, dans cette famille, on passe à autre chose, on enchaîne. On ne règle rien. Des secrets en strates, enfouis là, dessous, tout en bas, sous la rocaille.

Le lendemain, il tente à nouveau. Cette histoire le travaille. Ils vont au marché à Royan tous les deux, sa mère et lui ; il marche sur la route, à elle le trottoir neuf, il fait ça depuis qu'il la dépasse pour qu'elle ait l'air moins petite. Il fait un pas quand elle en fait cinq, elle papote, se demande s'il restera des pieds de porc, et des huîtres, *tiens, pas trop laiteuses, ça serait bien,* elle parle de la construction de la cathédrale, les travaux devraient démarrer bientôt.

— Tu as entendu ce qu'a déclaré le maire ? *Je ne veux pas d'une ville couchée mais d'une ville debout !* C'est beau, non ? Moi, remarque, je m'en fiche, je n'y mettrai pas les pieds. Depuis que ton père est parti, la religion m'est indifférente. Mais j'ai vu les plans, elle sera belle, immense et blanche comme…

Soudain, il s'arrête. Elle a continué un peu tout en parlant, s'aperçoit qu'André n'avance plus, se retourne.

— Fiston ? Que se passe-t-il ?

Elle est minuscule.

— Papa, quand je suis né, il était déjà mobilisé ?

— Tu as de ces questions. On en a déjà discuté, non ? Ils ont été mobilisés en août 14, tu es né en avril. Tu avais quelques mois, à peine. Tu as vraiment envie de parler de ça, maintenant et ici, en pleine rue ?

Il avance vers elle, remonte sur le trottoir et se plante devant elle. Elle lève les yeux.

— J'ai essayé à la maison, à table, dans le jardin, sur la plage, en voiture, après l'enterrement, j'essaye, sans relâche, et toi tu éludes. Alors oui, aujourd'hui c'est ici, avenue Gambetta, que je te repose la question. Vous n'avez jamais raconté votre rencontre, on n'a pas de photos, rien.

— C'est faux. Tu connais l'histoire. Je me suis fâchée avec mes parents, j'ai quitté Angers pour la région parisienne. Là, j'ai rencontré Jean, quelques mois plus tard, à Clamart. On s'est tout de suite plu. Je suis tombée enceinte très vite. On s'est mariés dans la foulée. À cette époque…

— Quand ?

— Quand quoi, jeune homme ? (Elle s'agace.)

— Quand as-tu quitté Angers ? Et la rencontre avec papa, alors ?

— Tu sais tout ça, pourquoi veux-tu que je répète inlassablement les mêmes détails ? J'ai dû partir au printemps 1913… Je n'aime pas repenser à cette période, c'était dur de tout quitter. Et la rencontre avec Jean, ça date de… eh bien je dirais l'été, oui c'est ça, l'été. C'était la fête nationale !

Ils ont repris leur marche, ils gagnent le marché couvert. André est à quelques pas derrière Prudence.

— Donc tu étais déjà partie depuis longtemps quand la guerre a éclaté, quand tes amis ont été mobilisés. Hier, tu as dit que…

Elle ralentit devant l'étal du poissonnier, demande douze céteaux pas trop gros. Plante ses yeux dans ceux de son fils, ça le transperce, cet air qu'elle prend. Sa façon de passer à autre chose :

— On les fera *meunière,* tu adores, ça, n'est-ce pas, André ?

Là, elle est immense. Il la regarde attraper le sac, demander des citrons en plus, quelques bigorneaux. Le bruit sous cette halle est insupportable, il doit sortir, fuir.

— Moi, j'y vais. Je t'attends à la voiture.

Il l'entend à peine dire *mais, mais enfin, André… Qu'est-ce que je…*

Dehors, il inspire un grand coup, avance vers la plage.

Il achète une glace vanille-fraise, un parfum qu'il n'aime pas beaucoup mais que son père choisissait toujours. Il retire ses espadrilles en sautillant d'un pied sur l'autre, le cornet en main, bien levé pour ne pas le faire tomber. Il s'assoit à la limite entre le sable brûlant et celui que la marée a trempé. Avale sa glace en trois bouchées énormes, le froid sur ses dents lui fait un mal de chien. Il pense à Jean, à ses silences. À leurs jeux sur la plage, aux châteaux fous que son père construisait pour lui. À cet amour entre eux, et à la pudeur. Jean n'était pas le genre de papa qui inonde de baisers. Les coups partaient fort, partaient vite. Jean l'appelait mon grand, mon beau, l'arsouille, Nounours, pépère, petit bonhomme. André ne se souvient pas l'avoir jamais entendu dire « mon fils ».

Il plante la fin du cornet dans le sable et rejoint Prudence à la voiture.

Ce matin (c'est idiot, il n'y a plus de matin, de soir ou de nuit, mais ce noir profond, infini, qui hante la grotte)

je garde ces deux mots malgré tout, je les aime bien
ce
matin

Je les dis tout bas, pour que le temps s'écoule, normal. Je les dis pour me faire croire, encore un peu, que j'existe.

ce
matin, donc

j'ai pensé à toi, et même je t'ai parlé – ma voix remonte de si loin. Si tu me voyais… je ne ressemble plus à rien, je crois que je te ferais peur. J'ai un trou au talon et sous les côtes et là, dans le gras des joues ; les vers y creusent leur sillon, glissent sous ma peau, ils y déposent la poudre humide de la grotte.

Si tu me voyais.

Je te ferais peur, je me fonds dans. Je m'unis à. Je bascule dans le minéral.

4

Brunnby, Suède
Juillet 2018

La Suède bat cet été des records de chaleur. Nico passe sa vie dans l'eau du lac derrière chez lui ou sur les rochers près de Josefinelust à Mölle. La même couleur, gris argenté, pour le ciel et pour la mer. Il se gare près de cette grande maison en bois blanc aux volets toujours fermés (il rêve qu'il y habite, il s'habituerait vite aux fenêtres donnant sur la baie, à la quiétude) et s'installe avec un livre qu'il n'ouvre jamais. Il regarde les autres, essaie de comprendre comment les gens vivent ici, à quoi ressemble leur quotidien ; quels liens unissent cette femme au visage sec et la jeune fille noire près d'elle, les cheveux enroulés dans une serviette microfibre. Il imagine que c'est sa belle-fille, qu'elle vient d'arriver de Göteborg pour quelques jours, qu'elle est infirmière, fatiguée, célibataire, allergique au fenouil, que ce soir, elles dîneront tôt, que la femme redescendra se faire une tisane, qu'elle versera un trait de vodka dans le mug, qu'elle remontera boire dans sa chambre. Nico peut jouer à ce jeu des heures. Tout le monde y passe, les promeneurs deviennent les personnages du roman qu'il n'écrit que dans sa tête. Il a un carnet dans lequel il les dessine, même s'il n'est pas doué pour ça. Il note la date, le temps qu'il fait, les vêtements portés et les activités pratiquées, et accompagne ces informations d'un petit croquis aux perspectives hasardeuses. C'est comme ça, en griffonnant, l'air absorbé, qu'il a rencontré Liv et Kasper. La petite est venue vers lui la première. Elle est restée comme ça, à le fixer, en silence. Quatre ans, peut-être cinq, les cheveux blonds presque blancs, coupés assez court, les yeux bleu acier. Il a senti sa présence mais n'a rien dit, les enfants l'intimident. Même leurs sourires, même leur joie contagieuse le calcinent.

— Pourquoi tu tires la langue, toi ?

Nico a relevé la tête (et rentré sa langue, donc).

— Euh, je crois que je fais ça sans m'en rendre compte, quand je suis concentré.

— Ah. Ben d'accord.

La petite a les mains dans les poches et elle est d'accord, tout va bien. Elle saute d'un pied sur l'autre en parlant trop, Nico a envie de tout sauf d'une gamine agitée entre lui et les vagues. Il ne répond pas, priant qu'elle parte.

— T'es concentré sur quoi ? Pas sur ton dessin.

— Pourquoi tu dis ça, petite ?

— Je suis pas petite, maman répète que je suis sur la courbe du haut en taille.

— OK... alors pourquoi tu dis ça, *immense* ?

Elle a haussé les épaules et tendu l'index vers le carnet ouvert sur un croquis tracé au Bic vert.

— Parce que c'est moche. La cabane, là, elle est mal faite.

— Tu viens souvent déranger les gens pour leur dire qu'ils sont moches ?

La fillette a éclaté de rire avant de venir s'asseoir près de lui. :

— Toi, t'es pas moche, c'est ton dessin qu'est moche !

Nico lui aurait bien dit de partir, mais sa franchise commençait à lui plaire.

— Donc, moi, ça va ?

— À part tes poils, là. (Elle a montré son nez.)

Nico a souri, essayant avec son pouce de rentrer les poils récalcitrants à l'intérieur de sa narine.

— Voilà, cachés. Je suis Nico, et toi ?

— T'es marrant, Nico. Moi c'est Liv. Et mon petit frère, là-bas, qui fait nager son dinosaure, il s'appelle Kasper. Et mes parents, c'est les deux grands, debout, avec les cheveux, qui prennent Kasper en photo.

Ensuite, les parents chevelus ont débarqué, brisant net la drôle de conversation entre Nico et Liv, le naturel débordant de cette môme entre deux silences intenses. Ils ont dit on s'excuse, elle est impossible, vraiment, pourquoi tu embêtes le monsieur ? Nico voulait répondre que non, que Liv n'avait embêté personne, que c'était un plaisir, mais il avait laissé la conversation filer. Kasper courait comme on court à deux ans, en déséquilibre permanent, toujours à deux doigts de la chute ; Nico écoutait la mère parler de la France (il n'avait rien dit à ce sujet, le fait qu'elle devine d'où il vient à son accent l'avait vexé), des étés en Provence pendant ses études, des lumières de Paris – Nico déteste Paris, lumières ou pas, mais il n'a rien dit. Ce premier jour, il était content de rentrer ensuite, content de les laisser à leurs rochers, à leurs courses les pieds dans l'eau, content de rejoindre son galet jaune dans les terres, son porche en bois vermoulu, sa terrasse aux lattes douteuses. Pourtant, sans savoir bien pourquoi, il revient chaque jour depuis, aux heures où il est sûr de les retrouver. Il arrive avec des bières, un ballon. Il apprend que les parents s'appellent Kristina et Johann. Liv lui donne des cours de dessin. Nico invente pour Kasper le cri du dinosaure qui n'a plus pied, le cri du tricératops allergique aux brocolis – il est irrésistible, il sait exactement comment les faire rire aux larmes, jusqu'au hoquet. Il trinque avec

Johann, prononce quelques mots en français à la demande de Kristina, il rit aux blagues (même les moins drôles) et ne trouve aucun prétexte pour repartir. Il passe des heures avec eux, tous les jours ou presque, il avait oublié ce que ça fait de se sentir grand, fort, drôle, de jouer l'oncle un peu barré, d'être aimé par deux enfants. Il y a des secondes piquantes, de vrais coups portés, qui lui vrillent l'estomac, la cicatrice de Liv sous l'œil (souvenir, paraît-il, d'une cascade hors de sa poussette à sept mois), la danse de Kasper autour du brasero improvisé – il se prend pour un chef indien, court entre les flammèches. Nico tremble à chaque étincelle évitée. Des sensations lui reviennent, vives, la petite main qui serre le cou, la frange noyée de sueur après la séance de chatouilles, les corps affalés, en étoile sur le tapis, après les courses folles. Liv et Kasper, en jouant avec le feu, en riant fort à ses blagues, le ramènent huit ans en arrière, quand il a fait ses sacs, emballé sa guitare et pris des billets pour la Suède parce qu'il n'y avait rien d'autre à faire. Que c'était ça ou mourir.

Mais cette fois il ne fuit pas.

Il cale son dos contre la digue, approche (lentement) des braises une brochette de marshmallows, fait semblant que tout va bien, qu'il n'a pas peur. D'ailleurs il ne craint rien : Kasper dit qu'il est un pompier, il a son seau rempli d'eau salée et montre ses muscles.

Cette fois il reste.

Il reviendra demain et les jours suivants.

*

Le champ autour de sa maison a grillé, un été vraiment pas comme les autres. Il sort de la voiture, retire ses tongs pour marcher pieds nus, il adore sentir le très léger craquement de l'herbe sèche sous ses pas.

— Hey, Nico ! Le facteur ne savait pas où déposer ce gros paquet, il m'a chargé de te le livrer !

Le petit-fils d'Asta, sa vieille voisine aux joues si rouges, s'appelle Thor, comme le dieu du tonnerre dans la mythologie nordique. En le regardant s'avancer vers lui, torse nu et fourche en main, Nico trouve qu'il en a d'ailleurs de faux airs, il faut le voir tendre le paquet et ses muscles avec ; une cascade de cheveux roux éclabousse ses épaules. C'est bien simple, pense Nico, ce mec, on dirait une pub pour de la bière ambrée, de la bière pour les hommes, les vrais.

Nico récupère le colis, il se marre intérieurement.

— Merci Thor, sympa. Tu jardines ?

— J'ai tondu, je ramasse ce qui traîne. C'est tellement sec, il suffirait d'un mégot mal éteint pour que tout parte en fumée dans le coin.

Nico se crispe, Thor ne le fait plus rire du tout. Il l'écoute vaguement, il dit que sa grand-mère n'a plus la force pour ce genre de travaux, il passe quelques jours avec elle pour s'occuper du jardin, couper le bois de l'hiver prochain. Nico sent sur ses mains une moiteur terrible, et le nœud dans la gorge, son cœur qui s'agite.

— Ça va, Nico ? T'as pas l'air en forme, s'inquiète Thor ; il plante sa fourche dans le sol, pose sa main sur l'épaule de Nico, qui sursaute. T'es tout blanc, mec.

— Si… Euh, si ça va, je te remercie. Cette chaleur, ça me tape sur le système. Je vais rentrer me mettre au frais. T'en fais pas.

— OK ! Bon, dis-moi quand vous rejouez dans le coin, il était chouette votre concert à Kullaberg. C'est quoi le nom de ton groupe, déjà ? Les Caniches bien crados ?

Nico s'éloigne, feu flammes poutres noircies fumée, les mots tournent, il répond quand même *oui c'est ça mais en anglais, brûlure brasier étincelle, on est les Dirty Poodles,* combustion furie flamboiement, les souvenirs l'incendient, il se fout complètement de son groupe au nom débile, il fait un vague signe de la main.

Une fois rentré, Nico se fait couler un bain d'eau tiédasse, place sa bouche sous le robinet et boit jusqu'à l'écœurement. Il finit par se calmer.

Plus tard, il sort arroser le jardin, inonder les parterres de tiges séchées sur pied, il n'y a plus de fleurs depuis des semaines, arroser les murs de la maison, la terrasse et la cabane à l'arrière. Et enfin, à la fraîcheur de la nuit, il repense au colis et retourne à l'intérieur. Il est assis dans le canapé, le paquet contre lui, sur le coussin. Il sait que c'est elle, les timbres sont français. Elle n'envoie jamais de colis, toujours des lettres, des cartes pour Noël et l'anniversaire, un chèque de temps en temps ; son écriture qui se penche, blessée, les petits tas d'encre au bout de la ligne, il les connaît bien maintenant, elle est régulière dans ses envois. Il arrache le papier kraft d'un coup de cutter qui finit dans son doigt, une goutte de sang jaillit qu'il aspire. Du saucisson, un camembert dans un sac congélation fermé hermétiquement, une bouteille de pinot, une carte pleine d'amour et des photos de la famille.

Suzanne et les autres, pour ses quatre-vingt-dix-sept ans. Son sourire aux dents nouvelles, les joues creusées des très vieux. Les veines noires des mains, les doigts si fins, en crochet. Son regard vif, intact, planté dans l'objectif, qui semble dire tu me manques, tu manques à tous. L'index de Nico glisse, tremble sur les visages, caresse Amélie, Mika. C'est si difficile de voir sa mère en photo qu'il pose le pouce dessus pour la cacher. À quoi pense-t-elle, à cette seconde ? Fait-elle la gueule depuis huit ans ? Et les petits, qui n'en sont plus, ils ont tellement poussé ! Alma a des airs d'adolescente, des jambes interminables et les pommettes hautes ; mais il revoit ses traits de toute petite fille, ses yeux toujours un peu perdus. Elle doit se maquiller, pense-t-il, la cicatrice ne se voit presque pas. À peine la voit-on si on la cherche, à l'angle de la paupière droite, coulant sur la tempe et vers le front. Une marque discrète, prudente. Il ne s'attarde pas, la douleur est trop vive, même après tout ce temps, elle le poursuit. Tim est assis par terre, c'est un grand bonhomme flou derrière un éclat de rire, un chiot sur les genoux. Nico se dit qu'il ne l'aurait pas reconnu en le croisant dans la rue, mais en s'arrêtant sur lui, il retrouve quelque chose dans ses traits, quelque chose qui n'est pas à lui, que Tim a pris à son grand-père : ses yeux sont fermés. Il n'existe pas une photo de Luc les yeux ouverts, pas une seule, comme s'il le faisait exprès, comme pour les préparer à son absence.

Pliée en deux, accompagnant le paquet de photos, il y a une lettre de Suzanne.

Clamart, le 23 juillet 2018,

Mon cher Nicolas,

Voilà de quoi soigner ta nostalgie, si tu en as.

J'espère que ma lettre te trouvera bien en forme.

Je fatigue, tu sais, les os me font mal, les muscles, non, je n'en ai plus. Je n'aurais jamais cru atteindre cet âge vénérable, quatre-vingt-dix-sept ans, te rends-tu compte ? Le pire, évidemment, c'est que, dans ma tête, j'ai vingt ans, j'ai trente ans, certainement pas quarante, cet âge de vieux. Récemment, j'ai eu des nouvelles de Claude, je t'ai parlé de Claude, tu te souviens, celle qui m'avait quittée pour un homme, pile le jour de la mort de Marcel Cerdan (c'est idiot les souvenirs, mais je me revois, lisant un article sur lui et me disant tiens Édith Piaf et moi, on se retrouve seules en même temps – j'avais même failli lui écrire, elle me plaisait bien la môme, et puis j'avais abandonné). Eh bien Claude, j'y reviens (je passe vraiment du coq à l'âne, tu me pardonneras), j'ai su qu'elle est morte en EHPAD, il y a deux ans, entourée de ses petits-enfants. Imagine-toi que, soixante-dix ans après, ça m'a fait quelque chose ; pas de la savoir morte (je m'habitue, tout le monde trouve le moyen de mourir en ce moment), non, mais de savoir que pour notre histoire c'était fichu. Que, décidément, non, on ne se remettrait pas ensemble. Alors que j'ai tellement aimé Michèle, tu le sais. Presque centenaire et complètement folle, c'est ce que tu es en train de te dire, n'est-ce pas ?

Dans ta prochaine lettre, glisse des photos de toi, s'il te plaît.

J'ai rêvé qu'on se revoyait et que je passais près de toi sans te reconnaître, ma pire crainte. Tu me disais Suzanne, c'est moi, Nicolas, tu me remets ? *Et je posais ma main sur ton visage, en fermant les yeux, comme une aveugle, tu vois ? Envoie des photos, que je ne passe pas mon chemin quand on se croisera.*

On se croisera, n'est-ce pas ? Promets-le-moi.

Promets à ta (très très) vieille grand-tante. Tim m'a dit que je pique, maintenant (il a dit quand on t'embrasse on se cogne sur tes poils !*). J'ai ri mais j'ai ri ! Il est si drôle, il me rappelle son oncle, tiens ! Ta mère était tellement choquée, elle l'a disputé ! En vieillissant, cette femme perd tout son humour (elle n'en avait déjà pas des masses).*

Je t'embrasse comme je t'aime, c'est-à-dire énormément, mon tout-petit.

(J'ai vu aux informations que c'est la canicule en Suède, prends bien soin de toi.)

Suzanne

Nico verse des croquettes dans la gamelle de Wilbur. Il éteint les lumières et monte à l'étage se coucher. Le ventilateur est en panne, il suffoque. Puisque le sommeil ne vient pas, il décide de ressortir, traverse le champ et rejoint le chemin vers le lac ; la fraîcheur des berges est un vrai réconfort. Il respire à nouveau. L'eau est un bijou, une pierre de nacre au pied des trembles et des bouleaux. Il se jette dedans, nage jusqu'au ponton, lentement. Il a plongé si profondément qu'à la surface, rien ne bouge, le lac est lisse, comme s'il n'y avait personne là-dessous, comme s'il avait enfin réussi à disparaître.

*

Août 2018

Une goutte le réveille. Et quelques secondes après, une autre. Il n'essuie pas son front mouillé. Compte mentalement jusqu'à quatre, jusqu'à la suivante. Putain, ce toit de merde. Il attrape son oreiller des deux mains et se décale de cinq centimètres à droite. Nico voudrait se rendormir pour se réveiller à midi, le soleil aura séché les tuiles ; il n'aura rien d'autre à faire que boire son café en slip sur la terrasse. Il essaie de se remémorer la soirée d'hier, la nuit, il ne se revoit ni faire la route du retour ni ouvrir la porte. Comment est-il arrivé jusqu'à son lit ? Il se souvient de la pluie, beaucoup de pluie, des chapeaux et bavoirs en papier qui s'envolent et retombent chargés d'eau, en tas, des éclairs, il sait aussi qu'il a bu, sans doute trop, il se souvient de sa guitare ruisselante, d'une coupure de courant, de tables qu'on déplace et d'écrevisses fugueuses, ça je l'ai sûrement rêvé, se dit-il. Un peu du reste lui revient par bribes, des images floues, la bouche sèche, la douleur sous le sternum, lancinante. De loin, il a vu ses cheveux colorés, une mèche bleue qu'il a d'ailleurs trouvée grotesque, il s'est dit à son âge, franchement, quelle idée.

Une goutte, cette fois pile dans l'œil. Quelqu'un bouge à côté de lui, quelqu'un qui râle, qui remonte la couette pour se cacher dessous, qui colle ses jambes contre les siennes, des jambes duveteuses, chaudes. Il entend le ploc, la fuite s'étend au plancher.

— Pourquoi il pleut dedans, bordel ?

La voix est féminine, inconnue. Ce cauchemar-là lui est familier. Il s'est déjà réveillé près d'une femme dont il ne savait rien, au sortir d'une nuit d'alcool et de sexe. Après le départ de Vilma, il y a eu Sophie, qui, au petit matin, avait tout oublié, comme lui. Ebba et son chien incontinent, qui avait dormi entre eux et pissé sur le lit. Elle avait filé en emportant les draps pour les laver, il ne l'avait jamais revue. Sigrid, dont il avait failli tomber amoureux mais qui vivait avec une fille à Uppsala ; elle était repartie la retrouver après une grande balade autour du lac. Et puis la si jolie Irmelin, qui avait une drôle d'odeur, le mélange écœurant de l'aquavit de la veille et de sa cigarette électronique au caramel. Elle avait cuisiné un risotto aux asperges que Nico avait finalement mangé seul. Parce que, après avoir fait l'amour une seconde fois, sous la lumière blanche de la salle de bains, elle s'était souvenue qu'elle avait un mari. Elle avait eu une mine de dégoût en se voyant dans le miroir, son gras secoué, les stries argentées de ses vergetures, sa peau transparente et ses veines marquées, elle avait dit *je suis dégueulasse comment tu peux avoir envie de ce corps immonde ? Hein ? Au moins, Erik, il m'a connue jeune et ferme alors il se souvient, mais toi ? Qu'est-ce que tu aimes, regarde-moi, je ressemble à rien*. Elle s'était écartée de Nico brutalement, après avoir glissé sa queue hors d'elle d'un geste assuré et l'avait laissé là, encore bandant. Il l'avait suivie dans le couloir, la main sur le sexe, le caleçon autour des chevilles. Il disait *attends, reste, je te trouve belle, très belle, j'adore ton corps, reviens putain je me fous de ta cellulite* (c'était vrai). Il avait trébuché, bien sûr. Il se rappelle encore la douleur, sa bite dure qui cogne contre la dernière marche de l'escalier, encore la douleur, le bruit de la porte qui claque, du silence plombant après Irmelin.

Donc, cette sensation, il la maîtrise, il sait faire semblant, cacher la surprise, embrasser le cou et promettre un bon café, descendre pour retrouver ses esprits, attendre à la cuisine en sifflotant un petit air guilleret. Il sait. Il n'a plus qu'à jouer son rôle. La fille s'est assise dans le lit. Elle s'essuie le visage, les yeux. Elle n'a pas pleuré, c'est évident, mais il se dit qu'elle pourrait pleurer, tiens, d'agacement, de déception, ça doit être désagréable de se réveiller dans le lit de l'erreur de la veille (une erreur avinée avec un toit qui fuit).

Le prénom ne lui revient pas. Alors il caresse ce qu'il peut atteindre d'elle en tendant le bras, sa hanche.

— Désolé. C'est les tuiles. À cause de l'orage.

Elle répond en riant :

— Oui, t'as raison, tout est à cause de l'orage.

Nico n'a pas ouvert les yeux, il se concentre sur hier, il est à la recherche d'indices. Qui est cette fille ? Elle se penche sur lui, embrasse son cou, le renifle, soulève la couette pour former un abri, les protéger des gouttes, tous les deux.

— Tu vois, on est bien, là. On ne craint plus rien, regarde.

Il se retourne, ouvre un œil, blottit son visage entre ses deux petits seins, respire. Là, il revoit presque tout de la pluie terrible et de la nuit bizarre. Gisèle, il pense que c'est Gisèle, le prénom l'avait étonné, un prénom si français pour une Suédoise. Elle n'arrête pas de parler, elle dit qu'elle a faim, que c'était bon avec lui, elle a pensé qu'il avait quatre mains et deux bouches tellement c'était bon, elle l'attrape par le menton, colle son nez sur le sien, puis le mordille.

— Bon, on se marie quand ?

Là, elle a gagné, Nico a ouvert les deux yeux. Il la regarde bondir hors du lit, attraper un grand pull et l'enfiler, se tromper de trou pour la tête, rire aux éclats. Elle grelotte, il a chaud.

— T'as une échelle ? Un truc comme ça ?

— Pour… pour le mariage ?

— T'es un marrant, toi ! Si tu crois que j'épouse tous les mecs qui me font jouir !

C'est une tornade, Gisèle, si c'est bien Gisèle (il n'ose pas demander), elle a les cheveux jusqu'aux épaules, châtains, bouclés. Maintenant, elle est à quatre pattes à la recherche de ses lunettes. Elle tâtonne, finit par remettre la main dessus et les glisse sur son nez, ravie. La voilà à genoux, près du lit, elle approche sa tête, ses lunettes de myope :

— Ah, je suis déçue. Je te préférais flou ! lance-t-elle en riant toujours.

Nico ne dit plus rien, il a envie de lui demander si elle se souvient de tout, elle, si elle a conduit, si elle avait des capotes. Mais il n'y a aucun temps mort entre Gisèle et lui, rien, pas de faille où s'engouffrer, elle remplit tout l'espace.

— T'as pas répondu pour l'échelle. Un escabeau au moins ?

— Mais pourquoi ? On se fait un café avant, non ? Si tu veux, je fais griller des tartines…

— On mangera après, mec. On répare ton toit, d'abord. Allez, debout.

Il se dit qu'elle est impossible, cette fille, il voudrait du calme, une grasse matinée, des heures pour éponger la bière d'hier, mais il se lève lentement, s'étire.

— Hum… ça vient, voilà, j'arrive, Gisèle, j'arrive. Je dois avoir ce qu'il faut dans la cabane au fond du jardin.

Elle n'attend pas, vole le pas léger dans les escaliers.

Il entend :

— Bon, on se retrouve là-bas alors, dépêche-toi ! Et au fait, moi, c'est Maud.

Maud.

Putain.

Un autre prénom très français. Aucune Gisèle à l'horizon.

Maud est dans le jardin, elle chantonne, il reconnaît une des reprises des Dirty Poodles, « I Want You » de Bob Dylan. Tout lui revient, ça y est. Le film de la soirée est intact, la mémoire bien nette.

Il ramasse ses vêtements, les enfile et rejoint la tornade.

Hier, donc.

Il arrive en retard au rendez-vous. Peter, Markus et Danne l'attendent sur le parking, leurs chapeaux en papier déjà sur la tête. Peter est nerveux, comme d'habitude, l'œil rivé sur sa montre. Les deux autres sortent les instruments et le matériel du coffre de leur voiture.

— Salut, les mecs !

— Salut. Ils nous attendent depuis au moins… (Peter tend son portable, et montre l'heure avec son index.)

— Cinq minutes environ. Ils vont s'en remettre, tu crois ? répond Nico en essayant de garder son calme. (Peter l'agace de plus en plus, six ans qu'il se demande s'il arrête ou s'il continue le groupe à cause de ce type crispé dans ses costards bon marché.)

— Hé, le Français, t'as pas ton bavoir, j'imagine. J'en ai pris pour toi.

Danne lance à Nico une petite pochette en plastique transparent, dans laquelle il trouve (et les déplie) un chapeau de fête et un bavoir blancs, floqués d'un ravissant couple de crustacés rouge vif.

— On porte pas ça sur scène, si ?

Markus, les mains sur les hanches, se marre franchement. Quand il rigole, ses yeux disparaissent sous les plis de son visage.

— C'est l'idée même du truc, Nico. C'est la Kräftskiva, quoi. Tu peux pas lutter contre le pouvoir de l'écrevisse.

— T'as les partitions au moins, le micro, ton Looper ?

— Oui, Danne, t'en fais pas. J'ai tout, le matos, des remords éternels pour mes cinq minutes de retard et l'air d'un trou du cul avec votre saloperie de bavoir jetable autour du cou et ce chapeau pointu pourri. Je m'y fais pas à cette tradition, franchement.

Markus l'attrape par les épaules, Nico se sent minuscule dans les bras de son pote.

— Nico, allez, râle pas. Ou… râle moins, tiens. Ça serait déjà super.

Tout le village est réuni, là, sur le port de Mölle, comme tous les 8 août depuis que la Suède existe. De longues tables sont dressées face à la mer. Les habitants ont apporté des lampions et des bougies, les nappes sont blanches, les serviettes rouges et les sourires partout. Nico en a presque la nausée, tout ce mielleux, cette chaleur, ça le rend malade. Il serait si bien chez lui, à ruminer sa mauvaise humeur. Son programme était tout tracé (pas de cours de français, ni de guitare cette semaine) : il comptait revoir pour la septième fois tous les épisodes de *Twin Peaks* en buvant des litres de mauvaise vodka. Exaltant. Mais Viggo Bananas, le chanteur qui devait assurer l'ambiance (beau-frère de la copine de Peter) s'est rompu les ligaments croisés en glissant dans sa douche. Les Dirty Poddles ont été appelés à la rescousse par le comité des fêtes. Une proposition qui ne se refuse pas, paraît-il. Ils ont accepté : ils joueront pendant que les autres mangent et boivent.

Une petite scène a été installée sur une estrade en bois, entre les toilettes publiques et le parking, à quelques mètres des premières rangées du banquet. La guirlande en plastique et les trois lampions accrochés à un poteau en bois mettent à terre les ambitions de Peter, qui espérait un peu de gloire ; une gloire modeste et locale, mais une gloire malgré tout. Ils sont en plein soleil, la chaleur cet après-midi est moite, épaisse. Ils suent à grosses gouttes, règlent le son, revoient l'ordre de passage des chansons (on leur a demandé des reprises qui plaisent à tous, et les hymnes traditionnels). Il est 15 heures, il leur reste du temps avant le début des festivités. Ils acceptent les bières qu'on leur tend. L'alcool les déride doucement. Peter semble encore tendu mais finit par les rejoindre. Devant l'estrade, la petite foule se presse, des dizaines de villageois chapeaux pointus et bavoirs qui marchent, guillerets, pour certains déjà saouls. Nico aperçoit Kristina et Johann, leurs enfants derrière eux. Il les salue de loin mais aucun d'entre eux ne le voit.

Les écrevisses vivantes débarquent dans de grandes caisses en polystyrène. On les dépose près d'un coin cuisine improvisé où elles finiront leur vie. Nico observe ce bal étrange, assis sur l'estrade, une canette de bière vide à la main. Danne le rejoint, s'assoit à ses côtés. Il sort d'un sac en papier kraft une bouteille d'aquavit.

— On partage, Nico ?

— Ouais, allez… faudra bien ça pour supporter la journée.

— Faut être suédois pour piger le truc. C'est simple : on bouffe des écrevisses à la tombée de la nuit en chantant de vieux airs et en se mettant minables à l'aquavit. J'aime bien ce rituel. La fête parfaite.

— J'ai entendu dire que la production locale ne suffit plus à fournir le pays, les écrevisses viennent de Chine ou de Turquie. Tu parles d'un rituel local.

Danne tend la bouteille à Nico dans un clin d'œil.

— Vas-y, bois. T'en as besoin, on dirait.

Trois grands types affublés de tabliers à carreaux ruissellent au-dessus de grosses marmites d'eau assaisonnée d'aneth. L'odeur se diffuse lentement.

Nico se cache le nez dans son t-shirt, mime un haut-le-cœur.

— C'est cet air saturé d'aneth, j'ai un peu de mal en fait. T'as raison, faut être suédois. Je vais marcher, OK ?

En passant, il jette un œil aux tas d'écrevisses ; bientôt elles seront plongées vivantes dans le court-bouillon aromatisé. Des gens les dégusteront froides, avec les doigts. Certains les aspireront bruyamment, trop, pour extraire leur chair.

Il ouvre une canette et la siffle en trois longues gorgées. Il tient à peine debout, trop de soleil, trop d'alcool. Le ciel rougit déjà. On le bouscule, il voudrait être chez lui, à l'abri, on le bouscule, il pourrait rentrer maintenant, on le bouscule, oui, rentrer, tout de suite, il ne manquerait à personne, on le bouscule, le concert aurait lieu malgré tout, on le bouscule, Markus sait tout jouer, ils n'ont pas vraiment *besoin* de lui. Il entend les gens dire *cette canicule, on n'en peut plus, il faudrait un orage,* il attrape des morceaux de phrases, *un orage oui mais pas ce soir, laisse passer la Kräftskiva et après tout ce que tu veux,* il avance, on le bouscule, il cuit sous ce soleil de sang.

C'est là qu'il la voit.

De dos, d'abord. Il reconnaît sa silhouette, son cou de biche, ourlé, doux, ses manières brusques, et sa voix, juste après. Légèrement rauque. Les mots sont indistincts, lui parviennent en bouillie, mais c'est elle. Elle est à quelques mètres de lui, elle ne le voit pas. Une mèche de cheveux bleus tombe sur son front, il pense qu'elle est ridicule comme ça, il ne savait pas qu'elle était revenue d'Oslo. Il se répète, elle est ridicule avec ce bleu, il ne s'attendait pas à la voir ici, il n'était pas préparé à tomber sur elle, à tomber sur elle, à tomber. Il fait volte-face, hors de question de lui parler. Cinq, six ans qu'ils se sont quittés, tout est oublié, c'est du passé bien enterré, ça, enfoui bas, recouvert, et elle est ridicule, alors ça va. Il court presque entre les chapeaux, entre les bavoirs, vivement que ça pète, ils annoncent ça pour cette nuit, t'as vu, c'est pas Viggo Bananas qui joue ce soir, je sais pas, une blessure je crois, quelle chaleur, t'as pas de l'eau, bois, chéri, bois, des remplaçants, un groupe du coin avec un nom marrant, il rejoint le groupe, monte sur l'estrade, titube, s'accroche à Markus et leur dit à tous *Vilma est de retour.*

Il leur dit *Vilma est de retour* et le visage de Peter blêmit.

— Vous saviez, vous, qu'elle était rentrée de Norvège, putain, je m'attendais pas à la croiser.

— Vous avez parlé ? Elle t'a vu ? demande Peter.

— Nan, j'ai fait demi-tour, je suis pas prêt.

Danne se racle la gorge :

— Ça fait quoi ? Six ans ? T'es passé à autre chose !

— Vous le saviez ? Dites, vous l'avez revue ?

— Croisée vite fait au marché il y a quelques semaines, répond Danne, on a échangé trois mots, sans plus. J'étais avec Mary. Je croyais qu'elle repartait dans la foulée, j'avais pas compris qu'elle allait rester. C'est pour ça que je t'en ai pas parlé, mec.

— Hum… J'aurais préféré savoir.

Il hausse les épaules.

— Trop moche avec ses cheveux bleus. Je vous ai pas dit ? Elle s'est teint les cheveux.

Markus comprend que, non, Nico n'est pas tout à fait « passé à autre chose », il enchaîne :

— Bon, les gars, on joue dans quarante minutes, ça vous dit de vous enfiler quelques écrevisses avant ?

— Nan, moi ça va. Je prendrai juste du pain avec du västerbottensost, lance Danne. Lina et ton petit sont déjà là, Markus ? Et tes parents, ils viennent aussi ?

— Tu parles, personne ne va louper le concert du siècle, y aura les beaux-parents et toute la clique !

Bref, à eux deux, ils noient le poisson. Peter ne dit rien, il reste en retrait, la mâchoire serrée. Et Nico, puisque la vie le bouscule, se ressert une bière.

Lina, la femme de Markus, passe les encourager avec une de ses amies. Une Danoise végétarienne qui se demande bien ce qu'elle fait à cette Kräftskiva, qu'elle appelle *la fête de l'écrevisse ébouillantée vivante.* Elle s'appelle Maud, elle épèle M.A.U.D, elle dit qu'elle a des parents cinéphiles, qu'elle doit son prénom à un film français. Nico le connaît, ce film, il le déteste, un truc de Rohmer dont il ne se rappelle pas exactement le titre, si lent qu'il avait cru mourir d'ennui en le voyant. Maud attache ses cheveux avec un stylo qu'elle attrape dans son sac, d'un geste efficace. Elle dit qu'elle a besoin de boire pour ne pas entendre le cri des écrevisses. Et puis quelqu'un appelle les Dirty Poodles sur scène, Nico est en nage, ses mains glissent sur le manche de sa guitare, foutue canicule bordel, il cherche des yeux la fille au prénom français. Liv et Kasper sont tout devant, ils applaudissent déjà, lui, maladroitement, avec ses petites mains potelées qui frappent à plat. Un détail l'émeut, cette façon d'applaudir à contretemps, c'est exactement Tim. Il attrape une gourde d'eau qu'il avale entièrement, sans respirer. Et puis la musique le sauve, il oublie les mains potelées de Kasper, le bleu dans les cheveux de Vilma. Il joue, il se concentre sur ce bonheur-là.

Le premier coup de tonnerre est couvert par les basses sur la reprise de « Life on Mars ? » de Bowie ; personne n'y prête attention. Tout va très vite ensuite, un éclair et la pluie qui s'abat, des trombes d'eau, en rideaux, la scène, les instruments, les marmites bouillantes d'aneth, les chapeaux, les guirlandes et les bavoirs ; on s'affole, les gens se ruent vers leurs voitures, à l'intérieur de la mairie, sous les porches. On laisse les tables à l'abandon, on patauge dans un mélange de boue, d'herbe arrachée, bouillie de papier trempé, de suc et d'aquavit. Dans le chaos, une boîte isotherme bascule au sol : des centaines d'écrevisses s'évadent. Sur l'estrade, c'est la panique, Peter arrache les fils et déplace les amplis, Markus et Danne ramassent les guitares, abritent les micros sous une bâche. Nico demeure immobile, il est le seul à ne pas bouger, à ne pas crier, il regarde la pluie tomber, inonder la fête, le noyer, lui. Elle est là, parmi ceux qui s'agitent, elle aide à replier les tables, à ranger les bancs dans les réserves, elle court, la voir comme ça le casse en deux, il les entend qui disent *Nico, bouge-toi, allez, viens,* qui disent *reste pas là, tu vas attraper la mort.* Il regarde Vilma : elle a vu les écrevisses fugueuses, demande aux gens de les éviter, se saisit d'un balai pour les pousser vers le trottoir, pour les aider à trouver le chemin du parc. Il saute de l'estrade, on croirait que rien n'a passé depuis six ans, qu'il n'a pas cicatrisé. Il se dirige vers elle. Il ne sait pas exactement ce qu'il cherche, sous la pluie battante, entre deux éclairs, il est à quelques mètres d'elle, elle écarte la mèche bleue collée à sa joue. Peter s'approche, il dit *viens, Vilma, la voiture est garée là, je te ramène.* Nico fait encore deux pas, il pense que c'est à lui de la déposer, qu'elle lui doit des explications, il veut savoir depuis quand elle est à Mölle, si elle compte rester, il l'invitera, elle verra les travaux qu'il a faits dans la maison, tout ce qui a changé, c'est lui qui écartera sa mèche collée sur ses joues et son front après une nuit d'amour. Mais Vilma se retourne vers Peter, elle ne dit pas *ah, Peter, salut, comment ça va depuis tout ce temps ? C'est bien Peter, n'est-ce pas ?* Elle ne dit pas ce qu'il voudrait entendre, elle dit l'inverse. Elle sourit à Peter (elle sourit à ce sale con), elle saisit sa main, se serre contre lui, il lève une veste imperméable qui leur fait comme une grand-voile ; un abri où rire et s'embrasser.

Nico recule, on le bouscule. Il renifle l'air, le relent suave de l'aneth, se penche et vomit.

Une main l'agrippe par le col, il se redresse pour voir qui vient l'emmerder comme ça, il hurle :

— Putain, on peut plus vomir tranquille dans ce pays !?

C'est Maud.

Elle éclate de rire, elle dit quelque chose comme *on va pas s'ennuyer toi et moi.*

Après, il a oublié. Le retour en voiture, fenêtres ouvertes, elle au volant alors qu'elle n'a pas le permis, la maison noire au bout du chemin, la douche qu'ils prennent ensemble, ses caresses, le flot de paroles, la douceur, il a oublié. Il est en haut des escaliers, elle parle toute seule, dehors. Ça le fait rire. Cette fille le bouscule, il est déjà en bas. Jamais l'idée de réparer un toit ne l'a autant excité. Il crie :

— Le titre du film ! Ça m'est revenu ! C'est *Ma nuit chez Maud*. On pourra le mater, ce soir, si tu veux ?

Elle a sorti toute sa réserve d'outils, pointe sa tête hors de la cabane et répond, en s'essuyant le front avec un gant en caoutchouc plein de terre :

— Ah ? Je reste ce soir, alors ?

Tu te souviens de toutes les fois où on a fait l'amour dans la grange ? De cette fois-là ?

Les brins de paille s'étaient tellement incrustés dans ta peau que deux jours après tu en portais encore la marque. Il aurait fallu tout compter, puisqu'on sait maintenant que ça ne durerait pas toujours. Combien de fois on s'est retrouvés, loin des autres, pour nager nus, combien de valses sans musique dansées sous la lune, de matins où c'était si doux de penser je l'aime et elle m'aime, combien de tes grands rires, de tes bras autour de ma taille quand on se promenait à vélo, oui on aurait dû compter, comme ça on aurait su que c'était la dernière fois. Et on en aurait profité, on aurait tout fait mieux. J'aurais appuyé mon baiser, mordu tes lèvres. À la fin du bal, je n'aurais pas dit je suis fatigué je rentre, j'ai beaucoup trop bu, on se revoit demain ma jolie. *Je serais resté, on aurait marché jusqu'à chez toi, je n'aurais fait aucun bruit en montant les escaliers vers ta chambre, on aurait dormi ensemble, collés, et je me serais sauvé aux premières lueurs du jour. Au lieu de ça, je suis là, caché sous la rocaille ; et bêtement, je suis mort. J'ai envie de revenir en arrière, il y a dix secondes, ou cent ans je sais pas, je rejoue tout, en boucle, ça m'occupe.*

Je te rejoue, toi, pour te garder.

Tu es essoufflée d'avoir tant dansé, un des boutons de ta robe s'est dégrafé, tu tiens le tissu de peur qu'on aperçoive tes seins, tu as les yeux brillants, ils te regardent tous, ils en bavent de nous voir ensemble. On sait que tes parents l'apprendront, que tu devras t'expliquer, redire que tu m'aimes, que c'est moi que tu choisis. On le sait, on s'en fiche. Tu es ivre, légèrement, tu dis des mots que tu ne dis jamais, tu dis qu'ils crèvent. *On s'éloigne, je titube. Ta main me lâche pour attraper quelque chose dans ta poche. Je vois flou, je tiens à peine debout, je te trouve belle, je bande, je pense qu'il est temps que je rentre. Tu insistes pour me ramener à pied, mais tu frissonnes, tu as toujours froid, même les nuits brûlantes d'août. Je pose ma veste sur tes épaules, tu respires le cuir, tu dis* c'est bien toi.

je suis fatigué je rentre
j'ai beaucoup trop bu
on se revoit demain ma jolie

je suis fatigué je rentre
j'ai beaucoup trop bu
on se revoit demain ma jolie

en boucle, je rejoue la dernière fois où tu m'as touché, où je t'ai touchée

Ne me cherche pas, mon amour.
Abandonne.
Ne crois pas ce que je t'ai dit, demain n'existe plus.

5

Hôpital de Royan
Novembre 1972

Il a été appelé en pleine nuit.

D'une voix douce, l'infirmière de garde lui a annoncé que l'état de sa mère s'était rapidement dégradé en quelques heures. Elle a laissé un silence, et comme il ne répondait rien, pas un mot, elle a enchaîné. S'il voulait la voir, lui dire au revoir, il fallait venir rapidement, est-ce qu'il pouvait prévenir ses sœurs ?

Suzanne d'abord, et elle appellerait Simone.

— Suzette ? C'est moi, André.

— Qui est mort ?

— Personne n'est mort. Mais ils ont appelé pour maman. Ils disent que…

Suzanne finit sa phrase :

— Que le moment est venu, c'est ça ?

— Je pars tout de suite de la maison, essayez Simone et toi de prendre le premier train demain matin.

— Oui, bien sûr, mon frère, on arrive vite.

André a l'impression que ses jambes mollissent, que sa gorge se noue, lui, il voudrait des larmes ; il les attend depuis des mois. Il est sec.

— Suzanne ? Je ne sais pas si je pourrai affronter ça tout seul.

Elle raccroche après avoir promis de faire au mieux : elle doit déposer ses chats chez la voisine, passer chercher Simone, elle parle entre deux sanglots, son chagrin est visible. Elle, au moins, pense André, elle n'a pas le cœur sec.

Les couloirs de l'hôpital sont vides, il y a cette odeur étouffante, de sang, de blessures, de draps souillés.

De mort et de céleri.

C'est à ça qu'il pense en entrant dans la chambre de Prudence, pourquoi les hôpitaux sentent toujours la soupe de céleri ?

— Ah, vous voilà monsieur Bérel, vous avez été rapide.

— Je suis chez ma mère cette semaine, à Saint-Palais. Mes sœurs arrivent dans quelques heures.

L'infirmière lui sourit, elle tend le bras vers le lit, Prudence, son souffle est si court qu'on ne l'entend presque plus.

— Bon, je vous la laisse, maintenant. À plus tard.

La porte se referme sur la chambre sombre, un rai de néon blanc au-dessus d'elle, et les lumières des machines qui la maintiennent en vie, du bleu, du vert, du rouge. Il tire le lourd fauteuil recouvert d'un épais plastique gris, et s'assoit tout près d'elle.

Elle a l'air déjà morte. L'infirmière a dit qu'elle se réveille de temps en temps, elle a encore prononcé quelques mots, vers minuit, qu'elle entend tout, qu'il peut lui parler, qu'il faut lui parler.

D'abord, il prend la main de sa mère, il la caresse avec une infinie douceur. Elle tremble, de froid, de peur. Il se souvient qu'elle avait raconté un jour, en parlant de son mari mourant, qu'il avait les pieds gelés, qu'il frissonnait, parce que, c'est comme ça qu'elle l'avait dit, *on a très froid quand on meurt.* Il souffle sur sa peau pour la réchauffer. Il s'approche de son oreille et murmure *je suis là, je ne pars pas.* Elle n'ouvre pas les yeux, ne lui répond pas. Il voit son torse se soulever, très, très légèrement, c'est encore un peu de vie qui entre et qui sort.

Ses paupières sont si fines, si fragiles. On dirait du papier, de la peau qu'on peut déchirer. Il les embrasse, un petit baiser déposé, sans bruit, comme elle le faisait quand elle rentrait tard et qu'elle venait les embrasser, Suzanne, Simone et lui. Un baiser qui les frôlait à peine, pour ne pas les réveiller (lui, André, il l'attendait – c'était ça, les lèvres de sa mère sur ses paupières fermées, qu'il attendait pour s'endormir enfin). Il souffle *maman, on n'est que tous les deux, personne pour nous entendre, je ne dirai rien aux autres, tu peux me parler.* Il pose sa tête sur le matelas, juste entre le corps inerte, glacé de sa mère, et le vide. *Parle, s'il te plaît. J'ai l'impression que tu as passé ta vie à me murmurer quelque chose, à me le murmurer en creux, tu vois ? Avec tes silences, tes secrets. J'ai l'impression qu'on a commencé une conversation il y a longtemps et qu'on ne l'a pas finie. Qu'il reste beaucoup à dire. Je t'ai posé la question mille fois, mille fois tu m'as laissé au bord du vide. Au bord de ton vide. Maman, tu te souviens de cette fois* (il passe ses doigts sur chaque veine, il veut réveiller ce qui va s'éteindre), *tu t'en souviens forcément, je t'ai harcelée tant de fois à ce sujet* (il pose le drap sur sa peau et souffle dessus, c'est ce qu'elle faisait, sur ses moufles l'hiver quand il était petit, pour éviter les engelures). *À quoi pensais-tu, quand tu étais restée une semaine dans ta chambre, qu'on appelait ton tombeau, qu'on appelait ton antre ? À la radio, on avait entendu des mots qui t'avaient bouleversée, sur ce garçon disparu, qu'il y avait eu des battues, que tout avait été retourné pour le retrouver, tu étais si blanche, si mutique ensuite, on aurait dit que c'étaient tes mains qui avaient creusé, creusé profond pour le chercher. Parle. Parle s'il te plaît, je t'aime, parle, dis-moi ce que tu as compris ce jour-là ?* Il attend. Il pense même, un instant, une seconde, qu'elle a cessé de vivre, tout semble éteint, et sa respiration, tout semble arrêté, et le sang dans ses veines. Il se met debout et pose sa tête sur son torse, le cœur est là, dessous, tout près et il l'entend. Oui le cœur bat encore. Il n'ose plus rien dire, il a compris que ça ne sert à rien. Vient alors un grand soupir et s'ouvrent ses yeux, André voit leur couleur, qui n'est déjà plus celle d'avant, un gris délavé. Elle serre sa main, d'une façon presque imperceptible, c'est là que les larmes viennent. André peut enfin pleurer, collé à elle, il n'attend plus rien. Elle desserre l'étreinte, avale l'air une dernière fois et décide que c'est le moment pour elle de tout emporter. Tout restera enfoui, maintenant, voilà, elle est morte. C'est fini.

André n'est plus là quand ses sœurs débarquent dans la chambre vers midi le lendemain. Il n'est pas resté, il a fermé les paupières de Prudence avec sa peur de les déchirer, remonté la couverture pour la cacher et il a quitté l'hôpital. Il lui en veut un peu d'être partie comme ça, sans réponse.

Aux Diables Rouges, il a tout retourné, les placards, les tiroirs, les sacs et les boîtes. Il serait bien incapable d'expliquer ce qu'il cherche, il fouille malgré tout, il creuse.

Plus tard, il entend le taxi qui dépose ses sœurs devant la maison. Il rêverait d'être le grand frère qui se précipite pour les accueillir, les prend dans ses bras ; les réconforte. Mais André reste là, assis par terre, le dos contre le lit de sa mère, genoux relevés. Simone et Suzanne entrent, elles ont la clé, elles l'appellent, finissent par le trouver dans la chambre rose. Il leur jette un regard affolé, il est en morceaux, hirsute et mal rasé, des papiers et des photos partout autour de lui, sous lui. Elles ne parlent pas, font quelques pas jusqu'à leur frère et s'assoient, l'une à sa gauche, l'autre à sa droite, l'entourent de leurs bras trempés (il pleut à verse, leurs manteaux ruissellent).

Simone pose sa tête sur son épaule.

— On est là, tu vois. Tu n'es plus tout seul.

— Tu remues tout ? Qu'est-ce que tu cherches ?

Un silence.

Et puis Suzanne lui donne dans le ventre des petits coups poing retenus.

— Et sinon, tu as complètement arrêté l'hygiène, c'est ça ? Savon, shampoing, dentifrice ?

André se tourne vers elle, il adore les rides nouvelles qu'elle a au coin des yeux, son air malicieux, sa façon décalée de voir la vie a fini par s'imprimer sur sa peau. Il sourit.

— D'accord, j'ai compris, je pue. C'est vrai que depuis que je suis arrivé, je ne fais que repousser le moment de me laver. On se gèle dans la salle d'eau.

— Le chauffage, ça existe.

— Hum… J'étais occupé, vois-tu, ma Sim'. Occupé à regarder ma mère mourir.

Il a prononcé ça d'une voix un tout petit peu trop grandiloquente pour ses sœurs. Quand il le dit, il sait qu'elles ne laisseront pas passer ça.

Simone imite le geste du joueur de violon, la tête penchée sur un instrument imaginaire.

— Oh, écoutez-le celui-là ! lance Suzanne, *j'ai regardé ma mère mourir...*

— Pffff, vous êtes dures, les filles. On a perdu maman, merde.

— On l'a perdue il y a des mois. On savait tous que ça arriverait d'une minute à l'autre. Moi ce que je ressens, c'est un soulagement. Immense. Je n'en pouvais plus de la voir souffrir, s'éteindre si lentement.

Suzanne attrape une vieille photo sous ses fesses. Prudence les deux mains sur son visage, il y a deux ou trois ans, elle se cache parce qu'elle se trouve moche et pas coiffée. Elle dit – on peut l'entendre, presque – *non, pas de photo, je suis affreuse !*

— Elle va nous manquer, notre petite vieille. Elle va nous manquer.

André se relève d'un bond, tape dans ses mains, deux fois.

— Vous frisez le lyrisme, vous aussi. Allez, on va manger, j'ai faim !

Suzanne aide Simone à se remettre debout, en la tirant vers elle.

— On va préparer des sandwiches, toi, André, tu vas d'abord te laver.

Pendant les trois jours qui suivent, entre la préparation des obsèques et les démarches administratives, les enfants de Prudence vont et viennent dans la maison, s'affairent. Il reste une place dans le caveau, elle sera enterrée près de son mari. La famille les rejoindra en fin de semaine, Paola, Adrienne, Luc. Elle avait demandé quelque chose de simple, *sans chichis*. Elle voulait un enterrement qui ressemble à sa vie. Suzanne décide un matin que c'est à eux de ranger, de faire le tri dans ses affaires. Eux trois. Ça leur revient. Ils se partagent les pièces, elle les deux chambres du fond, Simone le salon et la cuisine, André le dortoir des enfants et la salle d'eau. Ils font trois piles, ce qui se jette, ce qui se garde et qu'on pourra partager, ce qui se donne aux bonnes œuvres. De temps en temps, l'un d'eux débarque avec une trouvaille, un pyjama d'enfance en éponge élimé qu'ils ont porté tour à tour, une photo, des lettres que Jean et Prudence ont échangées pendant la guerre, et quelques horreurs – ce qu'ils appellent des horreurs, mais qui était si précieux, sans doute, pour elle – des sachets remplis de mèches de cheveux, Suzanne 1927, boucles de Simone à cinq ans, premiers cheveux d'André, été 1914, des dents cariées au fond d'une petite boîte recouverte de velours violine, une patte de lapin porte bonheur.

— C'est incroyable cette manie de tout conserver, quand même. Il y a un côté morbide. On fout en l'air ?

Les boucles, les mèches blondes, les premiers cheveux finissent en haut de la pile « À jeter ».

— Sans regrets ! lâche Simone en jetant le tout au-dessus des crèmes solaires périmées, des boîtes de chocolats vides, des chutes de papiers cadeaux de seconde main, des chaussures sans talon.

Il y a des moments où ils ne pensent plus à Prudence, ils écoutent la radio, commentent le programme musical. S'amusent comme avant, leur fonctionnement en trio se réveille. Simone adore Polnareff, elle chante à tue-tête « Holidays » en se dandinant. André a des goûts plus classiques, lui, il ne comprend pas bien ces nouvelles musiques, il préfère Mort Shuman, Marcel Amont ou Nana Mouskouri. Suzanne ne jure que par ce qui vient de loin, Elton John ou Neil Diamond. Ils se disputaient déjà pour ça il y a trente ans, tout change mais rien ne change. Ils se réconcilient autour d'un plat de pâtes, les classiques coquillettes au beurre héritées de leur mère ou les fusilli à l'andouille de Simone. Et puis il y a les découvertes qui les font chavirer un instant, une photo jaunie, Prudence sur les genoux de Jean, cigare au bec, le flamboiement du ciel sur la côte sauvage, des souvenirs qui leur font dire *maintenant il n'y a plus que nous trois*, et penser peut-être on est en première ligne, les prochains sur la liste, c'est nous. Ils sortent se balader en ville, ou sur la plage de Nauzan, le froid de novembre cingle leurs joues, leurs oreilles – ils avancent face au vent, penchés, tête baissée, leurs manteaux se gonflent d'air, ils repensent aux batailles de méduses tranchées au canif, aux maillots de bain en laine sans forme qui dévoilaient leurs fesses et leur sexe à la sortie des vagues. Un soir, Suzanne se déshabille ; à la plage du Platin, il n'y a jamais personne. Elle fonce nue dans l'eau glacée ; les deux autres restent sur le sable et la regardent hurler à chaque centimètre de peau gagné par la mer. Ils rentrent trempés pour se blottir au coin du feu et se saouler au pinot noir.

Ce matin, ils se sont levés tôt. Luc et sa mère débarquent demain. D'ici là il faut ranger les cartons éventrés et faire de la place. Chacun a repris son poste, chacun ouvre, déplie, vérifie et tranche. André sifflote dans la salle d'eau, il hésite à garder les rasoirs de son père. Il revoit les joues griffées de Jean, le sang qui teintait la mousse ; il enfouit son nez dans les poils du blaireau pour sentir s'il en reste encore, l'odeur du savon. Il entend Suzanne qui s'exclame depuis la chambre de Prudence :

— Nos bulletins de notes ! Elle a gardé tous nos bulletins !

La voix de Simone jaillit à son tour :

— On jette ! Ces bouts de papier me rappellent les gifles du père qui allaient avec.

Mais André pense que ça amusera Luc et Paola, que ça vaut le coup de garder, au moins jusqu'au lendemain. Vers midi, ils se mettent à table. André a fait couler un café, il reste des croissants du matin. Suzanne arrive avec un tas de photos et de lettres entre les mains. Elle tend un article de journal à son frère.

— Regarde, elle a découpé ça dans *Le Courrier de l'Ouest*, ça date de 54.

— C'est quoi ?

— Le journaliste détaille les recherches autour de cette histoire de disparu des Sablons.

Les yeux d'André parcourent l'article, on évoque les hypothèses des gendarmes, la rumeur parle d'une querelle amoureuse. À l'époque, l'enquête n'avait pas été bien loin, faute de cadavre, et puis la guerre a fini d'œuvrer pour qu'il tombe dans l'oubli. Dans la marge, ces mots écrits au crayon à papier, presque effacés mais qu'André parvient à déchiffrer, *est-ce qu'il a eu froid ?*

Il relit à haute voix.

— Est-ce qu'il a eu froid ?

C'est l'écriture de Prudence, son *f* si particulier aux boucles qui se croisent pour former un huit.

— De qui elle parle ?

— Du type, sans doute.

André replie le journal, le glisse dans sa poche. Ses sœurs posent des questions, *mais pourquoi ? Elle le connaissait, tu crois ? Vous vous rappelez sa semaine de mutisme cet été-là ? T'en penses quoi, toi, André ?*

— Rien, on remballe, on saura jamais. Il reste deux croissants, qui n'en veut pas ?

L'article est dans sa poche arrière. Pas sur le tas, avec les mèches de cheveux et les dents tombées. Au chaud, dans sa poche.

André repense aux mots de sa mère, ses mots anciens, on a si froid quand on meurt. Il lui en veut, il ne lutte pas contre ça, il lui en veut, point. D'être partie, de s'être tue. De l'avoir laissé. Il déplie le croissant, il fait toujours ça, il trempe les deux extrémités dans le café brûlant et garde le cœur mou pour la fin. Son père faisait pareil, au moins une chose qu'il lui doit, la meilleure façon de manger les croissants. En lui tendant l'article, Suzanne a fait tomber une photo. Elle la ramasse et la pose sur la table, comme elle poserait une épluchure d'échalote, un mégot. André se penche dessus, éloigne les miettes, essuie le cercle de café laissé par sa tasse. Ils sont nombreux sur cette photo noir et blanc. Elle rayonne au centre, la lumière est pour elle. Évidemment, c'est Prudence. On reconnaît ses traits, sa façon de se tenir ; droite. Mais il y a quelque chose, un air de défi, qu'André n'avait jamais vu avant. Un éclat, une force qui ont disparu ensuite. Elle prend la main de celui qui se tient près d'elle, on ne voit de lui qu'une masse de cheveux s'échappant d'une casquette sombre. Le photographe l'a saisi en plein rire, il a bougé et le sourire est flou. On ne voit qu'eux, les autres disparaissent de l'image, ils n'existent plus. Elle fixe l'objectif, fougueuse, remplie, comme si rien de grave n'allait advenir, jamais. Comme si la vie n'allait pas les avaler, les détruire.

À l'arrière de la photo, en bas, à droite, une inscription : *Les Sablons, juillet 1913.*

Un soleil de novembre, tiède, s'invite dans la pièce ; révèle la poussière et les miettes, le sale et le triste. Dehors, l'averse est passée.

— Et si on sortait boire ce café sur la terrasse ? propose André.

Il grelotte, sa tasse en main, accoudé à la balustrade.

Suzanne dit *tu frissonnes, frérot* et dépose sur son dos le vieux plaid troué du canapé.

*

Adrienne et Luc ont fait la route de nuit et débarquent aux Diables Rouges au petit matin, exténués. En passant en ville, ils ont vu que la boulangerie venait d'ouvrir, ils ont acheté une grosse brioche vendéenne. Quand Luc la pose sur la table, des billes de sucre s'échappent du sac. André les a entendus arriver, il est en pyjama, s'étire, avant de prendre sa femme dans ses bras, d'abord sans un mot. C'est si bon de les voir, ces deux-là. Luc attend son tour, bras ballants, il n'est pas à l'aise avec le chagrin des autres, encore moins avec celui de son père. André le sait, approche l'air gêné, comme s'il s'excusait, et d'avoir perdu Prudence, et d'être orphelin, et de trimballer autant de morts avec lui. Il saisit son fils par le cou, l'attire vers lui, presque brutalement. Le câlin est immobile, raide. Luc renifle l'odeur de son père, ce que la nuit a déposé sur sa peau, dans ses cheveux, sa barbe. Il se dit une semaine ici et il sent déjà la maison, une odeur qui n'existe qu'entre ces murs, la somme de tous les étés passés ici, les embruns, le renfermé des fonds de placard, les serviettes de plage qu'on laissait sécher devant la cheminée allumée même en août, les boîtes de gâteaux, la crème rose dragée que Prudence s'étalait chaque soir sur le visage et le cou, Oil of Olaz, la poussière des rideaux, les sachets de lavande. Un concentré d'enfance. C'est trop pour lui, il s'écarte d'André qui lance :

— Ah, une brioche à la fleur d'oranger. Magnifique…

— Ouais, avec maman on s'est dit que vous seriez contents d'en tremper dans le chocolat, les tantes et toi.

— Tu te rappelles ce que tu faisais avec les grains de sucre qui tombaient sur la table ?

Adrienne poursuit :

— Ah, oui… Tu les attrapais directement avec la langue !

— Dégueulasse. Je… léchais le formica, quoi ? Maintenant, je m'y prendrais autrement, je crois.

Luc porte son index à sa bouche, puis récupère les grains de sucre au bout de son doigt mouillé. Les croque tous.

— Pao arrive quand ?

— Dans la soirée. Elle ferme sa boutique plus tôt et passe prendre Michèle. Elles font la route ensemble.

— Ah, Michèle se décide enfin à venir ici ? Pas trop tôt.

C'est Suzanne qui répond à Luc, depuis le couloir. Elle est déjà habillée, maquillée, coiffée ; les yeux rougis d'avoir sans doute beaucoup pleuré.

— Tu sais très bien pourquoi, p'tit Luc.

Elle enlace Adrienne et se rue sur son neveu. Elle est la seule, elle a toujours été la seule dont il accepte les effusions. Il se blottit, tend ses joues, caresse son bras. Il adore sa tante, sa préférée depuis l'enfance, ils ont ce lien.

— Fallait que la mère meure pour que Michèle ait le droit de mettre les pieds aux Diables.

André hausse les épaules.

— Elle aurait fini par l'accepter, si ça se trouve, hasarde-t-il.

— Écoute André, on va pas refaire l'histoire, hein. Elle l'aimait beaucoup. Tant qu'elle pensait que c'était ma colocataire. Quand elle a compris, elle a été très claire. Tu te souviens ?

— Ouais papa, t'exagères. Franchement, même moi je m'en rappelle. Je pigeais pas tout, mais ça m'a marqué. Elle avait dit…

Suzanne et lui se redressent, dos droit, nuque tendue, menton levé (ils appellent ça, le maintien « à la Prudence ») et reprennent, en chœur, les mots qu'elle avait prononcés, à l'époque, *heureusement que ton père est mort, parce que ça l'aurait tué*, avec son ton tranchant, aigu.

— J'avoue, c'était pas très malin, reconnaît André.

Il s'attaque à la brioche en regardant ailleurs.

— Fais gaffe, tu vas te couper. Enfin, bref, la voir ici, ce soir, ça va me réconcilier avec tout ça. J'en ai quand même vachement voulu à la mère.

Adrienne s'éloigne, elle a les paupières lourdes, la nuit a été longue. Elle répond, doucement :

— Je te comprends, Suzette… Moi je vais aller me reposer un peu, j'ai les six heures de route dans les pattes. Je vous retrouve pour le déjeuner ?

Elle embrasse son mari du bout des lèvres et file vers les chambres.

— On dort où, chéri, dans la rose ?

— Oui, mais aère un peu, ça doit sentir le bouquetin. Je venais de me réveiller quand vous êtes arrivés.

Luc s'effondre dans le canapé sans forme du salon, se colle un coussin sur le ventre et s'assoupit.

André le regarde dormir, ça n'arrive plus si souvent depuis que son fils a quitté la maison.

Suzanne est à table, il y a du café chaud ; elle croque dans la brioche, pense que si elle avait eu un fils, elle l'aurait voulu comme Luc.

— Tu l'as pas raté, ton môme, André.

Il rejoint sa sœur, fait le même geste que Luc, plus tôt, écrase les boules de sucre avant de les laisser fondre sur sa langue.

La photo est toujours là, quelqu'un l'a placée sous un vase affreux, pour ne pas qu'elle s'envole, peut-être. Il la glisse vers lui.

— C'est qui, le type, à ton avis ? lui demande sa sœur.

— Pas papa, vu la couleur des cheveux. Tu savais qu'elle avait eu un flirt, avant lui ?

— Non. Toi aussi t'as l'impression qu'ils s'aiment, ces deux-là ?

— Ça crève les yeux. Ou alors, les meilleurs amis du monde, mais pourquoi elle n'en a jamais parlé ?

Elle attrape la photo, lit l'inscription au dos.

— C'est en Anjou, donc avant son départ pour Paris, avant la dispute avec ses parents. Elle n'y est pas retournée après.

— Hum… Mais lis la date, Suzanne. Juillet 1913. Elle est partie au printemps, en tout cas c'est ce qu'elle nous a toujours raconté.

— Ouais, mais tu sais bien qu'elle se mélangeait toujours les pinceaux avec les dates. Bon, on mange quoi ce midi ?

André éclate de rire :

— Tu n'es qu'un ventre, ma sœur ! J'ai acheté ce qu'il faut pour un gratin. Tu feras la béchamel, d'accord ? J'ai l'impression qu'on ne parle que de bouffe dans cette baraque. Non ?

— De bouffe et de fantômes.

Vers minuit, André se réveille en nage, il a fait un rêve étrange mais il n'en a gardé que la sensation : il étouffe. Il se lève, à la cuisine se sert un grand verre d'eau. Il n'a plus sommeil, debout dans la pièce glacée. Il astique les plaques, le gras calciné du four, il passe l'éponge, ça l'occupe. Une pensée l'envahit, il ne sait plus s'il a fermé les yeux de sa mère avant de quitter sa chambre, l'autre nuit. Ça l'obsède, est-ce qu'elle a dû, à cause de lui, rester longtemps les yeux rivés au plafond à attendre que quelqu'un les ferme et la libère ?

Les mots de sa mère tournent en boucle, il s'en passerait bien, est-ce qu'il a eu froid, est-ce qu'il a eu froid. Et elle ?

Plus tard, toute la famille est réunie autour du cercueil, ils l'ont choisi blanc. Eux sont en noir, tous, sauf Luc qui a gardé sa veste en cuir rouille et son jean. Michèle aussi se distingue, elle a une longue écharpe en laine rouge, elle a dit rouge comme vos diables, rouge comme tes joues mon amour, en serrant Suzanne contre elle. Il fait un froid terrible, qui les pince. Leurs larmes gèlent avant de couler, Luc s'amuse même de ça. Il a préparé un texte pour sa grand-mère, qu'il récite sans trembler, un texte maladroit, presque enfantin. Paola écorche un poème d'Éluard, elle dit zut, je ne sais plus ce qui vient après « la nuit n'est jamais complète ». Simone tousse pour cacher sa gêne. L'éloge funèbre du prêtre est court et sans chaleur – il n'a jamais vu la défunte, l'appelle Constance deux fois avant d'être repris par André. Sur le petit chemin de l'église au cimetière du Vieux-Clocher, Michèle déroule son écharpe, recouvre les épaules de Suzanne qui grelotte. Elles avancent toutes les deux sous la grosse laine carmin, leurs bras se touchent. Quand Michèle caresse sa main en douceur, Suzanne s'écarte ; elle n'est pas prête pour ça, pour les regards.

Devant la tombe, deux groupes se forment naturellement, Simone Suzanne André d'un côté, Paola Adrienne Luc Michèle de l'autre. Ils en ont parlé à table, le matin, ils sont préparés à ce qui arrive. André rappelle à haute voix, c'est elle qui voulait ça, on respecte ses vœux, on ne fait que respecter ses vœux. Adrienne dit *on le sait, on le sait bien, André.* Les employés des pompes funèbres ouvrent le caveau, sortent le cercueil de Jean, enterré vingt ans auparavant, bois vermoulu, recouvert de mousse et de terre. Du bois fragile, qui pourrait tomber en lambeaux. Ils le déposent à un mètre des enfants, Simone ferme les yeux, porte sa main à la bouche, elle va vomir, elle dit *je vais vomir Suzanne, tiens-moi, tenez-moi.* Suzanne regarde André, ce regard-là signifie c'est pas humain ce qu'elle a demandé, maman, pas humain d'avoir à supporter ça, en plus de sa mort à elle, elle répète *merde, c'est pas humain.* Il attrape fermement le bras de sa sœur et le serre, il passe de l'une à l'autre, embrasse leurs joues, creuses de Suzanne, rebondies de Simone, toutes inondées de sanglots. Prudence a demandé à ne pas passer l'éternité au-dessus de son mari ; elle voulait qu'on place son cercueil sous celui de Jean, elle disait qu'elle se sentirait protégée.

Il y a un silence très lourd, qui met Luc mal à l'aise. Il observe la scène en spectateur, maintenant il voudrait être loin, marcher sur la plage, ou manger des huîtres au bord de la Seudre.

— C'est un peu le jeu des chaises musicales, quoi, tente-t-il, en gloussant presque, accroché au bras de sa cousine.

Il l'a lâché très bas mais les autres l'ont entendu et personne ne rit, évidemment ; le silence d'après lui semble pire que tout.

— Excuse-toi, chuchote Paola.

— Oh, c'est bon, ça va… C'est pas grand-mère que ça aurait choquée. Ils sont morts. (Il ne le dit qu'à elle, il chuchote.)

Elle rit, *espèce de sans-cœur, va. T'es irrécupérable.*

André aimerait que son fils se taise, qu'il arrête ce petit numéro et puis, en même temps, il aime sa façon d'être déjà de retour dans la vie, d'y sauter à pieds joints. Ça lui permet de penser à autre chose qu'à la poussière, au vide, aux voix qu'on n'entendra plus. Il se demande encore quelqu'un a-t-il fermé ses yeux, si moi je ne l'ai pas fait ? Il voudrait savoir ce qui reste de son père, dans le cercueil qui attend son tour, fin comme du papier. Ce qui reste de sa mère, aussi, peur secret colère amour, il voudrait savoir.

Elle a passé une vie à s'agiter, à s'occuper de nous tous, comme elle pouvait, c'est-à-dire maladroitement, sans tact la plupart du temps, à cuisiner, à supporter Jean, l'alcool et ce qui coulait de lui quand il avait trop bu, elle a résisté.

Que morte, elle se repose.

Vient le moment de les laisser. De jeter de la terre et des roses blanches. De dire un dernier mot si on veut.

Derrière eux, les employés des pompes funèbres s'affairent, reposent la plaque mortuaire sur laquelle Prudence n'apparaît pas encore. André la fera graver dans la semaine, le prénom de sa mère, *1894-1972*, et trois mots : *À notre mère.*

Il fermera la maison, retournera à sa vie.

Fera, avant de partir, un feu de brindilles au fond du jardin, y jettera les lettres, les sachets de cheveux, les dents, les boîtes de biscuits périmés. Et la photo. Brûlera alors sa mère en noir et blanc fixant l'objectif, son épaule collée à celle de l'homme à la casquette, l'inscription au dos, son rire, brûlera ce qu'elle a voulu taire.

Il se sentira léger.

Que morte, elle se repose.

Alors comme ça, j'ai enfreint leurs règles.

Il y avait des signes et j'ai regardé ailleurs. Je t'ai regardée, toi.

Je mérite ; je mérite peut-être ce qui m'arrive.

Mon corps en décomposition.

Le sang a passé.

La pourriture a séché.

La terre a fait son travail, m'a absorbé.

Je mérite ce qui m'arrive.

Ton chant que j'entends, triste, très ancien. Mon cœur flottant mais qui bat, ah oui, il bat, je te l'ai dit ?

J'ai cru que j'étais plus fort qu'eux.

6

Kullaberg, Suède
Février 2019

Maud est restée.

Le premier matin et les suivants.

Ils n'en ont même pas parlé. Ça leur semblait évident, tout semblait évident. Ils ont passé deux jours à rire de rien – d'eux, de ce chaos à la Kräftskiva – à manger au lit et faire l'amour – sur les miettes et les épluchures d'orange, à dormir l'un dans le creux de l'autre. Un matin, elle est allée au studio qu'elle sous-louait pour récupérer quelques affaires (Maud est le genre de fille qui n'a pas besoin de grand-chose, qui se contente). Elle les a posées dans une pièce dont elle a fait sa chambre, attenante à celle de Nico. Il l'a regardée, l'a aidée à monter des étagères pour ses livres et son tas de fringues. Elle a dit :

— Si ça te va, je me mets là. J'aime bien la lumière ici, et la vue sur le jardin. Faudra qu'on arrache le papier peint, ces fleurs, ça me déprime.

Il ne s'est pas étonné qu'elle veuille avoir sa chambre à elle, son coin. Il a répondu *ça me va* et l'a laissée s'installer.

Elle le rejoint souvent la nuit, il sent son corps glacé qui se glisse sous la couette ; Maud a toujours froid, des orteils comme des glaçons qu'elle réchauffe sur sa peau à lui. Elle l'enlace, il la maudit, profère une insulte ou deux en français, puis l'accueille en serrant fort ce qu'il tient contre lui, un bras, une main, son visage entier. Ils ont un abri, tout s'encastre parfaitement. Elle l'appelle mon gros, c'est vrai que Nico a continué à s'épaissir un peu, il arrondit les angles, son ventre est rebondi, elle adore y poser sa tête.

Sept mois qu'ils s'apprivoisent. Ils avancent bravement dans un temps qui est le leur, qu'ils ont inventé. Quand elle part quelques jours, voir une amie à Malmö ou son frère au Danemark, Nico ne se languit pas d'elle, ils ne s'appellent pas une fois. Il sait qu'elle rentrera et que leur vie reprendra, simple, exactement là où elle s'était arrêtée. Et que ça sera bien. Qu'il lui arrivera de frissonner si leurs bras se frôlent à la cuisine, de s'interrompre dans ce qu'il fait, de la guitare ou un aïoli, parce que l'idée de Maud le transperce.

Ensemble, ils parcourent la Scanie dans tous les sens, explorent chaque circuit de randonnée. Dès que le travail de Maud le lui permet – elle est serveuse au bar du Grand Hôtel à Mölle –, ils sortent de la maison et marchent. Ce matin, ils glissent dans un petit sac à dos ce qu'il faut pour pique-niquer, du hareng, du pain, un avocat trop mûr qu'ils écraseront, des pickles et des noix. De la bière et de l'eau. Ils suivent la route à travers les champs, droite et large, elle semble sans fin, avant de rejoindre le chemin en forêt qui est tout le contraire, finit en lacets miniatures entouré d'arbres touffus, denses, finit dans le vert obscur. Il faut grimper un peu entre les pins, gratter la résine pour en garder sous les ongles, faire craquer les feuilles sous les chaussures épaisses, et le faire longtemps, pour voir la lumière à nouveau. Et le ciel surgit, très clair, la mer en contrebas, ça sent le bois calciné et le terreau noir, le silex.

Plus loin, le chemin est caillouteux, il descend franchement dans les rochers jusqu'à une petite crique abritée. Maud et Nico y viennent souvent. C'est leur pause après des heures de marche, les fesses posées sur les brisants. Ici, ils aiment les couleurs changeantes de l'eau, du gris profond à un turquoise presque scintillant (dans ce cas, Maud considère que c'est *trop*, trop beau, trop parfait, elle préfère le terne des jours de pluie). Ils suivent ensuite, à chaque fois comme s'ils le découvraient, le jeu de piste aléatoire des petites flèches tracées dans les cailloux à la peinture blanche, en partie effacée. Puis ils atteignent Silvergrottan. Entre deux pans de falaise, une porte s'ouvre vers un tunnel étroit, quinze mètres, telle l'entrée d'une mine. Ils font toujours comme s'ils partaient à l'aventure, comme si, en avançant, en creusant peut-être, ils atteindraient l'autre rive, la côte déchirée de Kullala. Maud touche les parois humides, froides même en plein été, Nico juste derrière elle, mains dans les poches (qu'il ne touche rien, que rien ne le touche). Quand ils arrivent au bout de cette drôle de grotte, ils font demi-tour et s'émerveillent ; si la lumière est rasante, on dirait que la roche se couvre d'argent. Maud s'attarde, prend des photos, chante, fait résonner sa voix. Nico ne reste jamais longtemps, il cherche de l'air. Il n'aime pas la moiteur, sentir les gouttes tomber sur ses joues. Le couloir mène à la mer, il y court, le ciel se détache, il voit déjà la mousse et la bruyère, ce jaune, ce vert cru, ce rose tranchant sur le fond bleu. Il peut sortir et respirer, ce qu'il craignait n'est pas arrivé, la grotte ne l'a pas gardé pour elle. Elle l'a recraché. Il attend Maud, elle arrive quand il est calmé, que son pouls est retombé.

Souvent, la journée s'écoule sans une parole. Ils aiment accorder leurs silences sur le rythme de leurs pas. Maintenant, Maud a envie de parler. Elle lui attrape la main.

— Tu pourrais trouver un autre groupe, rejouer.

Il lui tend la gourde.

— Je donne mes cours. Et je joue pour toi, à la maison.

— Tu aimais la scène, non ? Trouve un autre groupe où il n'y aurait pas le nouveau mec de la fille que tu aimes.

Nico secoue la tête.

— C'est toi que j'aime. Vilma, je sais même pas si je l'ai aimée. C'est juste que, tu sais…

Maud rit, elle s'en fout.

— Non, pas vraiment. Dis.

— Peter et elle, c'est un truc que j'ai mal digéré au début. Surtout le fait d'apprendre que tout le monde savait, Markus, Danne, tous. Peter, ça a toujours été le petit con, celui qui m'agaçait. Il me manque pas. Les autres, oui, parfois. Markus me faisait flipper mais je l'aimais bien. Avec Danne, on se refilait des musiques. Je les considérais comme deux potes, de vrais potes. Ils auraient pu au moins.

— Au moins ?

— Me prévenir. Pour Peter et Vilma.

— Ça faisait quoi ? Cinq ans, non ? La rupture avec elle ?

— Ouais, quelque chose comme ça.

Elle remet le sac sur son dos et s'éloigne, reprend la marche.

— Ils devaient penser que tu étais passé à autre chose. Allez, viens. On cherchera, d'accord ?

— Quoi ?

— Un autre groupe pour toi.

— On verra. Johann joue d'un instrument. Liv me l'a dit. Un truc à cordes. Faudra que je creuse ça, avec Johann, ça me plairait bien.

— Un truc à cordes ? C'est vague. Si ça se trouve, le type joue de la harpe !

Ils imaginent ce que ça pourrait donner, une reprise de Nirvana à la harpe, se marrent.

Le circuit le long de la côte les emmène jusqu'au minuscule phare de Kullen. En quelques heures, le temps a tourné, il n'y a rien entre les nuages bas et les vagues, pas de ciel. Nico lui prend la main. Elle n'aime pas beaucoup ces marques de tendresse en public, résiste un peu, s'écarte, mais il finit par s'agripper, à la tenir, fort.

— On est seuls, regarde. Y a ce chien, là, plus bas. Le labrador du gardien, sans doute.

— Le dernier gardien est parti en 96, j'ai révisé. Et puis je m'en fous qu'il y ait des gens ou pas, je suis pas faite pour les effusions, c'est tout.

— Les effusions ? Tu déconnes là ? Je t'ai pris la main, putain. On est loin de la sérénade à ta fenêtre.

— Quelle horreur. Non, franchement, les trucs romantiques, ça me dégoûte.

— Dit la fille qui s'incruste chez moi depuis cet été…

— C'est pas romantique, c'est l'amour.

La nuance leur convient à tous les deux. Ils passent devant le bâtiment, caressent le chien. Il fait presque nuit, l'immense lanterne du phare renvoie un premier éclair rouge.

— On rentre ?

Le chien les suit, il court à leurs côtés.

— Il attend son maître depuis 1996, c'est ça ?

— T'es con. C'est un fugueur, c'est tout, ses maîtres l'attendent sûrement dans une des grandes baraques luxueuses cachées sous les pins. C'est des chiens de riches, les labradors noirs.

— En France, c'est même des chiens de président de la République…

Maud se penche vers lui, lui caresse le museau.

— T'es perdu ? Abandonné ? C'est quoi ton nom, mon pauvre ? Il n'a pas de collier, rien.

— Donc il est à nous. Il nous en fallait un, non ?

Maud éclate de rire. Il aime quand elle fait ça, cacher ses dents d'un geste discret de la main, comme si elle avait honte.

— Une vraie petite famille, quoi. Un chien de Président, tu disais ?

— Hum… ils en ont tous eu.

— Moi, mon préféré c'était Chirac (elle prend un accent pincé). Il était drôle.

— Euh, pas toujours. Il a dit pas mal de conneries. On a tous été obligés de voter pour lui, une fois.

Ils ont encore plus d'une heure de marche pour atteindre la petite maison jaune de Nico, dans les terres. Rarement, une voiture les dépasse. Le reste du temps, ils marchent au milieu de la route, de front. Le silence est revenu. Nico pense à ce qu'il fera à dîner, il reste du fromage à raclette et des pommes de terre. Peut-être un peu de salade. Il a envie d'un bain chaud, avec Maud. Elle aura froid, elle dira qu'elle ne veut pas prendre de bain avec lui, qu'elle déteste ce partage des eaux sales. Mais quand elle verra son sexe flotter dans la mousse brûlante, elle se déshabillera et le rejoindra. Elle s'assiéra devant lui et finira par s'endormir, sa tête calée contre son torse.

Maintenant, elle court après le chien, lui lance un bâton.

— Rapporte, Chirac, rapporte !

Ils arrivent épuisés, une journée entière de randonnée.

Le chien engloutit les croquettes de Wilbur, puis trouve sa place sur le gros canapé du salon. Pendant que Nico fait couler le bain, Maud met du petit bois dans le poêle et craque une allumette. Il ne sert presque jamais, ce poêle, Nico a fait poser des radiateurs électriques dans toutes les pièces. Elle aime l'odeur des bûches qui flambent, le crépitement. Elle choisit une playlist sur Spotify, *Chill Folk,* l'idéal pour la soirée qui s'annonce. Nico sort nu de la salle de bains, les mains sur ses hanches grasses, il lance en rafale :

— On a du vin blanc ? C'est quoi ta playlist ? « Gros coup de mou » ou « neurasthénie légère » ?

Elle lui répond d'aller se faire foutre.

Il est encore dans le couloir, passe la tête dans la cuisine. Se raidit.

— Tu as fait un feu ?

Ses mains s'agitent, il les frotte nerveusement.

— Oui, ça pose un problème ?

— Euh, non… non, non, ça va.

Il se sert un verre de blanc. Il le boira dans le bain. Ses fesses rebondissent, Maud le suit des yeux, elle adore ce corps lourd, d'ours, de bête sauvage. Elle ne voit pas qu'il tremble, des pieds à la tête.

La vapeur a envahi la pièce, il entre dedans. Pose le verre de vin sur le rebord carrelé, qu'il devine. Se glisse dans l'eau. S'immerge entièrement. Il ne veut plus un centimètre de peau à l'air libre. Ferme les yeux. Il est à Saint-Palais, son père a posé la main sous son ventre et le maintient à la surface, il dit *tu vois, ça ne craint rien, tu sais presque nager.* Il entend sa mère qui crie depuis la plage *Luc ! Nicolas ! On remonte aux Diables, allez !* Ils sortent des flots boueux de l'estuaire, en râlant, ils n'ont pas faim, ils auraient voulu nager encore un peu. Luc le saisit par la taille et le hisse, d'un coup, sur ses épaules. De là-haut, le monde lui plaît bien. Il ne craint plus rien, ni les vives qui piquent parfois sous les pieds, ni personne. Il est sur les épaules de son père, le seul endroit où il se sent en sécurité.

Il est réveillé par le bain qui déborde, par un corps qui y entre sans permission. Il va dire *et donc Maud, tu as changé d'avis ? Tu veux du romantisme ?*

Quand il ouvre les yeux, le chien atterrit sur son ventre, une éponge dans la gueule.

— Chirac, non ! En plus tu pues ! Oh, et puis merde… Maud ! Le chien a sauté dans mon bain, au secours !

Elle approche, sourit en les voyant tous les deux, les poils plein de mousse, nageant dans une eau presque noire.

Elle entre dedans tout habillée, s'assoit et, sans dire un mot, se saisit du shampoing et les frotte.

*

On dirait que toute la Suède est dehors. C'est chaque année la même chose à cette époque, Nico ne s'y habitue pas. Après avoir hiberné, supporté les nuits sans fin, les jours qui durent quelques heures à peine, les Suédois sortent de chez eux pour profiter de la lumière. Ils envahissent les plages, les terrasses des cafés et des restaurants, organisent des fêtes en extérieur.

Maud prend son café, étendue dans un transat à la toile fatiguée. Elle a ses lunettes de soleil, la peau presque translucide.

— Des taupes à la sortie du grand tunnel de l'hiver, aveuglées par toute cette luminosité, d'un coup, voilà à quoi vous ressemblez, vous les Suédois !

Elle lève haut son majeur vers Nico :

— Tu sais ce qu'elles te disent les taupes ? Et je te rappelle que je suis danoise.

— Ouais, c'est pareil, Viking quoi. T'as pas peur de prendre un coup de soleil ? T'es blanche, c'est fou.

— Et si… ?

— Je sais, mon amour. Et si je m'occupais de mon cul ?

— Exact. Bon, tu te rappelles qu'on garde Liv et Kasper aujourd'hui ? Je les récupère dans le centre vers midi. On ira jouer un peu dans les rochers avant de rentrer. Et après, chocolat chaud et film marrant, OK ?

— Ça marche ! On part sur M. Popper et les pingouins, alors ? Ou sinon, j'y pense, il y a une chouette rediff sur France Culture, c'est Georges *Vigarello : la perfectibilité physique, la performance et la naissance du record*. T'en dis quoi ? C'est pas un peu raide pour Kasper, il a quoi ? Trois ans ?

— Non, bonne idée, faut les ouvrir très tôt sur autre chose, tous ces trucs formatés, ça va cinq minutes. Et puis c'est bien que ce soit à la radio, ça leur permet de s'imaginer leur propre Vigarello.

Ils pleurent de rire – intérieurement, ils tiennent si bien leurs rôles – rien ne les amuse plus que leurs petites bouffées délirantes, ils peuvent y jouer longtemps. À la fin, Nico reconnaît (cette fois il rit tellement que ses côtes lui font mal) qu'il ne sait même pas qui est Vigarello.

Ils confient la maison à Chirac, lui promettent de revenir avec un cadeau (ils lui rapportent toujours quelque chose, une balle de tennis, un os, un morceau de corde nouée). Dans la voiture, Maud chantonne, elle a chaque jour une chanson pénible en tête, qu'elle sifflote (mal) ou fredonne (encore plus mal) en permanence. Le jeu, pour Nico : retrouver le titre et le nom de l'artiste le plus rapidement possible.

— Erik Satie, *Gymnopédie n° 3* ?

— Non.

— Euh… Kevin MacLeod ? Frost Waltz ?

— Non, plus pointu. Écoute mieux.

— Attends… Ah, c'est The Legendary Tigerman ? L'album *Masquerade* ?

— N'importe quoi…

Maud se gare sur le petit parking face à la mer. Le village est bondé. Kristina et Johann les attendent déjà, assis à la terrasse du bar du port.

— Oh, pourquoi ce bar ? Je déteste cet endroit.

— On s'en fout, non ? On boit un truc vite fait et on file jouer aux pirates. Râler, c'est vraiment une seconde nature chez toi, hein ?

Elle lui donne deux petits coups du plat de la main sur son ventre. Elle sourit.

— Fais un effort. Tu les aimes bien, je te rappelle. Et on n'a plus trop d'amis depuis que t'as lâché le groupe.

Nico traîne les pieds. Mais il voit Kasper lui faire de grands signes comme s'il était son héros, il saute sur sa chaise, regarde ses parents les yeux exorbités, puis à nouveau en direction de Nico. Il est tellement heureux de le voir, c'est fou. Nico lui fait un coucou de la main. Liv n'a pas levé la tête de son dessin. À leur arrivée, elle offre un demi-sourire, à peine.

— Voilà. Faudra se contenter de ça, aujourd'hui, avec cette demoiselle. Elle est d'une humeur massacrante, lance Kristina, blasée.

Maud passe la main dans les cheveux de Liv qui s'écarte.

— Paraît que l'adolescence commence de plus en plus tôt… La tuile, poursuit Maud.

Johann sourit :

— À cinq ans ? Punaise… On n'en a pas fini. Liv ? Oh ? Tu dis bonjour à Maud et Nico, s'il te plaît ?

— 'lut. (Elle a consenti à lever les yeux une seconde vers Nico.)

— Laisse-la, je suis pareil, moi, le matin. Je mets du temps à sortir de ma coquille. On va s'éclater cet après-midi. On va couler une dalle en béton dans l'allée. Sympa, non ?

Kristina et Johann se marrent. Liv hausse les épaules.

— Très drôle.

Kasper s'est installé sur les genoux de Nico.

Il tire sur ses poils de barbe, la tête au repos contre son torse.

— Y aura le chien ?

— Oui, monsieur Kasper. Il t'attend pour apprendre de nouveaux tours. Il sait déjà donner la patte. Il progresse. Avec Maud, on aimerait qu'il apprenne à remplir le lave-vaisselle.

Liv ne retient pas son grand rire. Elle pouffe.

— Ah, elle est drôle, ma blague, alors ? Enfin…

— Oui, ça c'est marrant. J'ai imaginé le chien debout avec un tablier de cuisine, je peux le dessiner si tu veux.

La serveuse dépose les cappuccinos. Nico admire (avec un léger mépris) le cœur tracé dans la mousse de lait, une habitude qu'il continue à trouver navrante, mais il repense à sa promesse de ne pas râler, de bien se tenir. Il avale son café. Kasper lui essuie la trace de crème dans la moustache.

Il est bien. Il oublie toute envie d'ironie.

Liv lui tend son œuvre d'art, Chirac et son tablier à fleurs, en train de ranger des assiettes. Il glousse.

Ensuite, le groupe se sépare, Kristina et Johann filent de leur côté visiter des maisons à Kullaberg. Maud, Nico et les enfants rejoignent les rochers près du port. Ils ont l'air rouillés sous la lumière de midi. Ciselés, tendus vers le ciel, ils ressemblent à mille maisons au toit pointu. Liv compte les mâts des voiliers, Kasper court sans lâcher la main de Maud qui fredonne la musique du jour.

— C'est la chanson des Funny'crisp, ça ! lance Liv, sûre d'elle.

— Yes ! Bravo Liv, t'as trouvé avant Nico !

— Hein ? Une pub pour des céréales ? T'es sérieuse, Maud ? Le niveau baisse franchement...

Il surjoue la vexation, ramasse quelques galets avec les enfants, allonge sa grande carcasse sur un coin de sable mouillé. Il les regarde, ces trois-là, ils ont retiré leurs chaussures et trempent leurs orteils dans la mer glacée en couinant. Maud remonte le bas du pantalon de Kasper, Liv a de l'eau jusqu'aux chevilles, elle hurle, court vers Nico, les bras écartés, elle fait la mouette.

À ce moment-là, et pour quelques heures encore, ils sont sa famille.

Ça a commencé l'été dernier, comme un voile, très léger, pâle, autour de sa paupière gauche, et quelques points, discrets, sur les doigts de ses deux mains. Maud n'en a même pas dit un mot. Il n'y a pas prêté plus attention, jusqu'à ce que les taches blanches s'étendent à toutes les phalanges et semblent grossir un peu. Il a pensé qu'il avait peut-être pris le soleil sans protection, à des champignons, du psoriasis. L'hiver, il lui a semblé que tout avait disparu. Il a annulé le rendez-vous qu'il avait pris chez un dermatologue, à Malmö. Hier, alors qu'il riait avec les enfants devant sa scène préférée du film de pingouins avec Jim Carrey, Kasper s'est approché, comme s'il voulait retirer quelque chose dans sa barbe, un morceau de salade ou une miette de brioche. Il a montré un endroit précis avec son petit index tout boudiné, a appuyé son doigt au coin de sa bouche et a dit :

— T'as quoi, là ?

— Rien, a répondu Nico en se frottant la peau pour éliminer l'intrus.

— Nan, ça reste.

Il a continué à regarder le film, a encore ri quand Jim Carrey demande à un des pingouins de lui passer le sel. Il a serré fort les enfants quand leurs parents sont venus les récupérer, beaucoup plus tard que prévu, a nourri Chirac pendant que Maud lisait en descendant toute la bouteille de rouge et le paquet de cacahuètes. C'est après qu'il a repensé à ce qu'avait dit Kasper. Il a filé dans la salle de bains. Il s'éclaire maintenant le visage avec la lampe torche de son portable. Autour de ses yeux, les taches sont plus visibles, il les caresse, elles s'étendent au front, il les gratte pour tenter de les retirer, juste au-dessus de la ligne des sourcils, il frotte avec une éponge. Sa bouche semble s'être agrandie, des traces plus claires, prudentes, formant deux pointes à chaque coin, comme un sourire.

Maud sent l'arachide et l'alcool, sa peau recrache ce qu'elle ingère, très vite. Elle se tient derrière lui, dans l'embrasure de la porte.

— Alors ? À ton avis, à quoi c'est dû ?

— Ah, t'as remarqué toi aussi ? Et tu disais rien ?

— Pour quoi faire ? C'est mignon.

— Adorable en effet… Je sais pas du tout. Ça arrive, ça part, ça revient, je comprends pas.

— C'est douloureux ?

— Pas du tout.

— Tu sais que t'en as sur la bite aussi, quelques points, à la limite des couilles.

Nico la regarde, médusé.

— Sérieusement ?

— Ouais, j'ai remarqué ça en te suçant, hier. Je me suis dit tiens, c'est marrant.

Il lève les poings en l'air, crispé.

— Yeah ! Tordant ! Tout mon corps se dépigmente, cool !

Elle approche.

Enroule ses bras autour de son torse. Ils sont face au miroir, s'observent. Elle lui dit qu'il est beau, qu'elle s'en fiche, qu'il peut bien être recouvert de marques blanches. Elle souffle doucement à son oreille qu'elle l'aime. Il s'attend à une boutade, une pirouette, quelque chose. Rien d'autre ne vient, elle l'aime, c'est tout. Ils attendent un moment, immobiles et silencieux. Et elle se met à fredonner, doucement, la même rengaine, quelques notes.

— *Concerto n° 3 en ré majeur pour céréales de petit déjeuner,* dit Nico.

Elle s'écarte.

Il ajoute *je t'aime, tu sais ça, n'est-ce pas ?*

Elle est sa famille. Ce soir, il n'en a pas d'autre.

Ils espéraient tous que le soleil de ces derniers jours avait achevé l'hiver. Ce matin, Nico se fait rapidement un café, et sort Chirac pour leur balade rituelle dans le jardin. Il découvre une fine couche de neige, tombée au cœur de la nuit.

— Putain…

Il remplace ses chaussons par une paire de bottes fourrées et saute, pieds joints, mains dans les poches, dans le blanc glacé.

Le chien est ravi, il court autour de son maître, rapporte un bâton, que Nico relance indéfiniment.

Maud dort encore, elle a passé sa nuit dans son lit à lui. Il va lui faire un thé avant de filer donner ses cours. Ce matin, il enchaîne trois heures de français dans un lycée à Helsingborg, à quarante-cinq minutes de Brunnby. Ils auront l'après-midi pour eux ; il se dit que c'est un temps à aller marcher en forêt, autour du château.

Elle a collé son visage contre le mug de thé brûlant, elle le regarde mettre sa tenue de *petit prof*, elle sourit.

— Un tour à Vegeholm, quand je rentre, ça te dit ?

Elle s'étire, jette un œil à la fenêtre.

— Et merde… On va se geler. Mais oui, OK.

— Invite Johann et les enfants. C'est la semaine où Kristina est à Stockholm, non ?

Elle ne répond pas ; la couette, maintenant, recouvre même son visage. Elle se cache.

— Encore de la neige, après trois semaines de printemps. Je suis pas prête pour ça, bordel… Je reste au lit.

— À tout à l'heure, je serai là vers 13 heures.

— Je dormirai sans doute… J'arrête tout, la Suède, la vie, tout.

— OK, mais sors le chien de temps en temps, beauté.

Elle lui lance un coussin au visage, Chirac l'attrape entre ses dents et grimpe sur le lit, les pattes froides et mouillées. Nico entend Maud râler pour le principe, il sait qu'elle s'est sans doute déjà serrée contre son pelage chaud, un vrai radiateur cette bestiole, qu'elle s'est sans doute déjà rendormie.

Parfois, face aux élèves, il a l'impression de parler d'un pays qu'il ne connaît pas, où il n'a jamais mis les pieds ; il finit par oublier la France, il a mis tant de distance. Il ne sait plus quoi répondre quand on lui demande s'il est français (son accent le trompe), d'où vient sa famille, s'il y retourne souvent. Il y a les lettres de Suzanne et la mémoire calcinée. La dernière fois qu'il s'y est rendu, c'était à peine un an après son emménagement dans la maison jaune de Brunnby ; et il avait été contraint d'y rentrer quatre jours, pour elle, pour Suzanne. Depuis, il se contente de l'oubli, du secret. À Maud, il a raconté, par bribes, les raisons de l'exil. Elle pose peu de questions. Elle sait qu'il a, qu'il avait, une famille. Une grand-tante – celle qui lui écrit – un frère, une sœur, il a même prononcé le prénom des enfants, Tim, Alma. Il ne parle pas d'Ève, jamais, il y a encore trop de douleur dans les mots *ma mère* ou *maman,* six ans après, et cette douleur est à vif. Souvent ils se demandent ce qu'il fera quand Suzanne mourra, ce qu'il affrontera à son retour, s'il rentrera, d'ailleurs, combien de temps il devra laisser Maud et le chien, ou s'ils l'accompagneront.

— Tu as le cafard ? Tu ne dis rien depuis qu'on a quitté la maison.

— C'est l'effet « je parle français trois heures », ça me remue à chaque fois, c'est ridicule.

Elle conduit, blottie dans un manteau rouge inouï, immense, qui a l'air de l'avaler tout entière.

La gueule du chien, langue pendante, surgit entre les deux sièges, elle le repousse d'un geste de la main, plutôt doux.

— Chirac, t'as une haleine déplorable. Tu crois qu'on devrait lui laver les dents à ce clébard ? Et non, tu n'es pas ridicule.

Ils arrivent à proximité du parking du château. Johann est garé, il attend dans la voiture avec les enfants. Kasper fait des grimaces et lèche la vitre avec application, sous les yeux de Liv qui prend son air dégoûté.

— C'est dégueulasse, pourquoi elle empêche pas son frère de faire ça ?

— Tu crois qu'on devrait lui laver la langue, à ce môme ? demande Nico, en ouvrant la portière.

— Ah, tu vas mieux, tu rebondis, tu fais presque une blague.

Il n'y a pas un bruit ici, ils sont les seuls sur le parking, sans doute les seuls à venir visiter le parc d'un château un mercredi après-midi neigeux. Ils viennent là parce que la promenade un peu cadrée dans les allées débouche ensuite sur la forêt sauvage.

La troupe se met en marche, Chirac en tête. Liv a saisi Maud par le petit doigt, et a placé leurs deux mains mêlées au fond de la poche fourrée du manteau rouge. Tremblent leurs pas dans la neige alors qu'elles avancent sans bruit, collées. Nico, lui, est devant, il sort vite du chemin tracé pour les visites. Quand il se retourne, avant de s'enfoncer là où les branches sont plus basses, où il faut se courber pour progresser entre les arbres nus, il aperçoit Kasper sur les épaules de son père, les bras levés, essayant d'attraper quelque chose, une feuille givrée, un oiseau. Il entend Johann dire *je te repose, marche un peu comme un grand*, il entend peut-être Kasper courir après lui (ça il n'en sera pas sûr, plus tard, quand ils referont la chronologie des événements), sa dégaine toujours en déséquilibre, prêt à tomber, et dire *attends, attends-moi*. Sa voix traînante de bébé. Mais Nico continue, ne s'arrête pas, il veut être seul et il ne sait pas si c'est à lui que Kasper s'adresse. Des rires, encore, de plus en plus faibles et soudain, le silence ouaté. Ses lourdes chaussures de montagne creusent un sillon profond dans la poudreuse, délicatement il s'enfonce dans le dense, dans le blanc des sous-bois. Les autres ne sont jamais bien loin, il se dit qu'il rejoindra bientôt la route qu'ils empruntent, qu'ils finiront ensemble la randonnée jusqu'à la rivière en contrebas, qu'ils pique-niqueront. Il repense aux vacances familiales dans le Jura, aux cours de ski auxquels ils essayaient tous d'échapper, Mika, Amélie et lui. Sa mémoire à lui est faite d'odeurs, surtout. Les visages, les voix, les couleurs s'évanouissent, mais les odeurs restent. Celle de la crème solaire très grasse que Luc leur tartinait sur le front, les joues, le nez, il disait *un peu de nouilles au beurre, allez, tendez vos bouilles*, les enfants s'amusaient de la rime. Celle de l'intérieur des gants de ski, du cuir élimé de la dragonne, de la pâte de coings et de la barre d'Ovomaltine qu'ils partageaient sur le télésiège. Il n'a pas parlé de son père à Maud, elle ne sait pas qu'il emmenait des assiettes et un petit réchaud dans un sac à dos et qu'en haut des pistes, à midi pile, il installait un campement, qu'il faisait cuire des steaks et des haricots verts. Elle ne sait pas quel festin c'était. Luc menait une vraie croisade contre les sandwiches. Il leur racontait comment il avait fait, un jour, la traversée du Massacre à skis de fond. Ces mots, *la traversée du massacre,* étaient devenus pour son frère, sa sœur et lui, le titre d'une légende dont leur père était le héros. Ils ignoraient que c'était le nom d'une forêt dans le massif du Jura, que c'était une course connue, et que Luc était arrivé bon dernier. Pour eux, il avait survécu à une bataille au cœur des montagnes, échappé à un massacre, seul dans le froid et la neige. Nico a oublié l'histoire, il ne se souvient que du titre, il lui reste aussi le fumet âcre du steak qui revient dans le beurre fondu. Et, très flou, le visage de son père.

Quand il retrouve les autres, Maud est assise sur un muret près de l'entrée du château, elle grignote des fruits secs avec Liv. Johann prend quelques photos : la lumière sur l'aile gauche du bâtiment l'inonde d'une couleur pêche, presque irréelle.

— Ah, vous voilà ! Désolé, j'ai traîné en chemin, c'était si beau là-bas.

Johann ne s'est pas retourné, il ajuste son objectif. Il demande, en riant, si Kasper a été courageux.

— Tu ne l'as pas porté tout ce temps, j'espère ?

Il faut une seconde à Nico et à Maud pour comprendre. Ils se regardent tous les deux, blêmissent.

— Je… Quoi ? Non, Kasper n'a jamais été avec moi.

Johann fait volte-face. Il a ce geste étrange, il tapote des deux mains sur ses poches de blouson, comme si son fils pouvait être dedans, comme s'il cherchait un briquet, son téléphone.

Il est bouche bée.

— Ah, bon ? Mais il est où ?

Liv se blottit contre Maud.

Ils crient tous les quatre, ils hurlent. Leurs voix s'étranglent sur le prénom du garçon perdu. Johann court dans tous les sens. Il refait le trajet jusqu'au parking. Nico le suit, le rassure – Johann s'en veut d'avoir cru que Kasper était avec lui, de ne pas avoir vérifié, il l'a vu partir, l'appeler, il pensait que Nico l'avait entendu – il lui répète *tu n'y es pour rien, tu ne pouvais pas savoir, Johann, ça n'est pas de ta faute,* puis s'éloigne pour suivre ses propres traces dans la neige. Il y a, sur quelques dizaines de mètres, d'autres traces de pas, les petites bottes de Kasper tentant sans doute de le rejoindre. Et puis elles disparaissent, et Kasper avec elles. Nico tourne un peu dans ce secteur en appelant. Il entend les autres qui s'égosillent aussi. Quand il revient aux abords du parking, il se rassure, il n'y a pas de marques de pneus au sol, en dehors de la sienne et de celle de Johann. Personne n'a pu embarquer Kasper. Il est quelque part. Il va bien.

Johann débarque à son tour, bredouille, livide.

— On va le retrouver, Johann. T'en fais pas. Il n'a pas pu aller bien loin !

— Je comprends pas. Comment j'ai pu… Il était là, il t'a appelé et s'est mis à courir vers toi, j'étais persuadé que vous étiez ensemble. Je…

— Je suis désolé, mec. Vraiment. J'ai pas entendu le petit, ou de loin, tu vois, j'ai pas pensé que.

— Faut qu'on le retrouve, il doit se geler, là. Mais qu'est-ce qu'il est allé faire, merde ?

Il s'agite, ses nerfs le lâchent ; il met ses mains en porte-voix et hurle encore le prénom de son fils.

— J'appelle Kristina, tu crois ? (Soudain il a l'air absent, il tend son portable vers Nico.)

— Attends un peu. Tu vas l'inquiéter pour rien, elle ne pourra rien faire. Pour elle, ça va être horrible. On continue à chercher. Viens !

Nico le saisit par le bras, le secoue un peu, légèrement pour le faire sortir de son état d'hébétement.

— Viens.

Ils remontent vers le château. Au loin, Nico voit Maud, penchée sur une voiture vert kaki arrêtée à sa hauteur. Elle fait des signes dans leur direction ;

ni l'un ni l'autre ne parvient à saisir le message. Ils courent vers elle.

— Johann… Ce monsieur est jardinier ici. Il vient d'avoir un appel de sa collègue. Ils ont…

Elle ne finit pas sa phrase, derrière la grille qui mène au bâtiment principal, une femme tient Kasper dans ses bras. Il lui serre le cou, il a pleuré, ses yeux sont rougis, mais il sourit en agitant son gant.

Johann s'accroche à la manche de Nico.

— Oh putain, Kasper !

Nico doit le pousser un peu dans le dos, Johann reste immobile, alors que ce qu'il faut faire c'est se jeter sur son fils, l'attraper dans ses bras et le noyer de baisers.

— Allez, vas-y, Johann, il a eu peur. Fonce.

Kasper s'agite, saute des bras de la femme et se remet à pleurer, avant de courir vers son père.

— Il était près de la rivière, explique-t-elle, il m'a dit qu'il s'était perdu. Il était transi de froid, il n'a plus qu'un gant.

Johann et Liv posent mille questions à Kasper qui répond entre deux sanglots. Il a cherché Nico, a fait demi-tour mais n'a pas retrouvé son chemin. Il a marché, marché jusqu'à l'eau. Et là, il s'est assis et a attendu en pleurant, jusqu'à ce que la dame gentille arrive.

On remercie la dame gentille. Elle dit qu'il faut mieux surveiller ses enfants, qu'en aucun cas on ne doit les lâcher des yeux. Elle a la mâchoire serrée, elle salue Kasper et personne d'autre.

— Fais attention à toi, bonhomme. Et le chien doit être tenu en laisse, merci.

Nico rappelle Chirac qui, obéissant, s'installe à ses pieds. Maud sort des bières, les ouvre d'un coup de dent et les tend à Nico et Johann.

— Pour nous remettre de nos émotions. Allez. Tout va bien.

Kasper est assis en équilibre sur la hanche de son père, il a posé sa tête sur son épaule et renifle.

— Tu as faim, mon chéri ? Soif ? Ça va ? On a eu si peur, faudra plus jamais me faire un coup pareil, fiston !

— J'ai pas fait exprès, moi.

Il l'embrasse, essuie ses larmes.

— Je sais, je sais.

— Je voulais aller avec Nico.

Cinq mots qui le griffent.

— Je t'ai pas entendu, moi, dit Nico. Je marchais, je ne savais pas que tu courais vers moi. Je... je m'en veux.

Il lève les yeux vers Johann, qui secoue la tête.

— Un mauvais concours de circonstances. Ne sois pas désolé, Nico. C'était à moi de faire attention.

Ils trinquent au retour de Kasper. Lui frissonne encore, il a eu très froid. Il dit *je suis tombé et c'était dur de me relever.*

Plus tard, chacun remonte en voiture et se sépare, ils se font de grands signes, s'envoient des baisers, ils ont eu peur mais tout s'est bien terminé.

Sur le trajet du retour, Chirac s'endort sur la banquette arrière. Maud et Nico ne parlent pas. Il repense à cette journée bizarre où il a cru que ça recommençait, que tout recommençait, qu'il faudrait fuir encore.

— Ça va, Nico ?

— Je ne l'ai pas entendu, tu sais. M'appeler, je veux dire. Enfin, je crois. Pas vraiment. Il a peut-être lancé *attends-moi*, un truc comme ça. Mais j'ai cru qu'il était avec Johann et j'ai continué à avancer.

— Ça arrive. Pas la peine d'en faire tout un plat. Tu n'y es pour rien. Arrête de ressasser.

Le front sur la vitre gelée, Nico regarde Brunnby défiler. Depuis tout à l'heure, les voix sont revenues, leurs voix à tous, qu'il faisait taire, elles le tenaillent et le dévorent. L'odeur du steak, de ce qui crame, noircit, calcine, lentement, et part en fumée. Il voudrait encore marcher seul sur le sol crissant, et dans le froid. Au lieu de ça, il a trop chaud, soudain, ouvre la vitre de la voiture, en grand. Il a besoin de respirer, défait son écharpe, transpire.

— T'es fou ! Il fait un froid de loup, ferme ça !

Nico détache sa ceinture, retire son manteau et le jette à l'arrière, le geste est brusque, retenu.

— OK. Donc on se gèle les couilles.

Il ne répond pas, il n'entend pas Maud lui parler, lui demander de fermer cette putain de fenêtre.

La voix de sa mère, surtout, revient.

Il étouffe.

— On peut s'arrêter ? J'ai besoin de prendre l'air, là !

— Qu'est-ce qui t'arrive, Nico ?

Maud se gare rapidement sur le bord de la route qui descend vers Brunnby. Nico s'extrait de la voiture et fait quelques pas. Crache ou vomit. Elle sort l'aider, pose sa main sur son dos, elle se demande s'il a mangé quelque chose qui ne passe pas.

La fin du voyage se passe dans le silence. La neige a fondu, Maud roule dans ce drôle de magma beigeasse. Devant la maison, elle éteint enfin le moteur et se tourne vers Nico qui n'a pas bougé du tout. Ses mains sont posées à plat sur ses cuisses. Il est écarlate. Les taches blanches autour de sa bouche, sur ses paupières et son front explosent sur sa peau rougie. Maud se rapproche, chuchote :

— Hé ? Ça va ? Tu me racontes ce qui cloche ou on dort là ? T'es bizarre. T'as l'air tout… atteignable. Fragile. Tu me fais flipper.

Nico se tourne vers elle et la fixe, sa tête penchée.

— Il est tombé, tu comprends. Il avait mal. Et personne pour le relever.

— Qui ? De qui tu parles, Nico ? De Kasper ? Il s'est pas fait mal, il a juste eu peur…

Il sort, fait les dix mètres jusqu'au porche, puis attend Maud pour ouvrir la porte. Dans la maison, la température est descendue. On dirait que le vent s'engouffre entre les planches de lambris, sous les baies vitrées. Il est debout dans l'entrée, en bas des escaliers. Immobile. Comme elle l'a fait hier, comme elle le fera demain, Maud le rejoint. Elle pose leurs affaires par terre, se plaque contre lui et le ranime. En lui soufflant à l'oreille les mots les plus tendres, elle éteint le brasier.

Un courant d'air.

Je suis sûr d'avoir senti sur mes jambes comme un léger souffle. Ou alors c'est autre chose, le sifflement de mes os ?

J'ai cru que c'était toi, que tu m'avais retrouvé. Que tu avais creusé jusqu'à moi, tes mains sales, tes mains en sang, et que tu me remontais du ventre de la Terre, du serpent, de cette vieille cave.

Mais je suis toujours coincé là.

Tu as sans doute pris peur ; tu as filé sans moi.

DEUXIÈME PARTIE

Suzanne, Luc

Il arrive que mon antre résonne de vos pas, que j'entends là-haut.

Que des paillettes de tuffeau retombent en neige, sur moi, sur ce qui reste de moi.

C'est peut-être des rires, ou mon prénom qu'on appelle, je ne sais pas, la terre, l'épaisseur de la roche, le vide étouffent tout.

J'ai essayé de crier, longtemps, mais aucun son ne sortait.

Si c'est toi qui marches au-dessus, si c'est toi fais demi-tour, mon amour. Fais attention où tu mets les pieds, au précipice. Ne trébuche pas. Ce que tu aimais de moi, tu disais qu'à mes côtés tu n'avais jamais peur, ce que tu aimais, ma façon de ne voir que toi, mes mains nerveuses sur tes seins, ce que tu aimais, nos corps imbriqués liés glissant de sueur, ce que tu aimais, emporte-le.

Tu sais, j'ai essayé, vraiment.

De me relever, de remonter.

Mais mes bras ne bougeaient plus. Et mes jambes ne m'auraient pas porté.

Quand il m'a traîné là, jeté comme on se débarrasse de ce qui encombre, tu sais j'ai compris, j'étais déjà mort.

Toi, va-t'en.

Regarde bien où tu marches. Éloigne-toi du bord. Surtout ne reste pas seule.

Ainsi quand tu tomberas, on tombe toujours, il y aura quelqu'un pour te relever.

Va-t'en vite.

Cette fois, je me tais.

Il est grand temps.

1

Saint-Palais-sur-Mer
Octobre 1959

Elle vient rarement sans les autres, sans sa mère, André, Adrienne et le petit, Simone et Paola, tous ceux qu'avec Michèle elles appellent sa *clique*. Mais elle avait gardé les clés, la dernière fois – Prudence ne les lui a pas vraiment laissées, c'est juste que c'est elle qui a fermé après avoir chargé les valises dans le coffre de l'auto, elle les a mises au fond de sa poche et elles y sont restées. Quand elle s'en est rendu compte, elle n'a rien dit à personne et, le vendredi suivant, a fait la surprise à Michèle. Elle est passée la chercher à la sortie du lycée. Elle savait que ça lui plairait, cette virée improvisée à la mer ; le vendredi après-midi, Michèle a cours deux heures avec la classe qu'elle a du mal à aimer, cette année. Ses petits durs, comme elle les appelle. Un Jean-Pierre, en particulier, lui donne du fil à retordre, elle n'a pas de preuves, mais elle est sûre que c'est lui qui a déposé des vers de terre sur son bureau le jour de la rentrée. Suzanne s'est garée devant la grille. Michèle l'a vue, le bonnet enfoncé jusqu'aux cils, les deux mains accrochées au volant, elle n'a pas fait de signes et a marché vers elle à grands pas (Michèle fait toujours des pas de géante, elle a une démarche de scout, sèche, ample, déterminée), a ouvert la portière et s'est glissée près d'elle, pressée de filer.

— On va où ?

— À Saint-Palais ! On y sera vers 10 heures ce soir, j'ai prévu ce qu'il faut pour le repas.

— Cette femme est magique.

Michèle s'est étirée, a défait sa cape, ses gants, son écharpe. Elle a secoué la tête pour remettre ses cheveux en place. L'électricité statique les collait à la laine, elle a ri.

— Si elle est si magique, embrasse-la, cette femme, a lancé Suzanne sans lever les yeux de sa route. (Elle a horreur de conduire en ville.)

— Tu es folle, ma pauvre. Devant le lycée ? Non, mais toi alors...

— Ah oui si le fameux Jean-Pierre nous voyait.

— Oui, lui ou une collègue, le chef, n'importe qui. Roule, ma poule. Je t'embrasserai plus tard, va. Et l'idée t'est venue comme ça, d'un coup ?

— J'ai mis mes mains dans mes poches, j'ai senti le porte-clés et je me suis dit qu'on avait trop attendu pour te faire découvrir Les Diables.

— Il y aura qui ? André ? Simone ? Pas ta mère, n'est-ce pas ?

— Eh non, mon amour. Ce week-end, ce sera juste toi et moi. En secret, je ne l'ai dit à personne. Même pas prévenu le voisin pour qu'il aère.

— Ouvrir des fenêtres, on saura faire, je pense. Donc, ça y est ? Je vais enfin accéder au paradis, t'imaginer petite courant sur le carrelage froid, renifler ton air ?

— Tu verras ça pue le renfermé quand on y entre après des semaines.

Michèle a bâillé, puis frotté ses yeux.

— Tu m'en voudrais si je tentais une sieste rapide ? J'ai ma semaine dans les pattes. Je dors vingt minutes et je conduis après, si tu veux.

Suzanne ne l'a pas réveillée, elle a aimé rouler pendant qu'elle dormait, elle la regardait de temps en temps, le coucher du soleil était beau à crever, arrosant ses paupières fermées. Michèle a rouvert les yeux vers Saintes. Elle a pris le volant pour les derniers kilomètres.

Elles sont rentrées à tâtons, accrochées l'une à l'autre, Suzanne devant – elle connaît les lieux. Elle a eu du mal à trouver un interrupteur, c'est vrai que Prudence a changé l'emplacement des meubles et des lampes l'autre jour. Et puis elle a allumé, elle a vu Michèle, cheveux défaits et grand sourire, prête à découvrir la maison.

— C'est si bon de te voir ici, si tu savais. J'en reviens pas. Mon amour, entre ces murs. J'ai tout vécu, moi, ici. Tous mes étés.

Michèle l'a attrapée par le bras et elles sont tombées toutes les deux, au fond du canapé mou.

— C'est le moment idéal pour un baiser à la femme magique.

— Six heures plus tard… T'es pas pressée, toi.

Michèle a collé ses lèvres sur celles de Suzanne, il y a tout dans les baisers de Michèle, la nostalgie des tout premiers, il y a deux ans, la promesse des suivants, un souffle de désir, moite, et déjà un début de rire, les prémices de la blague qu'elle a en tête et qu'elle brûle de dire. Aimer Michèle c'est s'habituer à cette intensité, elle ne fait jamais les choses à moitié.

— Si ta mère savait…

— Bien fait pour elle, tiens.

— Tu lui en veux encore ?

— Ah oui ! Je n'arrive pas à retirer ses mots de ma tête. Et devant Luc en plus.

— Toi qui voulais échapper au secret, c'est raté. Nous voilà aux Diables Rouges…

— En toute illégalité. J'adore cette idée !

Maintenant, elle laisse Michèle dans le lit, elles ont fait l'amour sous les draps humides. Le parfum de Michèle embaume, il couvre presque l'odeur de la chambre, la poussière et les embruns, la rouille légère autour du bouton du radiateur, le sel sur le maillot qui sèche là depuis des semaines, la cire du parquet. Elle sort. Dehors, elle lève les yeux. Les nuages dévorent la lune, Suzanne tend les bras pour se repérer dans le jardin. Elle sait où elle veut aller cette nuit. Le petit portail à l'arrière de la maison donne sur une étendue vide, un désert. Depuis toujours, elle s'attend à y trouver un hôtel en construction, un chantier, chaque fois elle se précipite pour vérifier que rien n'est venu gâcher l'endroit. Quelques troncs de pins, secs, étroits, s'élèvent ; leurs cimes disparaissent sous la nuée. Elle s'assoit au pied d'un des arbres, sur le sable et les aiguilles, ses lèvres sont encore pleines de Michèle, de sa sueur et de son sexe fiévreux.

Il n'est venu qu'une fois, il y a longtemps, depuis elle espère. Ils avaient d'abord entendu ses pas, elle avait mordu la manche du pull d'André, terrorisée. Il avait posé sa main sur sa bouche pour étouffer son cri. Le loup s'était approché, avait marché en cercle autour d'eux. Ses yeux presque dorés les fixaient, tandis qu'elle et son frère (Simone n'était jamais de leurs fugues nocturnes) claquaient des dents. Après un tour ou deux, il était reparti. Les deux enfants avaient attendu quelques minutes qu'il s'éloigne, haletants et tremblants, et ils avaient couru, comme jamais, se mettre à l'abri dans la maison. Le lendemain, l'histoire du loup avait amusé toute la famille, sauf Jean qui, cinglant, avait répondu qu'un loup dans le coin, c'était impossible. Pourtant ils l'avaient vu, ils étaient deux à l'affirmer. D'ailleurs, il y avait une légende qui racontait que mille ans auparavant, non loin de là, au Puits de l'Auture, les gens jetaient des loups au fond du gouffre formé dans la roche. Qu'ils finissaient dans les flots. C'était évident que leur père se trompait, qu'il n'y connaissait rien. *Des loups à Saint-Palais, ce n'est pas nouveau,* avait rétorqué André en montrant Jean du doigt, *ils reviennent venger les leurs !* Il avait pris une sacrée gifle. Jean avait demandé à André d'arrêter de mettre des idées pareilles dans la tête de Suzanne. Il avait dit ça, *laisse ma fille tranquille.*

Son frère a sans doute oublié le loup du désert derrière le jardin. Suzanne y revient toujours, elle. Avec l'espoir de recroiser la puissance de ses yeux jaunes. Elle reste un moment, puis décide de rentrer se blottir contre le corps tout chaud de Michèle.

Le lendemain, au voisin qui vient voir ce qui se passe aux Diables, elle dit qu'elle est là pour quelques jours, avec une amie. Elle se rêverait plus audacieuse ; lui sourire gentiment et présenter Michèle comme sa fiancée, son amoureuse, sa compagne, voilà qui aurait de la gueule. Un petit parfum de scandale qui amuserait André et Simone, mais qui la priverait de Prudence, sans doute, et pour longtemps. Cette force-là, elle ne l'a pas. Michèle devient une camarade, une collègue, ou la femme d'un cousin. La journée du samedi se passe comme elle l'a prévu, elle l'emmène aux carrelets de la plage du Concié, et lui parle du loup, de la légende du Puits de l'Auture. Évidemment, Michèle veut voir ce trou creusé dans la roche où, à marée haute, les vagues s'engouffrent et jaillissent en geyser. Elles restent un long moment sous le ciel bas, la pluie fine. Prennent quelques photos, remontent en courant à la voiture, les joues trempées, heureuses. À midi, elles déjeunent d'huîtres et de bulles, assises par terre devant le feu, elles oublient que les rideaux ne sont pas tirés, que le voisin a dit qu'il passerait vérifier les gouttières, elles s'embrassent, et goulûment, du champagne coule sur les mentons, elles oublient, Suzanne perd sa main dans les cheveux de Michèle, caresse son cou. Il cogne trois coups, légers, sur la vitre de la cuisine ; elles sursautent, sont déjà debout, Michèle essuie sa bouche, remet une bûche dans l'âtre, tandis que Suzanne virevolte, sa voix part dans les aigus, l'accueille, lui demande s'il veut un café. Bellanger les a vues, c'est certain, il n'est pas à l'aise, se gratte l'arrière de la tête, gêné. Il ne s'éternise pas et refuse poliment le café, prend les mesures de ce qu'il doit changer sur le toit, et s'en va.

— Le voisin, il est du genre discret ?

— On le saura très vite. En tout cas, si je sais quelque chose sur des gens du voisinage, c'est lui qui me l'a dit. Ou plutôt sa femme d'ailleurs. Toujours au courant de tout, Ernestine Bellanger.

— Mauvais point pour le père Bellanger. Il a une femme bavarde.

L'après-midi, elles vont au cinéma voir *Le Tombeur*, une comédie qui ne les fait pas rire du tout (elles sortent avant la fin). À leur retour, il fait déjà nuit. En passant devant la maison des Bellanger, elles voient Ernestine qui promène son chien en laisse. Elle leur fait un signe de la main et un demi-sourire, tendu. Il a parlé, dit Suzanne. Elles rentrent aux Diables Rouges et tirent les stores.

— Une vie derrière des rideaux fermés, c'est à ça qu'on a droit. Tu crois qu'il l'a appelée ?

— Qui, ma mère ? Ah, oui tu penses… Elle est au courant, c'est certain. D'ailleurs, je ne serais pas étonnée de…

Le téléphone sonne à ce moment-là. Michèle ne peut s'empêcher de rire, elle débouche une bouteille de blanc sec pendant que Suzanne attrape le combiné (il est recouvert de velours moutarde, elle a toujours trouvé ça très laid).

— Suzanne ? C'est vrai ce que me dit Bellanger. Tu y es. Sans m'en avoir parlé avant ?

— Maman, j'ai trente-huit ans. Je suis assez grande pour partir en week-end sans te demander l'autorisation.

— Les Diables Rouges, c'est chez moi, je te rappelle.

— Tu n'avais qu'à pas me laisser les clés. Tu appelles pour ça ?

Prudence se tait quelques secondes, le temps pour Suzanne de prendre le verre que Michèle lui a servi, le temps de déposer un baiser pointu, muet, sur ses lèvres.

— Je... Bellanger m'a aussi dit que tu n'es pas seule.

— Très finement observé de sa part. Il sait donc compter jusqu'à deux.

— Ne prends pas les choses comme ça, avec ta fameuse ironie.

— Elle me vient de toi, je crois. Sors ce que tu as à sortir, je t'écoute.

— Suzanne. Tu sais ce que je pense de ta... disons... relation avec... disons...

— Eh ben ! Tu en as du mal à trouver tes... disons... mots.

— Amusant.

— Ça aussi, ça me vient de toi. L'humour sauve de tout, tu te rappelles ? Michèle, ce n'est pas dur à retenir. Répète après moi : Mi-chèle. Ça ne te blessera pas de prononcer son prénom. Dis-le.

— Non.

— Qu'est-ce qui t'est si pénible ? J'aime les femmes, j'aime *cette femme-là.* Je voulais t'en parler, l'autre jour. Maintenant que tu es au courant, à toi de voir ce que tu veux faire de ça. Te fâcher, ne plus me parler. Ou prendre sur toi, t'habituer, changer.

Tu m'as dit que ça aurait tué papa s'il l'avait su. Moi, ce qui me tuait, c'était le secret, tu comprends ? Le secret.

— Les secrets ne tuent pas, tu racontes n'importe quoi. Ils protègent.

— Si, ils tuent, à petits feux. Tu en sais quelque chose, non ?

— De quoi parles-tu ? Bientôt, tout Saint-Palais sera au courant.

— Et alors ? De qui as-tu peur, toi ?

Suzanne a sifflé le vin, en deux gorgées. Elle tend le bras vers Michèle, qui remplit à nouveau son verre, en souriant.

— Il existe des méthodes, tu sais. Pour te guérir.

Suzanne recrache le pinot gris, s'étrangle.

— Me guérir ? Mais...

— Des prières de délivrance. Ça n'engage pas à grand-chose, tu pourrais essayer. Tu n'as rien à perdre.

— Je vais raccrocher, là. Tu vas trop loin. Je ne suis pas malade, je n'ai à guérir de rien. Et si, j'ai tout à perdre, justement. Michèle. Je perdrais Michèle. Et elle me rend heureuse.

— Tu ne sais rien du bonheur, tu n'as jamais été avec un homme.

— Il y a quelque chose que tu ne m'as pas demandé, maman. Je te le répète : nous sommes très, très heureuses, vraiment, toutes les deux. Je ne veux pas de tes prières. Je ne veux pas de ta peur.

Garde-la. Tu ne m'as pas répondu, qu'est-ce qui t'effraie tant ?

— Ce que je crains, c'est…

Prudence marque un temps d'arrêt. Suzanne a posé une question dont elle n'a aucune envie d'entendre la réponse. Elle va raccrocher, écarte le combiné de son oreille ; elle entend quand même sa mère dire *la souillure, ce que je crains c'est la souillure.*

Elle tremble. Tout son corps tremble, ses cheveux, ses mains, son ventre, chaque nerf, viscère, artère, tout tremble. Michèle tapote sur le coussin, près d'elle, un signe pour lui montrer où venir s'asseoir. Suzanne lâche le téléphone qui retombe au sol, sur le carrelage glacé. Prudence continue peut-être à parler, dans le vide. Elle s'installe contre Michèle, et elles restent toutes les deux, arrimées l'une à l'autre.

— Tu as été incroyable, tu le sais ?

— Ce n'est pas sans douleur. J'ai l'impression que je viens de m'arracher un bras.

— Qu'est-ce qu'elle a dit qui t'a fait tant de mal, tu t'es… éteinte. Tu avais de la colère et soudain, tu es devenue livide.

— Elle dit que je suis sa souillure.

Il n'y a rien à répondre pour consoler. Trop tôt. Michèle le sait, et se tait. Elle a tout entendu, elle aussi. Elle les porte en elle, les mots crachés par ses collègues, sa famille, les mots vomis ; elle vit avec et avance, ça n'entrave pas sa marche, ou pas toujours. Elles ouvrent une autre bouteille, cherchent l'ivresse pour adoucir. Plus tard dans la nuit, Suzanne l'entraînera dans le désert, de l'autre côté de la grille, elles attendront ensemble, assises sur des tabourets pliants, leur verre de vin à la main, que vienne la bête sauvage, pour la dompter, la regarder dans les yeux, puisqu'elles n'ont pas peur.

Suzanne n'a pas beaucoup dormi.

La conversation avec sa mère l'a atteinte encore plus qu'elle ne pensait. Elle est sonnée, tremble comme si elle avait reçu des coups. À la tête. Sous le sternum. Elle respire mal. Elle n'avait pas vraiment pensé que Prudence accueillerait Michèle à bras ouverts, ni qu'elle verrait son homosexualité comme une bonne nouvelle. Mais ça. *La souillure.* Ce que Prudence lui a craché, cette violence, elle ne s'y attendait pas. Elle aurait pu s'éviter cette douleur, continuer à mentir, laisser le secret prendre toute la place. Elle a préféré affirmer qui elle est, haut, fort, quitte à choquer sa mère, à rompre le lien. À mordre dedans. L'arracher.

— La bête sauvage, c'est moi, non ?

Michèle se tourne vers elle, passe le bras sous son cou. Écrase un baiser bruyant sur sa tempe.

— Qu'est-ce que tu racontes, toi ? Pas en forme ce matin ?

— Elle est née en 1894, tu imagines ? Ça m'a servi à quoi d'y aller comme ça, de front ?

— Tu regrettes ?

Suzanne reste muette.

— On n'a pas à reculer sous les coups. Ses mots sont des attaques. Tu lui as dit, simplement, qui tu es. Ce que tu es lui fait peur, elle s'habituera.

— Et si ce n'est pas le cas ? Si elle refuse de te voir, toujours ?

— Donc elle ne me verra pas. Tant pis pour elle. Elle ne sait pas ce qu'elle rate ! lance Michèle avec un clin d'œil.

— T'es drôle. Je t'aime. Mais bon, je te rappelle que ta mère me prend toujours pour ta grande amie si sympathique. Tu n'as rien affronté, tu peux parler.

— Touchée. Moi, de ma famille, je n'attends plus rien. J'ai renoncé. Je suis polie, c'est déjà bien. Rester dans l'ombre me convient. Elle a raison ta mère, parfois un bon secret ça protège.

— Pas d'accord.

— Je sais que tu n'es pas d'accord. On s'en fiche. Et tu vas me trouver bizarre, peut-être, ou tordue, mais moi, cette clandestinité, je l'aime. Elle m'excite, je crois. Notre amour caché, j'y tiens. Tu es ma maîtresse. Je me fiche pas mal de ne pas être invitée le dimanche midi chez ta mère. Et puis j'ai horreur des betteraves vinaigrette et de la tête de veau.

Suzanne éclate de rire, certains rituels sont plus digestes que d'autres.

— Ça me donne faim. Viens !

Michèle saute hors du lit et file en cuisine, elle cherche dans les placards quelque chose qui croquerait sous la dent, des cacahuètes ou des biscuits apéritifs.

— Le vide de ces placards est abyssal. Restaurant ?

— Mieux ! Fruits de mer sur la plage !

Sous le marché couvert, elles arrivent à temps pour acheter des bigorneaux, du crabe et des crevettes grises, du pain de seigle. Le poissonnier les dispose sur un plateau en bois, ajoute des citrons, un petit pot de beurre salé ; elles pourront le rapporter la prochaine fois, la famille est connue. Sur la plage de Nauzan, l'averse est passée. Elles sont assises sur la digue, jambes croisées, elles savourent ce goût d'iode, avant de faire la route. Elles trinquent, et rient, marchent en silence sur le sable mouillé. Quand il est temps de revenir aux Diables et de charger la voiture, elles n'essuient pas leurs pieds : elles aiment rapporter du sable à Clamart. Ce soir, à leur retour, elles se glisseront dans le lit froid de la semaine, les cheveux défaits par le vent, la peau encore salée. Il y aura un peu de plage dans les draps, elles se laveront plus tard.

Depuis cette discussion, cet orage, quelque chose s'est installé entre Prudence et Suzanne, qui n'a pas le même nom, que la mère appelle pudeur, que la fille appelle mensonge. Prudence fait comme si rien n'avait été dit, comme si rien n'avait été jeté au visage. Elle n'évoque plus Michèle, sans doute, pense Suzanne, pour éviter un autre conflit. Ou parce que, pour Prudence, ce qu'on ne nomme pas n'existe pas. Ne pas nommer Michèle c'est la faire disparaître. André, Adrienne ou Simone, Paola et Luc demandent de ses nouvelles, font vivre son prénom dans les conversations familiales. Prudence se tend. Elle ne dit rien mais n'en pense pas moins. Elle organise des repas, réunit les siens, ses petits cocos comme elle dit ; elle sait quel sujet contourner, comment filer en cuisine pour cacher sa gêne. Elle n'a plus jamais évoqué ses prières de guérison, de délivrance, elle se tait. Garde pour elle.

— Je m'interrogeais, Suzanne…, lui demande André, un jour qu'il s'est invité chez sa sœur et Michèle. Depuis que tu as parlé à maman, tu te sens mieux ?

Elle réfléchit, repense à la blessure, à ce que ça a abîmé en elle, ce mot, *souillure.*

Elle dit :

— Il n'y a plus de secret. Mais pas sûre que ça soit beaucoup mieux. Maintenant, il y a quelque chose qu'on évite, autour duquel on tourne et qu'on finit par descendre à la cave.

— Qu'on enterre, ajoute André.

Et puis il enchaîne, il aimerait que Suzanne et Michèle gardent Luc un de ces soirs ; il veut faire une surprise à Adrienne pour leur anniversaire de mariage.

Quand elle garde son neveu – sa présence la ravit et l'inquiète un peu, elle veut qu'il soit bien chez elles, parfaitement bien – Suzanne organise tout à l'avance, un planning qu'elle affine jusqu'aux moindres détails. Cette manie agace Michèle qui laisserait bien sa chance au spontané.

— Raconte-moi tout. Que se passera-t-il ce soir, ma chérie ?

— Tu te moques ? Je sens poindre l'ironie.

— Penses-tu ! (Ses yeux frisent.) Menu ?

— Hachis parmentier, salade d'endives, glace vanille.

— Quelle vinaigrette ?

— Huile de noix.

— Le jeu après le repas ?

— Mille Bornes ou Monopoly, au choix.

— Il dort où ?

— J'ai préparé la chambre mais, en général, il préfère bizarrement le canapé du salon. Il dit que ça fait camping.

— Tu lui lis quoi avant le coucher ?

— Le premier chapitre de *L'Aiguille creuse.*

— T'es complètement zinzin, ma pauvre.

— Ma pauvre ? C'est tout ? Je te fais pitié, en fait. Je préférais *ma chérie*, finalement.

Michèle corrige ses copies, elle lève les yeux vers Suzanne qui a les mains posées sur ses hanches, elle attend une réponse.

— Pitié, non. Mais cette façon de vouloir tout contrôler quand le môme débarque, c'est pathologique chez toi.

Elle ricane.

— Toi aussi tu veux me soigner ? Décidément… Tu veux faire équipe avec ta mère ?

— On a un beau lien avec Luc, je veux que ça reste. Neuf ans. Il pourrait devenir un peu adolescent, tu comprends, ne plus venir. Ou trouver tout à coup qu'on forme un drôle de couple.

— Ah mince, faut que je me cache dans le placard alors ?

— N'importe quoi. Je veux juste qu'il soit heureux quand il est chez nous. Garder mon statut de tante magique, parfaite. Tu te souviens de ce qu'il avait dit tout petit ? Je suis son héroïne à ce gosse.

— J'étais pas là ! Je te rappelle qu'on est ensemble depuis à peine deux ans, toi et moi.

— Ah, oui. Mais j'ai l'impression que tu as toujours été là et que tu seras toujours là. Bref… Il avait demandé ce qu'il y avait après la mort. J'avais bredouillé trois mots idiots.

— Tu avais improvisé, ça devait être très bien.

— Il m'avait répondu *OK, ça fait peur. Tu pourras aller voir d'abord comment c'est et puis revenir me raconter ?*

— Et bien sûr tu avais dit *non mon chou, je ne pourrai pas repasser pour une petite discussion, personne ne revient de la mort.* Tu avais dit ça, n'est-ce pas ?

Le sourire de Suzanne donne la réponse. Elle s'éclaire.

— Haha, non, pas vraiment. J'ai promis. J'ai dit que c'était d'accord, qu'il pouvait compter sur moi.

— Tu lui as menti, c'est…

— Condamnable, je sais. Fouette-moi. On ment aux enfants, non ? Le Père Noël, la souris, toutes ces conneries. Tout ça pour dire que je suis pour lui un mélange de magicienne et d'héroïne capable de tout. Je veux que ça dure.

— À grands coups de hachis parmentier et de Mille Bornes ? Bon courage.

— Je te déteste.

— Faux. Tu m'adores. Et tu aimes mon corps de rêve.

Michèle saisit les replis de son ventre entre ses doigts et se lance dans une petite danse langoureuse, ses fesses rebondies s'agitant devant une Suzanne hilare.

— Ça, par exemple, tu évites devant le petit.

Finalement, Adrienne appelle en fin d'après-midi, Luc ne viendra pas. Il a décidé d'aller dormir chez un ami de sa classe, elle se confond en excuses. Sa voix agitée trahit la gêne.

— Tu avais tout préparé, ma Suzette, je suis désolée. Tu es déçue ?

— Très. Tu sais que j'aime voir Luc de temps en temps. On remet ça, tant pis, je comprends.

— Il est si heureux d'avoir enfin un copain, il a eu du mal à s'en faire, à sortir de mes jupes. Je n'ai pas eu le cœur de lui refuser.

— Et de lui imposer la vieille tante ! T'as bien fait. On se rattrapera.

Suzanne raccroche. Elle range les jeux sous le lit de la chambre d'amis. Repose *L'Aiguille creuse* n'importe où dans la bibliothèque, dans le tas des livres à tranche rouge – sa nouvelle lubie, le classement chromatique.

— On dînera toutes les deux. Ils annulent. Luc préfère dormir chez un camarade de classe.

Elle hausse les épaules.

— Oh, toi… t'en as gros sur le cœur.

— Non, je m'en fiche.

— T'as pas l'air.

— Tu crois que c'est vrai, cette raison ? Ou alors à neuf ans il n'a plus envie de venir chez sa tante lesbienne ? Ça le dégoûte, tu crois ? Prudence a réussi à lui mettre des idées en tête à mon sujet ? Elle le voit souvent le mercredi. Je suis certaine que…

— Mais non, enfin. Ne t'emballe pas. Il a neuf ans, dormir chez un copain, à cet âge-là, c'est la fête. On l'emmènera au Jardin d'Acclimatation pendant les vacances, tout sera oublié. Allez…

Ce soir, elles partageront le hachis, Suzanne noiera sa déception dans le reste de champagne rapporté de Saint-Palais. Elle oubliera. Elles feront peut-être une partie de Mille Bornes, après tout. Elles écouteront les Platters. Feront l'amour devant la télévision. Elle n'oubliera sans doute pas. Prudence a gagné, ses mots sont bien là, ancrés, et la hantent. La souillent.

2

Au Mesnil
26 décembre 2010

Nico vit à quelques kilomètres de chez ses parents, mais ils se voient assez peu ; pour les anniversaires, à Noël et à peine quelques jours l'été aux Diables Rouges. Il ne passe jamais à l'improviste, n'a pas les clés de la maison de son enfance. Eux non plus n'auraient pas l'idée de débarquer à l'appartement, ni d'imposer le coup de fil hebdomadaire. Nico aime ça, cette distance légère, la certitude que le lien entre eux est assez fort pour se passer de rituels forcés. Il a ses missions, comme Amélie ou Mika ont les leurs, sans doute. Ce n'est pas lui qu'on appelle pour déplacer les meubles lourds ou pour grimper sur le toit. Nico est celui qui jette un œil à l'ordinateur capricieux et, surtout, coupe les cheveux de son père. Juste avant les repas de fête, Nico arrive en avance et, sans que l'un ou l'autre ait besoin de dire quoi que ce soit, ils montent s'isoler tous les deux dans la salle de bains. Nico savoure ce moment-là : Luc et lui se parlent peu depuis qu'ils ne partagent plus le quotidien – leur façon d'être ensemble. Nico pose la serviette sur les épaules de Luc, rase la nuque et rafraîchit la coupe, sans un mot. À la fin, il souffle sur les petits cheveux accrochés à la peau, les balaie d'un geste tendre mais qui ne s'attarde pas. Il dit, voilà, c'est fait, t'es beau comme ça, et son père sourit en se regardant dans le miroir, *il n'y a vraiment que toi qui me réussis, ta mère me rate à chaque fois, elle me fait une tonsure de moine.* Ils rient en descendant les escaliers et c'est tout. Ils se contentent de cette tendresse à peine effleurée. Avec sa mère, l'amour se partage en cuisine ; ils échangent des recettes, en inventent à deux. Il n'a jamais de mal à trouver un cadeau qui leur plaira. Cette année, il a offert à sa mère un kit pour fabriquer son propre couteau (c'est elle qui bricole à la maison), elle aimera poncer le manche en bois, passer l'huile de lin, le garder dans sa poche ensuite. Pour Luc, il a trouvé dans un vide-grenier le 33 tours des Rolling Stones qui lui manquait, *Through the Past, Darkly,* volume 2, celui à la belle pochette bleue, octogonale. Hier soir, à ses yeux, Nico a compris qu'il a visé juste. Luc a simplement dit *eh ben ça, mon gars,* en reniflant le disque (une manie chez lui de tout sentir, un truc de famille). Pas d'empoignade, de baisers, rien d'autre que l'amour retenu, la pudeur. Avec Amélie, au contraire, il tombe toujours à côté, une photo qu'elle n'encadrera pas, un pull qu'il ne verra jamais sur elle, une plante grasse qu'elle laissera mourir. Il se rattrape avec son neveu et sa nièce, qu'il inonde de cadeaux qu'ils aimeront plus tard, recueil de contes rwandais, mini-guitare en peluche, ou que leur mère adore, la paire de Converse Chuck Taylor rouge en taille 17.

La journée molle du lendemain de fête s'est écoulée, tranquille ; ils ont somnolé dans le canapé et les gros fauteuils du salon, regardé des dessins animés agglutinés les uns aux autres, avalé les restes à n'importe quelle heure. Luc a écouté son disque en boucle, à l'écart. Les filles ont décidé de filer au cinéma. Amélie a eu du mal à partir. Il a fallu que sa mère l'entraîne quasiment dehors, en la poussant dans le dos, *allez, avance, laisse-les, Luc et ton frère sauront faire*. Il a fallu que Luc lui rappelle que des enfants, il en avait élevé trois. Elle leur a laissé une liste de recommandations longue comme le bras écrite sur une quinzaine de post-it, ce qu'Alma peut manger, quel shampoing est le meilleur pour ses cheveux fragiles, ce qu'elle aime qu'on lui lise avant de dormir, la petite phrase rituelle qu'il faut lui chuchoter en éteignant la lumière, comment habiller Tim, dans quelle position le coucher, combien de fois et à quelle fréquence aller vérifier qu'il n'a pas régurgité ou fait une fausse route, comment fonctionne le baby phone, où le poser dans leur chambre, où se trouvent les couches, les pyjamas de rechange au cas où, la crème pour les fesses, celle qui sent l'huile de foie de morue et que Nico déteste parce qu'elle reste sur les doigts, blanche indélébile, les doudous, le biberon d'eau pour Alma, sa couverture la plus douce (la verte), il y a des flèches, des légendes, de la couleur, des numéros à appeler en cas d'urgence, leur groupe sanguin, leur carnet de santé, les livres du moment. Nico referme la porte derrière elles et prend deux grandes respirations. Son père est face à lui, au bout du couloir, Tim dans les bras, serein.

— Bon, ni Tim ni Alma n'ont l'air traumatisés de voir leur mère partir, ça va. Pas de pleurs.

— Tu parles, ça les soulage !… Franchement, elle débloque, ma sœur. Faut qu'elle consulte, c'est de pire en pire. Elle a peur de tout, elle devient folle, non ?

Luc hausse les épaules, il a ce petit sourire que Nico adore, ses yeux plissés, la moustache qui frise.

— J'étais pareil, petit. Collé à mes parents. J'ai mis un temps fou à accepter de passer du temps en dehors de la maison, à me faire des copains. J'ai dû lui transmettre ça, à Amélie. C'est con. Toi et ton frère, vous avez pris le caractère d'Ève, heureusement. Vous avez toujours l'air si tranquille.

— Ils t'emmenaient partout, papy et mamie ?

— Non, s'ils devaient sortir le soir, je crois que Suzanne venait me garder. Et quand elle s'est installée avec Michèle, j'allais dormir chez elles. J'adorais. J'avais le droit de faire des tas de trucs interdits à la maison. Dire des gros mots, manger de la glace au lit. Le pied, quoi, quand t'es un môme coincé.

Ils se partagent les taches : Nico va laver les enfants pendant que son père fait réchauffer les restes du réveillon, chapon, purée de céleri, sauce aux airelles, petits pois.

— Il reste du Sancerre, je t'en sers un verre, fils ?

— J'essaie de ralentir, me pousse pas au vice, papa !

— De l'eau gazeuse ? Ou t'as arrêté aussi ?

— T'es con. Je monte faire couler le bain. Y a un post-it sur la température de l'eau ?

Nico entend son père glousser en ouvrant le frigo, et dire :

— C'est vrai qu'elle est gratinée, notre Amélie.

Ils continuent à se parler tous les deux, chacun à leur étage. Luc allume le four, croque dans les noix de cajou pendant que Nico, assis sur le rebord de la baignoire, sa nièce sur les genoux et Tim dans un transat à ses pieds, tourne les robinets.

Il parle plus fort pour que Luc l'entende :

— Elle se gâche la vie. Putain, là, c'est une séance de ciné, quoi, deux heures à tout péter.

Imagine si elle devait partir en voyage pour son boulot…

— Haha, t'as raison, elle est pénible. Elles sont allées voir quoi au fait ? demande Luc du bas des escaliers.

— *Another Year*, le film de Mike Leigh.

— Sur quoi ?

— Je sais pas trop. Des vieux qui jardinent, en Angleterre.

Luc a mis le chapon à réchauffer, il coupe quelques tranches de pain, et répond, les mains en porte-voix.

— Sympa comme thème, je suis content d'échapper à ça.

— Je déconne, je crois que c'est un genre de chef-d'œuvre. Sur la famille, oh putain ça fait mal !

— La famille ? Ouais, des fois.

— Non, l'eau du bain. Ça fume tellement c'est brûlant… Alma Almouille, faut attendre un peu, reste sur les genoux de tonton Nico. Et toi mon Super Tim, pareil.

Après le bain qui s'est éternisé – la bouteille de shampoing s'est renversée dans l'eau, c'était si drôle, la mousse qui déborde, les tapis de sol inondés et la pièce transformée en sauna, il les habille en improvisant. La liste des instructions est en bas, hors de question de redescendre pour savoir quel est le pyjama du dimanche. Dans l'escalier, sa sœur détesterait le voir faire ça, il a un enfant sur chaque hanche, deux trésors aux cheveux trempés, la peau flétrie de ceux qui ont joué longtemps dans l'eau chaude. Il chantonne, Alma le tient par le cou, il sent sa minuscule main sur sa nuque. Tim gazouille du haut de ses quelques mois.

— Je m'en suis sorti, papa ! Regarde, deux enfants propres !

— Belle performance, fiston. On tient le bon bout.

Le repas ne se déroule pas exactement comme Amélie l'avait imaginé. Luc et Nico n'ont qu'un seul but : amuser les petits. Ils ont parié avec Amélie qu'ils seraient les premiers à obtenir de Tim un vrai fou rire. Ils se dépensent sans compter. Quand elle les appelle pour savoir si tout se passe bien, juste avant le film, Nico répond en évitant les petits pois lancés par son père avec une cuillère catapulte.

— Euh, ouais, sœurette, tout va parfaitement bien. Tim révise sa conjugaison et Alma relit Barthes. J'ajoute qu'aucun jet de purée de céleri n'est à déplorer. Pour le moment.

Elle entend les cris des enfants et Luc qui s'esclaffe.

— T'es sérieux, Nico ? Vous faites une bagarre de bouffe ? Non… Putain, une soirée avec toi et papa, et tout ce que j'essaie d'instaurer avec eux tombe à l'eau. Vous êtes chiants.

— Comment tu parles de ton père, Amélie, enfin… Allez, profite de ta soirée. On rigole, ça fait du bien de se marrer un peu.

Dans la pièce, c'est encore Noël. Ève ne retirera les décorations que fin janvier, sans doute. Elle aime les guirlandes, même les plus affreuses, les photophores et les bougies, elle en dispose partout, et attend les fêtes avec impatience, chaque année, pour refaire son stock et racheter ce que son mari appelle *ses horreurs à paillettes*. Au pied du sapin, il reste quelques paquets, ceux de Mika et Afissa, qui rentreront la semaine prochaine de leur séjour au Rwanda.

Plus tard, Luc s'est assoupi dans sa chambre au rez-de-chaussée. Il dit qu'il a trop bu, qu'il supporte de moins en moins les soirées arrosées. Pendant qu'Alma joue sur le tapis avec ses nouveaux jouets et que Tim s'endort en douceur dans son transat, Nico remet de l'ordre dans la cuisine ; il craint les foudres maternelles. La vaisselle est rangée, il va monter coucher les enfants. Il se dit qu'après l'histoire, après les câlins, il proposera à Luc une tisane à boire ensemble, peut-être sous les étoiles. En attendant, il le laisse se reposer ; ils ont la soirée pour eux. C'est rare qu'il ait du temps en tête à tête avec son père, rare de l'avoir pour lui.

Nico se penche et attrape Tim, le tient au creux de son bras, de l'autre il montre à Alma le chemin vers l'escalier ; il sait que ce sera une lutte pour la faire monter, et pour l'endormir. Tout le monde envoie un bisou de loin à papy qui, depuis sa chambre, répond d'une voix presque endormie un *bonne nuit mes chéris bonne nuit à demain.*

Alma a déjà les larmes aux yeux et la voix qui tremble, elle déteste le soir, elle déteste le noir. Nico prend sa main, lui dit de laisser monter les sanglots, elle tressaille, de s'accrocher à des idées qui lui plaisent, un projet pour demain, un dessin animé qu'elle veut voir, elle enfouit son visage derrière ses poings, fermés, serrés, elle a peur que la nuit l'engloutisse. Il a envie de lui dire qu'il lui arrive aussi la frayeur, les bouches déchaînées des monstres, leur écume, son cœur ligoté, que ça ne s'arrête pas toujours quand on est grand. Il se tait, bien sûr, quelle idée de raconter ces choses à une enfant au seuil du sommeil. Nico se penche vers elle, il voudrait lui prendre ça, la terreur, et l'arracher. Il pense à cette phrase de son père, le pire n'arrive pas toujours. Il propose de mettre de la musique, elle choisit « le rock », va pour le rock, ça sera les Rolling Stones puisque Luc n'écoute qu'eux. La voix de Mike Jagger résonne et Alma, déjà, sourit. Ils dansent, elle se tord dans tous les sens, oublie le vide et la nuit. Nico promet une histoire, deux histoires, mille. Il dit qu'il attendra qu'elle dorme pour redescendre. Il la soulève, d'une main forte, contre lui elle sait qu'elle n'a rien à craindre, rien. Elle est soulagée. Elle lâche l'album énorme qu'elle tenait entre ses mains.

Les bougies renversées par le livre ne font aucun bruit en tombant sur le tapis de l'entrée. La première étincelle, minuscule, qui vole vers le bras d'une des peluches qui traînaient là, ne fait aucun bruit non plus.

Nico grimpe les escaliers, la chanson hurlée, *Angie Angie when will those dark clouds all disappear, Angie, Angie,* la chanson couvre tout. Il n'entend pas. Ils sont tous les trois déjà dans la petite chambre du haut quand le tapis s'enflamme. Lui, il couche les petits, Tim dans le lit à barreaux blancs (celui de Nico, bébé, puis d'Amélie et de Mika) ; Alma sur le matelas au sol, recouvert de coussins. Il allume la veilleuse et s'assoit près d'elle. Elle demande le même livre qu'hier, le même, sans doute, que demain, une histoire de Père Noël, elle connaît certaines phrases par cœur, le devance, en riant. S'émeut d'un passage en particulier, elle veut que Nico lui répète en murmurant, *tu sais comme un petit secret,* dit-elle. Il relit, alors *tu deviendras le Père Noël et tu ne mourras jamais.*

— Encore ! Nico, s'il te plaît.

Tu deviendras le Père Noël et tu ne mourras jamais.

En bas, le sapin est une torche, le feu a gagné les rideaux, le canapé, les coussins.

Nico embrasse Alma, son front et son nez, comme toujours. Remonte la couette, jusqu'à la limite du menton, c'est ce qu'elle réclame. Enfin, l'odeur de la fumée l'alerte. Puissante, épaisse. Il se précipite, dévale les escaliers, demande aux enfants de ne pas bouger. Dans le salon, les flammes sont immenses et avalent tout, on dirait que les murs ont fondu, Nico hurle le prénom de son père, encore, encore. Il remonte, le visage caché derrière son bras, et dans l'affolement, trébuche. Se relève, court vers la chambre, se saisit de Tim puis d'Alma, qui l'a attendu, prostrée dans le lit. Sa bouche est ouverte, on dirait qu'elle crie, aucun son ne sort. Nico les enveloppe dans une couverture et les porte vers le bas, vers le feu. Pour sortir de la maison, atteindre la terrasse, respirer, il doit traverser le couloir. Sa voix déchire l'air, il appelle son père qui ne vient pas, *papa, papa, papa,* et son prénom, répété, s'enflamme avec le reste. Il faut baisser la tête, protéger les petits et passer le brasier. Ils sont presque dehors quand Alma hurle de douleur.

Nico confie les enfants à une voisine, alertée par le bruit des flammes. Fonce vers la maison, essaye d'y entrer à nouveau pour chercher Luc ; fait le tour et casse une vitre à l'arrière. Marche dans le feu, avant de reculer, de renoncer. Il est à nouveau dehors, allongé sur l'herbe, sans larme. Autour de lui, en lui, tout brûle, sa maison et sa gorge, ses vêtements, sa mémoire et le ciel, et son père. Les voisins ont appelé les secours, qui sont déjà là. Il a retiré sa chemise et marche vers eux, torse nu.

Il voit Tim dans les bras d'un pompier, on a posé sur la bouche d'Alma un masque pour l'aider à respirer. Il voit qu'elle pleure, qu'elle crie, et que d'autres, d'autres que lui la rassurent. Pourtant, il le sait, lui, il n'y a plus rien à murmurer à l'oreille d'Alma pour la rassurer, le pire est arrivé.

— Mon père, s'il vous plaît, mon père est encore à l'intérieur…

— Mes collègues s'en occupent, monsieur. Il n'y a rien que vous puissiez faire. Venez par là.

— Et ma nièce, Alma ? Elle va bien, n'est-ce pas ?

— La petite est brûlée au visage, on l'emmène aux urgences.

Il a entendu, bien sûr, les mots *brûlés au visage.* Pourtant, il est incapable de bouger. Il voit qu'on déplace le brancard dans le camion, qu'elle agite la main pour lui. Les yeux d'Alma réclament un câlin ou des mots chuchotés, ceux d'hier, de demain. Elle n'aura rien. Il reste là, immobile, à la regarder partir. Nico pense il faudrait que je morde dans ma chair, que je croque, avoir le goût du sang sur la langue pour ressentir quelque chose. Ses cheveux ont fondu, il sent encore le cochon grillé. C'est ça qu'il a en tête, le cochon grillé. Il revoit le dernier repas, les petits pois volants, les rires, la silhouette de son père qui cherchait le repos.

Ce qui le bouleverse, à cette seconde-là, ce n'est pas que son père soit mort dans les flammes, que son corps ait brûlé, pas seulement ses cheveux, que tout ait cramé, fondu, disparu ; ce qui le bouleverse, c'est que, lorsque Luc marchait vers sa chambre, quand c'étaient les dernières secondes où il aurait pu le voir vivant, Nico chargeait le lave-vaisselle, jetait les restes de sauce rouge et la peau du chapon dans le bac du compost.

Mon père faisait les quelques pas du salon jusqu'à sa chambre, embarquant avec lui sa fine silhouette, ses mains bizarrement calleuses, ses sourcils trop longs, ses souvenirs de fils, de neveu, de père, de grand-père, la sensation, je ne sais pas, du sel qui tire la peau après une journée de plage à Nauzan, des poils de nez givrés en haut des pistes, le rythme cardiaque qui s'accélère à la vue de celle qu'on a attendue longtemps, ma mère peut-être je ne sais pas, il embarquait tout ça, toute une vie, d'amour, de pique-niques, de remords, de cadeaux ratés, de jalousie, de repas sans fin, d'insultes, de peur qu'on voudrait garder pour soi mais qu'on transmet quand même, de tours à vélos, de semis replantés, de morceaux de toit envolés, de tempêtes, de soirées chez Suzanne, de mots qui réparent, de livrets à signer, de phobies tranquilles, de tendresse, d'immense amour, il a laissé la porte ouverte pour nous entendre un peu avant de s'endormir, il a fermé ses yeux, a posé ses mains bizarrement calleuses à plat sur son torse comme il le faisait toujours, et moi je faisais le truc le plus con du monde, je pensais à des choses inutiles, me demandais quel programme choisir pour la vaisselle, quand rentreront les filles ou si on peut mettre des agrumes dans le compost. Il allait mourir, et je ne l'ai pas vu. Jamais plus mon père ne frictionnera mon dos après la baignade.

Il pense à ça, à son père le séchant, leurs fesses dans le sable et à son rire aigu, quand le camion emmène Alma. Il s'assoit dans l'herbe, quelqu'un dépose Tim près de lui et une couverture de survie, dorée, glacée, sur leurs épaules. Il raconte, tout, doit répondre aux questions, se perd dans les détails, redit l'histoire du soir, la peur d'Alma, le choix du pyjama, la bouche du monstre, l'odeur de la fumée. Après, dit-il, après, je ne sais plus.

Le pire est arrivé, après il a trahi Alma.

Quand Amélie et Ève rentrent du cinéma, il est debout face à ce qui reste de l'incendie. Toit et charpente calcinés, vitres explosées, des flammes encore vives, à l'arrière, que les pompiers inondent. Il ne les a pas appelées, préférant retarder le moment de foutre leur vie en l'air. Le visage gris, sa mère s'avance, perdue, elle regarde autour d'elle, sans comprendre. Amélie voit Tim, le voit lui, qui le tient contre son torse, sa large main posée sur le dos ; ses lèvres disent Alma, ses yeux la cherchent. Nico s'approche, lui tend son fils ; elle l'arrache à ses bras.

— Où est la petite ?

— Ils l'ont emmenée à l'hosto.

Son cri, contenu, qu'elle étouffe dans sa main. La terreur, la respiration courte, les sanglots secs. Il essaie de trouver les mots, une brûlure sur la tempe, *elle allait bien,* il ment, *elle allait bien, je crois.* Amélie s'agite, regarde ce qui flambe, derrière lui.

— Tu crois ? Papa est parti avec elle au moins ?

Elle répète.

— C'est ça ? Il est avec elle ?

L'odeur de cendre, de suie, de mort, souffle entre eux, et l'écœure. Il faudrait la vomir, tout recracher. Il va répondre. Mais alors quelqu'un qu'il ne connaît pas, en uniforme, se tient à un pas ou deux de sa mère, là-bas devant le porche, et lui parle ; Nico la voit plier sous le coup porté, s'effondrer. Maintenant, elle sait. Elle est à genoux, vaincue, on se penche vers elle, ses jambes ne la tiennent plus. Il attrape Amélie par le bras et lui dit *viens, on doit relever maman.*

— Quoi ? Nicolas, parle. Où est papa ? Il est où, merde, dis-moi !

Nico s'incline pour ramasser sa mère, elle s'accroche à lui, alors que volettent autour d'eux des microparticules brunes, des paillettes tristes, alors que se consume la maison de son enfance. Il aurait préféré des hurlements, pense-t-il. Mais Ève est calme, elle répète doucement, à l'infini, *non, non, non, non.*

Un corps, son corps, est sorti par l'arrière et recouvert d'une sorte de drap blanc. On le harnache sur un brancard, on le hisse dans un camion. Il ne se sauvera plus. Des gens viennent à eux, mettre des mots, expliquer, régler la question.

— Votre père est mort. Nous n'avons rien pu faire.

Amélie a reculé, abasourdie, a demandé qu'on l'emmène à l'hôpital, vite, elle veut Alma. Un voisin s'est proposé. Nico est assis avec sa mère, sur le banc en bois sous l'acacia. Un médecin veut l'ausculter, après le choc on ne sait jamais, paraît-il. Elle serre les dents, se relève pour le suivre. Un coup de vent la fait vaciller, ou rien, peut-être l'odeur du feu, et elle retombe, presque sur les genoux de son fils.

Plante ses yeux d'eau, de sel, dans ceux de Nico et dit :

— Ton père est mort et tu n'as rien pu faire ?

3

Clamart
Juin 2013

La pluie n'a pas cessé depuis six mois. Des trombes d'eau, chaque jour ou presque et sans répit, les rincent intérieurement.

— Finalement, on mourra noyées, non ?

Michèle se retourne vers Suzanne ; elle voit les rides au coin de ses yeux s'ouvrir en soleil. Elle pouffe. Tremblante, Suzanne dépose le plateau sur la table basse. Son dos la tire, elle se cambre pour faire passer la douleur, les deux mains ancrées à ses hanches, ses mains aux gros replis violets.

— Tu me fais encore rire, toi. Combien d'années après ? Tu tiens les comptes ?

— Ma Suzette, je suis au désespoir de t'annoncer que nous partageons nos vies depuis bientôt… attends donc, cinquante-six ans.

— Dire que tes parents ne sont toujours pas au courant pour nous !

Elles s'esclaffent toutes les deux ; un rire que Michèle retient un peu de peur de s'étrangler.

— Paix à leur âme, tiens. S'ils avaient su !

Michèle verse le thé dans la tasse bleue, ajoute un demi-sucre, un nuage de lait (Suzanne dit *à peine un cirro-cumulus, trois fois rien*) et lui tend.

— Et nous voilà, plus vieilles que tout ce petit monde. C'est si étrange de dépasser ses parents en âge. De vivre plus vieux qu'eux, je veux dire.

— Prudence est morte à quel âge, je ne sais plus ?

— Soixante-dix-huit ans. Elle aurait fini par t'aimer, j'en suis sûre. On aurait dû s'imposer.

Plus tard dans l'après-midi, Amélie passera avec les enfants ; elle apportera le goûter. Il y aura les sujets faciles, la maternelle, les prochaines vacances, le printemps qui n'arrive pas cette année, et ceux qui écorchent, que chacune contournera avec tact. La cicatrice d'Alma. L'absence de Nico. La dérive d'Ève. Luc. Le feu furieux. Suzanne aimerait parler de Luc. Personne ne prononce plus son prénom, jamais, comme s'il continuait de se consumer en silence.

Il n'y a qu'avec Nico que Suzanne peut l'évoquer. Elle lui écrit en secret. Les autres ne savent rien de leurs échanges, ni, d'ailleurs, qu'il ne répond pas à ses lettres. Il l'appelle de temps en temps, reste une heure ou deux avec elle au téléphone. Il demande à parler à Michèle. Il écoute, raconte peu, prend des nouvelles de la clique. Ensemble, ils peuvent se souvenir de Luc, du neveu, du père. Suzanne trébuche parfois sur les mots, et se tait quelques minutes. Nico attend, il sait accueillir les silences. L'autre jour, Suzanne lui a dit, comme ça, *reste dîner, j'ai fait du hachis, tu adores ça.* Il a ri, elle a mis un couvert de plus, imaginaire. Il a ouvert une bonne bouteille, elles ont entendu le bouchon sauter, là-bas, à Brunnby, puis le glouglou dans le verre. C'est le soir surtout qu'elles sentent les années peser. La fatigue se lit sur les visages. Suzanne fait sa toilette dans l'obscurité, elle n'allume que la lumière du couloir ; elle n'aime pas se voir. Ses mains, crochues presque, aux sillons creusés, à la peau si fine, lui font presque peur.

— Cette manie de te laver sans te regarder dans le miroir…

— Je ne m'habitue pas. Cette déchéance, c'est horrible. On dirait de l'écorce.

— Quatre-vingt-douze printemps ma jolie. Tu t'attendais à rajeunir peut-être ?

— Tout tombe, tu vois ? Tout s'affaisse. Ça me désole, je n'y peux rien. Évidemment, toi en comparaison, tu es une jeunette. Quatre ans à nos âges, ça compte.

— Hum… On ne peut pas dire que je me sente très fraîche non plus. Tout à l'heure, j'ai dû quitter le goûter à cause de mes vieilles dents. Mon appareil est resté planté dans le panettone !

Le sourire de Suzanne. Elle se retourne vers Michèle, qui tient sa taille d'une main, soulève son pull de l'autre, embrasse ses lèvres. Elle aime sa peau, elle a toujours aimé sa peau.

— Tu vois, on s'en fiche, grande vieille. Pour moi, tu es toujours mon amour interdit, lance Michèle.

— Tu aimes toucher ce corps flétri, vraiment ?

— Oui. Cette écorce, comme tu dis, c'est là où je me sens chez moi. Tu comprends ? Bon, je sais ce qu'il nous faut...

— Ah, oui ? Un verre de cognac ?

— Non, un voyage. Et si on allait rendre une petite visite à Nicolas ? Qu'en dis-tu, Suzette ?

— Tu perds la tête, à nos âges !

— Justement. On a besoin d'un petit vent de folie. Avant de la perdre, pour de bon, la tête. Une semaine, il prendrait tout en charge. Il te manque tellement, je le sais.

Suzanne réfléchit un temps, elle se voit marchant dans les rues de Stockholm, son petit-neveu au bras ; il la porterait presque, elle imagine leur fatigue à toutes les deux, les douleurs dans les jambes, le dos qui pèsera des tonnes, pense aux deux heures d'avion, aux mensonges qu'elle devra inventer pour justifier leur départ. Et dit oui, en serrant le bras de Michèle, Michèle qui se raidit.

— Faudra te couper les ongles, tu me griffes.

C'est décidé, elles partiront en Suède rejoindre Nico. Il leur faudra un peu de temps pour organiser le voyage, septembre sera le mois idéal. Il leur fallait un projet, quelque chose, un élan, maintenant. Elles l'annoncent au « petit » :

— Mais, Suzanne, ce n'est pas… Septembre, tu dis ? Je ne sais pas où je serai, peut-être en tournée avec le groupe, peut-être avec…

— On ne veut pas t'embêter, ne change pas tes plans. Oublie ça.

La voix est vacillante. Nico perçoit la déception, regrette dans la seconde ce qu'il vient de répondre. Évidemment qu'elles peuvent venir. Il mettra de côté son envie de tranquillité, loin des autres et sa vie dans le secret.

— Non, c'est bien ! Je veux vous voir, mes vieilles préférées. Venez ! Je louerai quelque chose à Stockholm, on sera bien. Il y a plein de choses à voir dans le centre-ville, sans marcher beaucoup.

— Bon, tu es sûr, Nico ? On sera sans doute une charge mais ce dernier voyage nous ferait du bien je crois. Quoi, Michèle ? Attends, Nico, Michèle me parle en même temps ! Ah, elle t'embrasse, dit-elle.

— Dis-lui que je l'embrasse aussi, bien sûr. On se rappelle pour l'organisation. Ça sera bien.

Il y a un silence, puis il reprend :

— Les autres, je veux dire la clique, ils… ils seront au courant que vous venez ?

— Je ne sais pas, non, peut-être pas. Nous verrons.

Quand il raccroche, elles ferment les volets. Dehors, la pluie tombe toujours et cingle leurs joues. Suzanne adore tendre le visage vers la nuit, attraper les gouttes avec la langue ; un geste qui contient l'enfance. Enfin elles se mettent au lit, leurs corps abîmés blottis l'un contre l'autre, leurs doigts se scellent, puis se descellent, ceux de Michèle courent sur le ventre de Suzanne. Elle respire fort, elle a cette toux qui ne passe pas, Suzanne cherche une position pour avoir moins mal, au dos, à la nuque. Elles se parlent un peu, sous le ciel noir de leur chambre, celle des cinquante-six dernières années, et finissent par s'endormir comme on meurt, en pleine phrase, au milieu d'un soupir.

Leur médecin n'est pas très enthousiaste à l'idée de ce voyage mais le pauvre ne fait pas le poids face à leur volonté farouche. Il finit par s'adoucir, leurs arguments font mouche (Suzanne en a dressé la liste dans la salle d'attente) : elles ne partent pas loin, le trajet en avion ne dure que deux heures quarante. Il n'y a pas de décalage horaire. Quelqu'un sera avec elle tout le temps, dès leur arrivée et pendant toute la durée du séjour. L'appartement choisi est au rez-de-chaussée, dans le centre-ville. Et surtout, surtout, Nicolas leur manque. Un manque intact.

— Vous pouvez comprendre cela, docteur, n'est-ce pas ? Oh, et puis peu importe que vous compreniez ou pas. Franchement. Nous partons après l'été, point final.

Il acquiesce, plutôt souriant, prescrit à Michèle de quoi soigner sa toux persistante. Les met en garde en cas de canicule. Sur le trottoir, à l'extérieur du cabinet médical, Suzanne n'est pas loin de trottiner.

— Toi, te voilà toute requinquée. Tu avances trop vite pour moi, mon dos, penses-y. À Stockholm, faudra aller moins vite, hein, sinon je resterai t'attendre au café à m'empiffrer de kanelbullars.

— C'est l'idée de voir le petit, si tu savais.

Michèle a rejoint Suzanne quelques mètres plus loin. Elle passe son bras sous le sien, elles finissent la route ensemble.

— Je crois que je sais. Ce n'est pas seulement Nico, c'est…

— Il est le lien. Avec Luc, évidemment, et avec mon frère, André. J'ai l'impression qu'il est celui qui me raccroche à ce passé-là, aux Diables Rouges, à cette vie qu'on avait là-bas, les étés. Des moments qu'il n'a même pas connus. Les perdre tous les deux, ça a été si dur. Je ne veux pas le perdre lui aussi.

Dès le départ de Nico, ce déchirement, Suzanne lui écrit. Elle l'a devancé, envoyé la première lettre, sans attendre de réponse. Ce qu'elle lui raconte, elle le raconte aux deux autres, c'est à André et Luc qu'elle s'adresse. Elle leur dit tout son amour, tout lui revient, des détails, le sourcil pointu d'André qui se dressait d'étonnement, sa voix légèrement rauque, leur complicité, cet amour fou qu'ils avaient pour Prudence – et la même façon qu'ils avaient de la détester aussi. Et puis Luc, les peurs de Luc, toujours dans les jambes de son père, toujours à le chercher des yeux, à guetter ses réactions ; son goût pour le hachis, d'ailleurs souvent elle confond, elle ne sait plus qui des trois aimait la glace fraise et qui la recrachait, qui aimait le sucre sur la brioche, les longues séances dans les vagues. Elle vieillit, ils ne font plus qu'un. Celui qui est en Suède, qui s'est exilé, qui est la somme des autres, même si c'est injuste. Il arrive que Suzanne s'endorme en pensant à Nico, à ce qu'il a emporté d'elle en fuyant comme ça, qu'elle ne sait pas nommer, et qu'il lui rendra s'ils se retrouvent.

— Ce projet te rajeunit, on dirait ! Comment dit Alma, déjà ? son expression avec ses jeux vidéo, tu sais ? Ah, oui. Tu as gagné des points de vie.

Et Suzanne sourit, lèvres défroissées, le pas léger, elle a vingt ans avec André, trente avec Luc, la vie devant elle, bientôt cent ans.

En septembre, elle reverra Nico.

Il lui rendra ses souvenirs.

J'étais ça : cheveux, poils, cils qui poussent, ridules, boutons, grains de beauté qu'on gratte, ongle à couper, langue pour embrasser, pour te goûter, pour lécher, bouche, dents, muqueuses, viscères, bave, sueur, sperme, cœur ardent.

Tout a fini par fondre, d'abord la peau, le sang et puis les os, et chaque organe, un à un.

Je devrais déjà avoir disparu tout à fait.

J'essaie, vraiment, je veux te laisser, j'essaie de toutes mes forces, crois-le s'il te plaît, mais quelque chose résiste.

Quelque chose, venant de là-haut, c'est-à-dire de là où ça vit, de là où tu existes, toi, quelque chose m'en empêche.

Je suis ça : sédiment, poudre, terre, sel, roche poreuse, sable.

Je m'érode et je blanchis.

Et je serai bientôt transporté par le vent, les embruns ou la lave.

4

Au Mesnil
Le lendemain de l'incendie

Nicolas et Tim ont été emmenés à l'hôpital eux aussi, malgré l'absence de brûlures. Ils doivent être surveillés : on s'inquiète de l'inhalation de fumées, on craint une atteinte respiratoire, on scrute toute modification de la voix. Si tout va bien – l'infirmière a dit ça, elle ne se rend pas compte que plus rien, jamais, n'ira bien –, ils pourront sortir le lendemain. Amélie restera là, elle, avec sa fille. Elle passe d'une chambre l'autre, sans dire un mot, les yeux perdus, rougis par le flot de larmes. Elle n'a pas eu un regard pour son frère, pas une fois, elle le survole, il est devenu transparent. Parce qu'il s'en veut, il préférerait être bombardé de questions, qu'elle l'inonde de messages sur son portable. Il aurait dû accompagner Alma, à cause de moi, pense-t-il, elle a affronté seule la terreur, le silence de la nuit, les bruits autour d'elle dans l'ambulance, la douleur sur sa tempe.

Ils quitteront l'hôpital en milieu de matinée, leur état est jugé rassurant. Nico passe dans le couloir, devant la chambre d'Alma. La porte est entrouverte, il la pousse du pied, Tim dans les bras. Il veut voir sa nièce, lui parler, demander pardon. Il entre sans bruit, fait un pas en direction du lit. La plaie sur son visage est recouverte d'un genre de pansement. Il murmure son prénom, doucement, quand elle le voit Alma ne sourit pas, ne tend pas la main. Il répète Alma, c'est moi, c'est Nico.

Elle tourne la tête de l'autre côté, vers la fenêtre.

— Elle sait que c'est toi.

La voix d'Amélie vient de la salle de bains, attenante à la pièce. Il est surpris, sursaute. Elle a du linge dans une main, un verre d'eau dans l'autre, ses doigts tremblent.

— Et tu vois, elle préfère regarder ailleurs. On préfère tous regarder ailleurs. Rends-moi mon fils et va-t'en.

Elle prend Tim et le serre contre elle, l'embrasse exactement là où Alma est brûlée, sur la tempe droite. Il recule.

— Dis-moi au moins ce qui va se passer, ce que les médecins vont lui faire.

— Tu veux quoi, hein ? Que je te parle de la cicatrisation de la lésion, du risque de surinfection, des éventuelles séquelles esthétiques de la zone brûlée ? C'est ça que tu veux entendre ? Ou que je te mente, que je te réponde que tout va bien, que tu as fait de ton mieux, que t'es un héros parce qu'elle est vivante et que tu l'as sortie de là ?

Il vacille, se retient à la porte de la chambre.

— Je… je l'ai sortie de là. J'ai fait ce que j'ai pu, le plus vite possible. Je suis désolé.

— Va-t'en, Nico. Maintenant.

La maison des amis chez qui ils sont hébergés pour la semaine, peut-être pour les suivantes aussi, donne sur d'autres jardins. Si on tend la main, on est chez le voisin. Ils y occupent deux chambres à l'étage, parquet clair, murs jaune paille, quelques livres, pas de souvenirs, pas de souvenirs heureusement ; c'est un endroit neutre qui ne leur rappelle rien. Nico essaye d'appeler son frère en vain. Il se demande si quelqu'un a pensé à le prévenir. Il veut lui expliquer. La sonnerie tourne à vide, il tombe sur le répondeur, une fois, dix fois.

Ils se taisent depuis qu'il est rentré de l'hôpital. Ève est incapable de parler, le feu l'a ravagée elle aussi. Elle refuse qu'on s'approche d'elle, ne veut d'aucune consolation, elle balaie toute tentative d'un geste de la main, orageux, définitif. Son visage est vide, comme désordonné, on ne peut plus rien y lire de ce qui l'animait avant, plus d'émotions, néant. Elle l'a recouvert d'une épaisse couche de maquillage. Pour masquer quoi ? se demande Nico. Il lui tend une tasse de thé qu'elle ne boira pas, prononce des phrases qu'elle n'écoute pas.

Plus tard, il la force à aller marcher avec lui dans le quartier. Il a peur que l'odeur de l'incendie, du bois calciné et maintenant trempé – il a plu toute la matinée – ne se sente jusqu'ici, mais dehors, c'est comme si la maison n'avait pas brûlé, comme si Luc n'était pas mort. Des gens se promènent en troupeau, une femme fait son footing avec son chien tenu en laisse, des enfants testent leurs nouveaux jeux, une trottinette, une voiture télécommandée, Nico, lui, marche avec sa mère éteinte. Elle grelotte, il remonte le col de son manteau bleu, celui qu'elle portait la veille, noue avec soin l'écharpe autour de son cou, s'approche pour l'embrasser, peut-être, tenter une étreinte. Elle se raidit, il sent tout son corps se crisper. Dans le tissu, dans la fourrure de la capuche, sur ses joues qu'elle n'a pas lavées, c'est là que sont venus se loger les effluves de combustion, pas dans l'air de ce coin du monde, mais sur sa mère. Le parfum est violent, il charrie avec lui les derniers instants de Luc, les flammes qui embrasent les murs et les rideaux, la mort. Il s'écarte, écœuré. Il sait que s'il ne l'avait pas fait, c'est elle qui se serait éloignée, elle l'aurait rejeté en posant sa main à plat sur son torse, elle aurait dit comme Amélie, va-t'en ou pousse-toi, elle aurait dit pire. Ça le soulage d'avoir évité ça. Il faut parler. Il y a un mètre entre eux, qu'il doit combler.

— Je m'occuperai des démarches, maman. Tu sais, on doit déclarer le décès à la mairie, les gendarmes m'ont laissé le procès-verbal. Ensuite, il faut contacter les pompes funèbres, est-ce qu'il avait laissé des instructions ? Il y a aussi tous les organismes à prévenir, la banque, tu vois, et le reste. Mais toute la paperasse a…

Elle lève les yeux vers lui, lance un regard liquide où Nico plonge, il y voit une détresse infinie, mordante, et quelque chose d'autre, quelque chose qu'il a du mal à identifier.

— Toute la paperasse a brûlé, oui, ça je sais. Ne t'occupe de rien. Ton frère rentre ce soir du Rwanda avec Afissa, il le fera.

— Ah tu as eu Mika ? J'ai essayé de l'avoir, il n'a pas répondu.

— Je l'ai appelé cette nuit. Je lui ai raconté. Maintenant, rentrons.

— Oui, on rentre. Je vais passer les premiers coups de fil, contacter votre notaire, papa a peut-être déposé chez lui des…

Elle s'arrête brusquement et sans le regarder, dit, d'une voix acérée qui sidère Nico :

— Je t'ai dit que Mika le ferait. Tu en as fait assez, tu ne crois pas ?

Nico titube, cherche un peu d'air en relevant la tête.

— Mais quoi ? Qu'est-ce que… Tu me reproches sa mort, c'est ça ? Qu'Amélie m'en veuille pour Alma, je comprends. Ça me torture aussi. Ne pas l'avoir accompagnée dans l'ambulance, c'est fou. Je ne sais pas ce qui m'a pris, j'étais là, incapable de bouger, je la voyais souffrir et je ne pouvais pas faire un putain de geste vers elle. Je porterai ça, longtemps, toujours. Mais pour papa, merde, je n'aurais rien pu faire. Tout est allé si vite !

Il tend la main vers elle, il veut caresser sa joue, essuyer les larmes qui creusent leur sillon dans le gras du fond de teint. Elle tourne les talons avant qu'il ne la touche.

Il comprend. Il y a la peine d'Ève, sa souffrance qui lui tord le ventre, qui a coupé son cœur en deux, sans doute, et il y a autre chose, il y a la haine. Sa mère le hait. Elle fait de grands pas jusqu'à la maison de leurs amis ; il trotte derrière elle. Sa mère le hait, donc. Elle a décidé que ça devait être la faute de quelqu'un et elle l'a choisi, lui.

Il la laisse devant le portail de la maison des amis.

— À plus tard. Je reviens.

Il ne reviendra pas, il le sait.

Il file vers le feu d'hier, là où tout s'est éteint.

Ses pas s'accélèrent, le voilà qui court. Des mots lui reviennent, entre deux essoufflements, *petite foulée bras souples.* Adolescent, il détestait la course d'endurance qu'il vivait comme un supplice imposé par des enseignants en mal de vengeance. Au collège, il fallait tenir cinq tours de stade. Il finissait allongé sur le bord de la piste, sa gueule rouge sang, ou vomissant tripes et boyaux près des poubelles. Luc l'avait aidé, ils avaient passé des soirées à tourner dans le quartier, rythme lent et sans stress. Il lui apprenait à ne pas partir trop vite, à gérer la fatigue, à respirer. Et ils se parlaient. Beaucoup. De sa vie avec les potes, de ses peurs (nombreuses), de ses notes et des filles. Nico en oubliait qu'ils couraient, que son ventre souffrait et qu'il n'avait plus d'air, plus du tout. Il racontait la grosse Mme Bartier, ses poils sous les bras qui dépassaient du débardeur, les remarques salaces de Vinas, l'adjoint du principal, qui aimait de trop près les filles de troisième, Duvernois la jolie prof de maths dont ils étaient tous amoureux, qu'ils avaient vue arriver un matin dans la voiture du remplaçant de sport. Luc écoutait, ponctuait le discours de son fils par des petits encouragements, *regarde comme tu t'en sors, fiston, demain, allez souffle bien, inspire, voilà*. L'hiver, ils rentraient de nuit, ils rejoignaient les autres à l'heure du repas. Ève félicitait ses *hommes*, Mika était un peu jaloux et Amélie se moquait, sûrement, de ses joues écarlates, *t'es violet, mec*. Il court, passe devant leur maison, ce qu'il en reste, se demande si c'est encore chaud. Il change de trottoir, et se décide à refaire un tour de quartier, la boulangerie, le gymnase Guy Lefébure, la rue de la piscine, l'église et à nouveau leur rue. Il se remet à pleuvoir, le vent le cingle, Luc est à côté de lui, tout ce temps, il lui dit *tu t'en sors fiston,* il répète avec ardeur, joues trempées, souffle court, *tu t'en sortiras.*

Dans la petite maison épargnée, à l'arrière du jardin, que les flammes n'ont jamais atteinte, il attrape ses affaires, papiers, blouson, clopes, la petite chaise en bois de son enfance, et sa guitare. L'air est rempli de Luc. Il est partout. Nico croit même entendre les cris qu'il a manqués la veille – il aimerait que les médecins concluent que Luc est mort asphyxié et qu'il n'a pas brûlé dans les flammes – et il se sauve.

Quarante minutes plus tard, il atterrit chez Suzanne et Michèle, en larmes, défait. Il dit qu'il a besoin de sommeil. Elles préparent son lit, sans poser une seule question. Suzanne le serre si fort qu'il a l'impression qu'elle lui rend, en un geste, ce qu'Amélie et sa mère lui ont pris.

— Il me manque tant…, hurle-t-il.

Elle l'attrape par les joues, entoure son visage avec ses deux mains, il disparaît complètement.

— Pleure, petit, pleure. Il nous manque à tous.

Michèle les rejoint. Nico sanglote longtemps, pris en étau entre ses deux tantes. Et quand il respire à nouveau, quand il est sec, il s'en écarte légèrement.

Suzanne le regarde dans les yeux, comme elle sait faire, comme si elle le devinait.

Et elle dit :

— Tu n'y es pour rien. Ce n'est pas ta faute. Elles s'en rendront compte, je te le promets.

Vers minuit, il se relève, il veut vomir. Il pense qu'en se vidant, il évacuera la peine, ou ce qu'il a respiré de suie. Il reste un quart d'heure au-dessus de la cuvette, deux doigts poussés profond dans la bouche sans que rien ne vienne. Il ressort, les yeux rougis. Dans le salon, les lumières sont toutes éteintes ; Suzanne et Michèle en ont fini avec les sapins et les guirlandes, d'ailleurs il ne se souvient pas d'en avoir jamais vu chez elles. Il s'approche de la fenêtre, il doit respirer de l'air frais. Il avance à tâtons, la lune est loin ou si petite, elle n'éclaire rien cette nuit, et soudain il sent le vent qui entre dans la pièce. Il fait deux pas puis sursaute, il n'est pas seul. Suzanne est là, dans le noir, le buste à l'extérieur, les deux mains cramponnées à la balustrade, son nez levé vers les étoiles.

— Tu vas faire une bêtise, là, Suzette ?

Elle éclate de rire. Un rire qui étrangle les pleurs d'avant. Elle s'essuie les yeux d'une main, mais elle reste comme elle était, tendue.

— Non, qu'est-ce que tu as cru ? Qu'il y avait quelqu'un de nouveau à sauver cette semaine ? J'ai tenu quatre-vingt-neuf ans, je peux bien m'accrocher encore. Des deuils, j'en ai eu d'autres. Celui-là, pour notre Luc, c'est coriace. Comment dit-on déjà ?

Ça fait mal par où ça passe. Notre Luc. Le tien, le mien, c'est le même, n'est-ce pas ? Il n'avait pas changé d'un pouce. Pas changé depuis l'enfance.

Nico s'écroule dans le fauteuil qu'il adorait petit, et le velours l'avale.

— Et tu fais quoi, en chemise de nuit à minuit, vitres ouvertes ?

— Je fais ça, toujours. J'ai besoin de respirer, de sentir du frais sur mon cou, mes joues. De sortir la tête de la grotte. Tu vois ?

— Je vois très bien, je fais pareil. Combien de temps ça va durer, le manque ?

Suzanne hausse les épaules, se tait un peu. Quelques secondes, le temps pour Nico de se lever et de la rejoindre à la fenêtre.

— Ça ne passera pas. C'est un mensonge, ça, le deuil qu'on doit « faire » et toutes ces conneries. Un an, deux ans, le temps passe et mon chagrin est intact, il n'a pas bougé d'un cheveu, pas d'un cil. Et les morts s'entassent, et les chagrins, et c'est de pire en pire.

— C'est tellement affreux, tu me fais presque rire.

— Surtout tellement vrai. Hélas. Ne crois personne qui t'assurera que le temps arrange tout.

— Tu veux dire que cette douleur, là, qui creuse si profondément en moi depuis hier soir, je l'ai pour la vie ?

— Oui, c'est ce que je te dis. Mais tu apprendras à vivre avec. Tu sortiras respirer un grand coup, tu feras l'amour, tu écouteras de la musique ou tu en joueras, tu mangeras quelque chose de bon et tu auras un peu de répit.

— Et ça reviendra ?

— Oui, ça revient, ça revient toujours. Maintenant que tu le sais, tu peux regarder ta peine et l'affronter. Te remettre debout. Sinon, tu aurais fait quoi ? Attendre que le temps passe, assis dans un coin.

Ils restent un moment l'un contre l'autre, leurs bras se frôlent, elle raconte ses morts, son père, Prudence, André, Simone et maintenant Luc.

— Quand mon frère est décédé, l'été 85, Mika venait de naître je crois, j'ai eu l'impression de crever. Il est parti sans prévenir ce con, crise cardiaque… On rentrait de la plage, il te portait sur ses épaules. Il tenait tes chevilles, toi tu étais le roi du monde là-haut. J'étais juste derrière, mon cornet en main, je me souviens du parfum, noisette c'était. Et puis, je ne sais pas, quelque chose s'est brisé, je l'ai vu tout de suite. Tu as vacillé, en arrière, vers moi. J'ai lâché la glace, je t'ai rattrapé, pendant qu'André s'effondrait. Après, les secours sont arrivés, une femme a essayé de le ranimer, bouche-à-bouche et tout, toi tu regardais le spectacle, la tête dans ma jupe. Tu répétais sans arrêt, *ta glace, Suzanne, ta glace…* Et moi je pleurais, tu pensais que c'était à cause du cornet, tu l'as ramassé, adorable avec tes petites mains potelées, tu me l'as tendu, ça coulait le long de tes avant-bras, sur tes genoux, et tu m'as dit *tiens, ne pleure plus, regarde, j'ai tout ramassé.* Les autres ont débarqué, Adrienne et Luc, ta mère, Mika dans les bras et Amélie minuscule qui trottait, dans les cris ils sont arrivés, des hurlements. Voilà, il est tombé, et c'était fini. Ce vide que tu ressens, là (elle touche son sternum), rien ne le remplira à nouveau. Ils emportent quelque chose en mourant, et ça, on ne remet pas la main dessus. Et ce qu'ils nous laissent, les souvenirs, c'est pire sans eux.

— Tu aurais pu me mentir un peu, cette nuit, non ? Me soulager, me promettre que tout ira mieux, un jour.

— Non mon petit gars, tout n'ira pas mieux, mais tu t'y feras. Ça, oui. Maintenant, ferme les yeux et tais-toi.

Suzanne prend la main de Nico. Elle l'empoigne si fort qu'il serre les dents, gémit.

— Je suis là, à tes côtés. Je ne bouge pas.

Le lendemain, Nico apprend par Suzanne – il s'étonne de ne pas recevoir d'appel directement – qu'Alma est sortie de l'hôpital, que l'état de sa tempe ne nécessite pas de greffe de peau. Elle gardera une cicatrice. Ce mot le glace. Une marque qui s'estompera avec le temps mais qui ne disparaîtra pas, qui ne s'effacera jamais complètement. Il se dit qu'il aurait dû mieux la couvrir, qu'il ne vaut rien comme oncle, qu'il ne vaut rien décidément. Dans la matinée, il essaye à plusieurs reprises de joindre Mika, il sait qu'il est arrivé en France depuis des heures.

— Tu te rends compte, Suzette ? Mon frère. Pas un voisin, un vague cousin éloigné. Non, mon putain de frère ! Je ne l'ai pas vu depuis des mois, on vient de perdre notre père et il ne me répond même pas.

Nico a préparé le déjeuner, une pâte feuilletée toute prête sur laquelle il a jeté tout ce qu'il trouvait dans le frigo, sauce tomate, olives, sardines, parmesan : il la dépose sur la table de la cuisine où Suzanne et Michèle attendent, face à leur pilulier. Suzanne tend sa main frêle pour attraper la carafe d'eau, ses mots fusent :

— Il a parlé à ta mère et à Amélie. Là, elles sont dans un moment si dur. Bouleversées. Je sais ce que tu vas dire, tu l'es aussi, bouleversé.

— Et toi tu étais là, en plus, poursuit Michèle, tu as survécu aux flammes et sorti les petits de la fournaise. Mais elles deux, aujourd'hui et dans les jours à venir, elles sont perdues. Elles ne voient pas ça. Elles…

— Elles m'en veulent d'être vivant. J'adore.

— Non, ne dis pas ça. Enfin dis ce que tu veux, t'as le droit après tout. Mais j'espère que tu te trompes. Je vais appeler Ève, et toi, retente Mika. Il n'était pas là, lui, il doit entendre tes arguments.

— *Mes arguments*, bordel. Papa a fini en cendres, Almouille va traîner ça toute sa vie, et j'en suis à devoir prouver je ne sais quoi. Merde.

Michèle repousse les olives sur le bord de son assiette, elle semble pensive. Les yeux vagues.

— Oui, merde comme tu dis. On est avec toi, Nico. Allez, on trinque à Luc ? Je sors le pinot.

— Du pinot, à midi, à peine ? Tu te prends pour qui, mon amour, une jeunette ?

Nico sourit.

— Suzette a raison, fais plutôt péter l'eau gazeuse, va.

La bouteille de pinot gris rebondit lourdement sur la table, posée avec force. Michèle reste debout et les sert.

— Non. On boit trois fois par an. Et aujourd'hui, on l'a mérité ce demi-verre d'oubli.

Après le café, Nico découvre un message sur son répondeur. Il revient à la cuisine, pose le téléphone entre un reste de bûche et les reliefs du repas. Met le haut-parleur et lance le message. C'est Mika. Nico ferme les yeux, prend une profonde inspiration. La voix de son frère résonne dans la pièce, maintenant, s'infiltre partout, s'enroule autour de son cou, l'étrangle :

Salut Nico, je... tu es chez tante Suzanne, il paraît. C'est peut-être mieux, t'as bien fait. Euh, rappelle-moi si tu veux bien, faut que je te parle. C'est irréel, ici. Am' et maman sont, disons, remontées. Bref. Moi et Afissa on veut pas prendre parti et puis je pense surtout à papa. Comment ça s'est passé la... je veux dire la fin quoi ? Tu sais, toi ? Les flics disent qu'il est mort asphyxié, sans doute vite, à cause des fumées. J'ai l'impression qu'il n'a pas souffert, qu'il s'est rendu compte de rien. Maman ressasse, je comprends même pas. Amélie t'en veut vachement pour la petite. Ça, bon, encore. Pour Alma, je pense que tu sais, pas de greffe, un énorme pansement spécial, elle morfle. Toi, tu tiens à être là pour les obsèques, j'imagine ? Je te préviens, elles ne sont pas dans leur état normal. Mais si tu veux, on passe te prendre avec Afi, hein, pas de souci. À toi de voir. Je t'embrasse.

Le silence après.

Les regards gênés de Michèle et Suzanne.

Il se répète *tu tiens à être là pour les obsèques, j'imagine, à toi de voir, si tu veux, très remontées, ça encore, bon.*

— C'est ma faute ? C'est ça ?

Il ne pleure pas. Il a cru qu'enfin les larmes revenaient, qu'il pourrait lâcher prise. Toujours aride, il n'a aucun sanglot. L'air lui manque. Et la douceur.

— Ne raconte pas de bêtise, bien sûr que non. Je te l'ai dit.

Il ne pleure pas en débarrassant la table.

Il ne pleure pas en rassemblant ses affaires.

Il ne pleure pas en refermant son sac de voyage, ni en embrassant ses tantes qui s'accrochent à son bras, ni en dévalant les escaliers, trop vite.

Dans le taxi, il demande l'aéroport. Là-bas, il se souvient d'une vague copine polonaise qui vit en Suède, à Malmö. Filipa, une dessinatrice de BD avec laquelle il a couché deux fois. Ou trois, il ne sait plus vraiment. Il a son numéro, décide que c'est un point de chute possible. Il sourit presque au mot chute, bien sûr qu'il tombe. Il n'arrête pas. Il prend un billet pour la fin d'après-midi. Finit par trébucher pour de vrai, en bas du grand escalier. Un comble. Le goût du sang dans la bouche – il a dû se couper la langue en tombant – est presque un réconfort. Il ressent quelque chose, enfin, quelque chose qu'il peut nommer. La nausée. Le reste, il ne sait pas comment ça s'appelle, comment ça se guérit. Si ça se console.

Il pleurera dans l'avion.

5

Clamart
Septembre 2013

L'accident a lieu vers 9 heures ce matin-là.

Pas grand-chose, rien de spectaculaire. Pas d'envol, pas de corps tombant de haut, ni de crissement de pneus.

Elle a glissé sans bruit, dans une flaque d'eau, à quelques dizaines de mètres de leur immeuble. Sur le moment, elle n'a même pas eu mal, ses fesses ont amorti le choc. Elle a peut-être légèrement grimacé, pensé qu'elle devrait nettoyer son gilet, que le café serait tiède quand elle remonterait déjeuner. Elle a reconnu Diego, le fils de la gardienne, quand il s'est précipité pour l'aider à se relever. C'est là qu'elle a compris que quelque chose n'allait pas : la douleur à la hanche l'a terrassée et elle a basculé à nouveau, incapable de se remettre debout, malgré les efforts du jeune homme. Diego a appelé Suzanne à l'interphone.

— Madame Bérel ? Venez, votre amie est tombée sur le trottoir ! Elle a du mal à se relever !

Suzanne a d'abord pensé que ce n'était pas possible de se faire *vraiment* mal quand on est simplement partie dix minutes chercher le pain. Et puis elle est descendue en laissant la porte de leur appartement ouverte, l'esprit ailleurs, déjà auprès de Michèle.

Dans la rue, elle repère Diego, assis par terre. Il est au téléphone avec les secours, elle l'entend dire que non, elle n'a pas perdu connaissance mais qu'elle souffre, qu'elle ne peut plus bouger. La jupe de Michèle est légèrement remontée au-dessus du genou, elle tient le paquet de croissants sur son ventre. La baguette flotte dans une flaque de pisse. Suzanne approche, doucement, ce serait idiot de trébucher à son tour ; elles auraient l'air fin toutes les deux. Elle ne devrait pas faire ça, elle le sait, ce sera sans doute délicat de se relever mais elle ne veut pas rester debout devant Michèle. La voilà à genoux près d'elle, Michèle sourit. Elle a le visage tendu mais elle sourit :

— Ma vieille… Comment vas-tu te remettre sur tes pattes, maintenant ? Hein ? C'est malin…

Suzanne tire sur sa jupe, comme s'il y avait quoi que ce soit d'indécent dans ce morceau de chair vieilli qui se montre. Elle ne dit rien et lui prend la main, qu'elle porte à sa bouche et embrasse du bout des lèvres.

— Tu peux parler, tiens. Regarde-toi. Tu as mal ?

— Un peu. Disons que ça tire, là (elle montre le haut de sa cuisse gauche). Et que…

— Quand j'ai voulu la redresser, elle a crié. Les secours arrivent.

— Diego, ça devait rester entre nous… Suzanne va paniquer. N'est-ce pas que tu vas paniquer ?

— C'est la hanche ?

— Oui. Je ne serais pas étonnée de m'être cassé le col du fémur, vois-tu.

— C'est grave ce machin ? demande Diego.

— Un machin de vieux. Enfin, de vieilles, le plus souvent. Et à son âge, tu as remarqué qu'elle n'a plus vingt ans, ça n'est pas l'idéal. Surtout quand on vit au sixième.

Et puis elle secoue la tête, elle n'aime pas le ton qu'elle a pris, trop grave à son goût.

— Enfin, du moment que tu as acheté les croissants du petit déjeuner, c'est le principal.

Elle lance un clin d'œil à Diego pour qu'il comprenne qu'entre elles, il y a ça, l'humour, la légèreté. Elle caresse le front de Michèle, elle dit qu'elle a froid, d'ailleurs elle tremble, un grand frisson des pieds à la tête.

— Rien n'est grave avec vous ! Vous êtes marrantes !

— On essaye, répond Michèle. Il arrive que ça grince un peu… là, par exemple. Mais tout ira bien. En tout cas, on se le dit. C'est une méthode qui marche pas mal.

Quand l'ambulance arrive, tout va très vite. Diego et un infirmier passent leurs mains sous les bras de Suzanne et la soulèvent. On ne lui dit pas grand-chose, on lui demande si cette femme vit seule, si elle a un mari à prévenir ; elle s'entend dire, c'est moi, c'est moi son mari, enfin, euh, pardon, la personne à prévenir. Elle se sent un peu ridicule. Michèle informe tout ce petit monde qu'elle est capable de répondre, qu'elle n'est pas tombée sur la tête mais sur les fesses. Diego a l'œil qui frise.

Suzanne demande à monter dans l'ambulance, elle veut accompagner Michèle.

— Tu diras à ta mère d'aller fermer notre appartement ? J'ai tout laissé ouvert là-haut. Et… remercie-la pour moi. Tu lui expliqueras ? Merci Diego, tu as été extra.

Elle demandera à Paola de venir chercher des affaires, peut-être. Il faudra appeler la clique, Amélie, Ève, Mika. Et prévenir Nico. Annuler le voyage, ranger les passeports, vider les valises, les glisser sous le lit de la chambre d'amis. Arrêter de rêver à Stockholm. Il faudra arrêter de rêver.

Michèle a dû l'entendre penser, elle chuchote :

— Je suis désolée.

— Pour ? La baguette foutue ? Tu peux.
— Nico. La Suède.
— On va reporter, c'est tout.
— Tu sais que c'est faux.
— Oui, je le sais, j'ai juste envie de faire comme si. Tu me laisses faire comme si ?

Les mains de Michèle sont gelées. Elle grelotte sous la couverture que les infirmiers ont posée sur elle. C'est bizarre, Suzanne aussi a froid.

Dans les couloirs de l'hôpital, personne ne fait attention à elle. Elle traîne autour de la chambre qui sera celle de Michèle ensuite. Tout à l'heure, on la remontera des urgences où elle subit une batterie d'examens pour déterminer la gravité de la fracture. Elles sauront alors si Michèle, en fonction de son âge et de la blessure, aura droit à une prothèse de la hanche, à un vissage dynamique – le nom de cette pratique les a amusées une seconde avant de les faire frémir –, ou à une convalescence tranquille dans une maison de repos. En attendant, Suzanne erre. S'assoit un instant sur le lit vide, caresse le drap, passe la main sur le crépi crème, s'ennuie, tire les rideaux en plastique, les remet en place, s'ennuie encore. Elle allume la lampe au-dessus de la table de chevet, l'éteint. Allume, éteint, rallume. Quand Michèle revient, allongée sur son brancard, elle dort. Suzanne imagine qu'elle a tenu le temps des examens, luttant contre la fatigue le corps tendu sous les rayons et qu'elle a fermé les yeux, à peine installée sur le chariot. La lumière trop crue du dehors asperge sa peau diaphane. Le soleil s'est mis à taper fort après la pluie. On dirait que ses lèvres sont entrées à l'intérieur de la bouche, deux lignes rose poudré, si fines, presque droites. Suzanne descend le store, elle veut la voir moins, laisser l'obscurité cacher ce qu'elle a du mal à reconnaître, et qui l'effraie. Les joues, le coin des yeux, le cou craquelés : elle suit de son index la courbe d'une ride, fossé, sente, ornière, fine rigole. Parce que ce n'est pas elle qui souffre, maintenant, parce que ce n'est pas elle qui est tombée, elle voit la vieillesse de Michèle pour la toute première fois. Ça lui saute au visage.

Elle tremble de peur, de la laisser là, ou qu'elle ne se relève jamais, elle tremble aussi de rester assise près d'elle dans le drôle de siège à côté du lit.

Elle se saisit du téléphone de la chambre, compose le numéro en Suède, celui du petit.

— Nicolas ? C'est moi, Suzanne.

— Petite voix.

— Toute petite, oui.

— Raconte.

— C'est Michèle. Une chute ce matin. Le col du fémur.

— Tu es où ?

— À Béclère. Tu as compris ce que ça veut dire pour notre voyage ?

— Oui, ma Suzette, j'ai compris. On trouvera une autre date.

La gorge de Suzanne se crispe. Les larmes lui montent aux yeux. Elle sait que c'est faux mais dit *oui bien sûr, tu penses…*

— Tu rentres chez toi ce soir ? Qui vient te récupérer ?

— Paola, si elle ne travaille pas. Ou le nouveau copain d'Amélie. On verra.

— Suzanne ? Comment tu te sens ? Là, juste là, tu penses à quoi ?

— Aux mornes journées qui m'attendent. Au lit froid, cette nuit. Et à toi, surtout à toi. J'avais tellement envie de te serrer à nouveau contre moi. De vérifier que tu ne changes pas. Tu ne changes pas, n'est-ce pas ?

— Je grossis un peu, peut-être.

— Non, je veux dire toi, vraiment toi, ton regard doux, la tendresse. Ça ne bouge pas, j'en suis sûre.

Ils parlent encore, de petits détails auxquels ils s'attachent tous les deux, la couleur du dessus-de-lit, l'immonde ampoule néon de la salle de bains, la peinture écaillée vert amande des toilettes, de la vie qui s'est figée, le matin même vers 9 heures, de la mie imbibée de pisse sur le trottoir de la chute. Ils arrivent à rire un peu. Et elle raccroche, se rhabille pour sortir, gilet beige, foulard à motifs étoilés bleus. Sur les lèvres de Michèle, à qui on a donné des antidouleurs et qui ronfle doucement, elle dépose un baiser plein d'amour. Elle est toute seule, Suzanne, dans ce baiser-là, et cette idée lui tranche le cœur.

Dehors, elle attrape avec sa langue l'air de septembre, le soir qui tombe, en attendant Paola.

Ce soir, Amélie l'a invitée à manger chez eux. Suzanne a fait le plein d'enfants, de rires tordus, de grimaces. Sa clique ne la laisse pas seule, chaque jour quelqu'un passe, l'embarque, la redépose. Elle fait sans arrêt l'aller-retour entre l'hôpital et l'appartement. C'est le retour, toujours, qui est difficile, quand il faut ouvrir la porte et affronter l'absence. Le creux dans le fauteuil près de la fenêtre, le petit déjeuner qui n'a pas été débarrassé, le café refroidi et qu'elle n'a pas le courage de vider dans l'évier. Michèle reprend des forces, elle les appelle ses *forces plutôt faibles* et ça les amuse. Elle doit être opérée, sans doute une prothèse, mais les risques, chez une personne de son âge, sont considérables. Il y aura d'autres examens, d'autres spécialistes. Elle s'avance à la fenêtre, regarde un long moment les rues se remplir à la sortie des bureaux, des écoles, puis se vider à nouveau. Elle aime ce temps d'encore été. Elle voudrait écouter Satie, ou l'affreux disque de clavecin que Michèle adore, mais le courage de se lever lui manque, alors elle fredonne, mal, l'air qui lui vient, quelque chose qui remonte à la surface, tellement adapté qu'elle en sourit, ce titre de Polnareff, *moi dans la maison vide, dans la chambre vide, je passe la nuit à écouter...* elle ne se souvient plus des paroles, elle finit donc par se taire. Elle rêve d'une tisane, ou non, tiens, d'une rasade d'alcool, un truc fort pour la torpeur qui viendrait après ; elle en rêve mais s'endort. Quand elle rouvre les yeux, bien plus tard, la pièce est plongée dans une nuit rayée par les persiennes. Suzanne rejoint la chambre, et se couche toute habillée. Elle ne veut pas sentir sur sa peau les draps que Michèle ne réchauffe plus.

Finalement, Suzanne ne trouve pas le sommeil, les heures passent sans elle. Si elle ferme les yeux, elle revoit le monde d'avant, quand ils n'étaient pas morts, tous, quand il en restait un peu à aimer. Ce monde, elle le connaît bien, elle en sait les chemins tortueux, les coins secrets. Elle peut revoir la maison des Diables, dans les détails, le tissu des rideaux, la route qui descend vers la plage, son ombre sur le trottoir qu'elle essayait de rattraper. Elle pense que si elle peut le visiter encore, ce monde perdu, c'est qu'il existe. Tout n'est pas mort, alors. Son esprit, cette nuit, ne se dompte pas, elle passe des larmes au rire, de la douceur à la douleur qui terrasse, et si elle rêve, enfin, quelques minutes fugaces avant de se réveiller en sueur, elle est une rivière, qui déborde, jaillit, se déverse, inonde.

Hier soir, elle s'est endormie sans avoir fermé les volets. L'éclat aveuglant de ce samedi de septembre, la faim qui la tiraille, tout la met de mauvaise humeur, ce matin. Elle a beau tirer sur la couette, la tirer jusqu'à se cacher entièrement dessous, non, elle n'a nulle part où aller, partout ses pensées la rattrapent, nulle part où fuir, aucune grotte. Elle arrache ses vêtements, elle a si chaud soudain, et file à la salle de bains, comme on peut filer à cet âge : en déséquilibre constant. Elle prend une douche à peine tiède, reste longtemps sous le jet si vif qu'il lui fait mal, il pourrait décoller sa peau.

Ève vient vers midi lui apporter des lasagnes aux épinards (Suzanne déteste les épinards mais ne le dit pas), elle reste un peu, prend des nouvelles de Michèle. Au moment de partir pour l'hôpital, Suzanne reçoit un appel : une infirmière lui annonce que Michèle est fatiguée, aujourd'hui, qu'elle ne souhaite aucune visite.

— Vous pouvez me la passer, s'il vous plaît, mademoiselle ? Je veux lui parler.

— Elle se repose. Je ne vais pas la réveiller. Rappelez-la plus tard, vous aurez peut-être plus de chance.

Plus de chance ? Tu parles…, pense Suzanne, la voix de la fille, traînarde, lasse, l'agace.

— Mais elle va bien ?

— Oui, je crois. Elle a simplement, euh, besoin de calme.

Elle raccroche brusquement, imagine la fille pester sur la vieille peau mal embouchée. Les heures défilent, dans l'ennui ; elle essaye la télé puis renonce.

À la nuit tombée, Nico l'appelle. Elle colle son oreille au combiné pour que sa voix lui semble encore plus proche ; elle chuchote, alors qu'elle n'a personne à déranger.

— Suzanne ? Comment vas-tu ?

— Plutôt une sale journée, à ranger avec les autres sales journées.

— De mauvaises nouvelles de Michèle ?

— Non, madame n'a pas voulu que je vienne la voir...

— Bon. Je t'ai fait livrer un bouquet, tu l'as reçu ?

— Un bouquet mais tu es fou, pourquoi ?

— Tu n'aimes pas les fleurs ?

— Tu sais bien que si ! Mais non, je n'ai rien reçu.

— La gardienne m'a dit qu'elle te le déposerait sur le paillasson si tu ne répondais pas.

— Je n'ai pas bougé.

— Va voir ! J'ai peur qu'elles se fanent. Allez, secoue-toi.

Suzanne se lève avec difficulté, elle traverse la chambre puis le couloir. Ouvre la porte. Elle voit d'abord la brassée d'anémones et juste derrière, la tendant vers elle, Nico. Et comme il se décale, son grand sourire. Il l'attrape par la taille et la soulève à sa hauteur.

— Nico ? Mais tu veux me faire mourir ou quoi ?

— Ah, non, on ne meurt pas. J'interdis ! J'ai horreur de ça ! lance Nico avant de la reposer au sol, très délicatement. Viens là !

Il la serre. Fort.

— J'étouffe, petit.

— Non, respire, Suzette, je suis venu pour ça.

Elle a tellement attendu moment de le retrouver. Elle a cru, hier, cette nuit, le jour de la chute de Michèle, qu'elle ne le reverrait pas. Et le voilà. Immense, le ventre plus gras, les mains encore plus épaisses si c'est possible, et cette odeur qu'elle ne connaît pas, d'ailleurs et de vent frais

— Et les autres ?

— Personne n'est au courant. Je ne veux pas les voir, tu le sais bien. C'est pour toi que j'ai fait le voyage. Tu me laisses entrer ou je reste sur le palier ?

Il fait deux pas et referme la porte derrière eux.

— Ta mère était là tout à l'heure, tu aurais pu la croiser.

— Non… J'ai attendu au bar en face, j'ai surveillé. J'ai vu qu'elle t'a apporté un plat. C'est quoi ? Son mauvais hachis tout secos ?

— Tu es vache ! Non, des lasagnes aux épinards.

— Mais ! Des épinards, tu as horreur de ça ! Elle déconne.

— Et tu t'installes chez moi ? Tu seras là combien de temps ? Tu es fou... Je suis si heureuse, si tu savais.

— Je serai à l'hôtel, je viendrai te voir chaque soir pendant quatre jours. Je donne des cours de français le jeudi et le vendredi, alors je repars mercredi. Tu vois, on a du temps pour nous, ma Suzanne.

Ils passent la soirée près de la fenêtre du salon qu'ils ont ouverte en espérant un peu de fraîcheur ; une canicule en septembre, personne ne s'y attendait. L'air est saturé. Nico ruisselle. De temps en temps, il trempe ses doigts dans le verre d'eau et éclabousse Suzanne. Ils prient pour l'orage. Ensemble ils aiment regarder dehors, se pencher pour essayer d'apercevoir la tour Eiffel.

— Tu crois qu'en septembre on aurait eu une chance de voir des aurores boréales, chez toi ?

— Aucune, pas de regrets ! Et puis, ça frise le mauvais goût ces machins, moitié ciel, moitié feu, tu parles d'un intérêt.

Quand il repart, elle pose la main sur sa barbe et le caresse. Finit par une petite tape.

— À demain.

Il entre dans l'ascenseur.

— Nico ?

— Oui, quoi ?

— Non, rien. Va, mon grand.

Il lève la main, la porte de la cabine se referme et l'efface.

Suzanne demeure un moment, debout, la lampe du palier s'éteint, elle la rallume, deux fois dix fois et, finalement, décide d'aller se mettre au lit. Ce soir, elle dormira.

Dans la journée, elle ne dit rien à ceux qu'elle voit. Ève lui dépose un plat à réchauffer, une quiche cette fois, Mika passe en coup de vent et Amélie l'accompagne à l'hôpital : elle se tait. Elle préfère éviter les questions insidieuses, la mauvaise foi. Mika ne relèverait sans doute même pas, d'ailleurs il a déjà évoqué le fait d'aller en vacances en Suède voir son frère. Il ne le fait pas pour tout un tas de raisons valables, le temps, l'argent, le travail, mais pas par rancœur, elle en est sûre. Amélie se tendrait, blêmirait avant de poser à Suzanne vingt-cinq questions sur son frère, ce qu'il devient, où il est, de quoi il vit et s'il a une amie. Ève, elle… Suzanne se demande si elle récupérerait sa quiche. Ce secret-là est bien gardé.

Michèle a retrouvé l'envie d'avoir des visites. Suzanne lui a apporté des mots croisés, qu'elles essaient de remplir ensemble à haute voix. Même quand Amélie descend chercher des cappuccinos, elle ne dit rien de la présence de Nico, de leurs soirées à deux, cachés dans la chaleur moite de l'appartement. Michèle a peur de l'avenir, maintenant, ce n'est pas une chose habituelle chez elle, c'est arrivé avec la chute. Elle se demande si elle retrouvera toute sa mobilité, si le séjour en résidence médicalisée ne va pas s'éterniser.

— La maison me manque.

Suzanne lui vole sa main, si maigre, et la garde contre elle, contre sa bouche, comme toujours. Elle attend la suite.

— Et puis, si tu voyais ce qu'on nous sert pour les repas ! Demain, pense à m'apporter des chocolats, ou un croissant aux amandes de chez Dumont. Leurs légumes à l'eau, ici, je n'en peux plus. Cette nuit, j'ai rêvé de fondue savoyarde, tu y crois ? En septembre, bon sang !

— Par solidarité, je ne mangerai plus que des brocolis trop cuits et des carottes vichy.

Quand Amélie remonte, un gobelet dans chaque main et le troisième tenu entre ses dents, elle les trouve toutes les deux dans le lit étroit, Suzanne étendue contre Michèle, en chien de fusil. Elle ouvre la porte d'un coup de pied, leur tend les cafés encore brûlants.

— Vous êtes mignonnes toutes les deux. Suzette, on va pas tarder, je dois récupérer Tim à la crèche.

Michèle s'accroche au bras de Suzanne :

— Ah, non je la garde. Reste cette nuit, non ?

— J'adorerais partager l'ananas au sirop. Et ce matelas, un tel bien-être… Mais je décline. Tu ne m'en veux pas ?

— Et si je te promets la cerise rouge vif qui nage dans le jus, tu sais, inodore et sans saveur, un peu dure ? Tu ne changerais pas d'avis ?

Amélie claque une petite bise pointue sur le front de Michèle :

— Vous écrivez un spectacle comique sur les vieux à l'hosto, ou quoi ?

— Petite, sache que le jour où on arrête de rire, on meurt.

Suzanne sort de la chambre à pas glissants, minuscules, le bras noué à celui de sa petite-nièce. Elle s'en veut de n'avoir rien raconté à Michèle, ça la travaille un moment, pas longtemps, quelques mètres. Devant l'ascenseur, déjà c'est oublié, elle pense à Nico, au plat qu'il apportera. Du thaï, peut-être.

Ils boiront trop, mangeront à la fenêtre, sous le ciel d'encre.

Dans la voiture d'Amélie, Suzanne descend la vitre et passe sa tête dehors. Le soleil palpite au coin de ses yeux, qu'elle referme, éblouie. Sous ses paupières, défile la route. Et les souvenirs. Toutes les fois où Michèle lui a dit *Et si on filait à la mer ?* Tout semblait si facile. Elles conduisaient chacune leur tour, arrivaient à minuit sur la plage, épuisées, puis ouvraient Les Diables Rouges, se ruaient dans le lit congelé, faisaient l'amour.

On ne s'arrête pas, on file, on sera sur la plage à minuit.

Amélie éclate de rire.

— T'es folle, Suz'. J'ai les enfants, le boulot, je peux pas tout plaquer pour t'emmener à Saint-Palais sur un coup de tête. J'aimerais bien, je t'assure, mais je peux pas.

— Ah, j'ai dit ça tout haut ? Je rêvassais, désolée. Je sais bien que c'est impossible, ma chérie. Ne t'en fais pas.

Elle se gare devant l'immeuble, lui envoie un baiser.

— Fais attention sur le trottoir, ne tombe pas toi aussi.

— Promis ma belle, bise aux petits !

Quand elle arrive sur le palier, Nico est déjà là, assis sur le paillasson. Il lit un prospectus Lidl qu'il a attrapé dans la boîte aux lettres, en passant.

— Lecture intéressante ?

— Passionnante. Tu connais le prix de la caissette de six rôtis de porc, toi ? Et est-ce que tu sais qu'il y a une promo sur le kit de vernis semi-permanents ? Non, bon, tu vois. J'ai acheté du riz gluant et une salade de vermicelles au poulet croustillant, ça ira ?

Il se relève d'un bond, s'écarte pour laisser Suzanne ouvrir la porte, puis mime une petite révérence, *après vous madame.*

— Tu as pris des risques, ce soir. Et si ta sœur m'avait accompagnée jusqu'ici, hein ?

— On n'en serait pas morts. Si ?

— Reprends contact avec eux ! Mika et elle, au moins. Pour ta mère, je comprends, c'est plus compliqué, sans aucun doute. Elle s'est fermée. Absolument fermée. Michèle dit ça joliment, elle pense qu'elle est en panne de rêve, ta mère.

S'il pense à sa mère, Nico a l'image d'une femme que la vie a chahutée, roulée dans les vagues avant d'être recrachée sur le sable. Sur les photos qu'il a vues d'elle, elle semble méconnaissable. D'ailleurs, il se demande parfois s'il l'a connue, vraiment.

— J'ai attendu des signes qui ne sont pas venus, jamais. Un geste de mère. Je n'attends plus rien. Après la mort de papa, je ne donnais pas cher de ma peau. Et puis, tu vois, regarde-moi, je suis en forme, je me suis remis sur pied. Je vais bien parce que j'ai mis environ mille quatre cents kilomètres entre la famille et moi. Je me porte très bien sans eux.

— Hum. Si tu le dis ! Et tu as une copine, là-bas ? Une Suédoise ?

— Ouais, il y a une Vilma dans ma vie. Une nature. Tu l'aimerais, je pense.

— Tu n'es pas seul le soir, tu as quelqu'un.

— La plupart du temps, oui !

Quand il rit, ses épaules se soulèvent, c'est discret, un geste qu'il n'a pas inventé, qui vient de Luc.

Et d'André. Suzanne aimait tellement voir André rire, et ses épaules rire avec lui.

Ce soir-là et le suivant, Nico oblige Suzanne à ouvrir les boîtes de photos, à éventrer les cartons de souvenirs. D'ailleurs, il dit ça, et si on éventrait les souvenirs ? Comment résister à une proposition pareille, si sanglante, si drôle ?

— Qu'est-ce qu'ils t'ont fait, les souvenirs, petit, pour que tu veuilles leur faire la peau, hein ?

Il n'a pas besoin de répondre.

Elle le sait.

Il est vif, il fait défiler les images rapidement, sans s'y attarder. Il demande parfois en montrant un visage s'il s'agit de Simone ou d'Adrienne, du père Bellanger ou d'un autre voisin. Il prend un tas puis un autre. Les années défilent entre ses doigts. Les jours se raccrochent aux jours. Et puis, soudain, il allait la reposer mais la garde en main, et la décale vers Suzanne.

— Ça, c'est qui ? Les Sablons, 1913. Les Sablons, c'est le village en Anjou, celui de ta mère, j'ai bon ?

— Tu as bon. Là (Suzanne désigne la fille solaire), c'est elle. Prudence.

— Ils ont l'air si heureux. Elle sourit pour toujours, c'est beau. C'est ton père, là ?

— Ah, non. Avec mon frère, on s'est posé la même question sur ce jeune homme. Prudence, enfin maman, est partie avec son secret. C'est étrange, j'étais certaine qu'André s'était débarrassé de cette photo, qu'il l'avait brûlée avec le reste.

Nico s'est levé pour se resservir du pinot.

— Je ne t'en propose pas ?

— Si. Tu ne peux pas exhumer mon enfance et me laisser sobre. Ça n'est pas humain. Un demi-verre, allez. J'en ferai bon usage, crois-moi !

— Ta mère, si vous lui posiez la question, elle répondait quoi ?

— Elle s'enfermait dans ses silences. Épais. Profonds.

— Comment elle était ? Elle était restée la fille de la photo ?

— Ma mère… elle pouvait être marrante quand elle voulait. Nous étions ses petits cocos, elle menait son monde, tu vois ? Mais la plupart du temps, bon, elle était dure. Comme la roche. Et friable en même temps, si fragile. Un mot, rien, un détail infime et elle était capable de s'enfermer des jours.

— Ton père ?

— Là pour elle, toujours. Distant. Pas le genre à te dire qu'il t'aime ou qu'il est fier de toi. Il n'a jamais su pour moi. Je veux dire, pour moi et les femmes.

— C'était une autre époque, je comprends.

Elle tend son verre.

— Non, tu n'es pas raisonnable. Tisane ou eau gazeuse, tu choisis. Fini l'alcool pour ce soir. Donc,

Michèle et tes copines avant elle, tu n'en parlais pas ?

— Non, c'étaient de bonnes amies, personne ne pouvait se douter. C'est bien après la mort de mon père que j'ai parlé.

— Donc t'es du genre à savoir garder les secrets. Les tiens et ceux des autres ?

— Mes ombres et celles des autres, oui. Pourquoi ?

— Il y a quelque chose que j'aimerais te confier.

Nico repose les photos dans la boîte et la referme. Il lève les yeux vers Suzanne.

— Noël 2010. Le brasier. Ce n'était pas ma faute.

— Je sais ça, Nico, enfin... Évidemment que ce n'est pas ta faute. C'est un accident. Un atroce accident.

— Oui, bien sûr. Mais elle est un peu responsable.

Il creuse, il arrache ce souvenir-là, à ses entrailles, à son ventre.

— Elle ?

— Ma mère.

Il l'arrache. Et l'expose à la lumière.

6

Noël 2010

Ève s'est extraite du canapé, elle a maquillé ses yeux et s'est coiffée. Amélie a simplement enfilé un gilet par-dessus son pyjama à carreaux. Elle prend la pose au milieu du salon, main sur la hanche et menton dressé :

— Alors, ça passe ? Personne ne peut savoir que c'est un bas de pyj', si ?

Nico et Luc la toisent rapidement et concluent que les gens mettront environ trois secondes à le deviner.

— Ça et le fait que tu n'as même pas de culotte. Trois secondes, se marre Nico.

— Quatre, maximum, poursuit Luc en finissant de ramasser les papiers cadeaux étalés sous les canapés et sur le tapis.

La maison étincelle. Ève a allumé toutes les bougies qu'elle avait, il y en a partout, dans chaque coin, sur chaque rebord de fenêtre, sur chaque étagère, guéridon, petite table. Elle aime quand la cire déborde et s'étale, blanche et durcie. Elle ne daignera retirer le sapin que fin janvier, quand il n'aura plus que de maigres branches nues et que ses épines couvriront le sol, en tapis. Avec elle, les décorations collées aux vitres tiennent parfois jusqu'à Pâques. Ça agace Luc qui se passerait bien de cette ambiance de fête qui s'éternise.

Au moment du départ, Ève regroupe les peluches des enfants en bas des escaliers.

— Je remonterai le tas en rentrant ! Bon, Amélie, on y va ? Je déteste manquer les pubs, tu sais bien.

Luc embrasse la bouche de sa femme. Il a les lèvres couleur prune, maintenant, le baiser était goulu.

En passant devant la série de chandeliers anciens, il souffle spontanément sur ce qui reste des bougies dorées fondant à vue d'œil au-dessus de la cheminée.

— Oh non, chéri, je t'en supplie, pas déjà… Laisse-moi me dire que Noël n'est pas fini.

— C'est vachement dangereux. Tu sais que le feu, ça brûle, n'est-ce pas ?

Elle le serre par la taille, cale son nez dans son cou.

— Oh, tout de suite les grands mots ! Et j'adore rentrer en voyant la maison tout illuminée depuis l'allée. S'il te plaît !

Elle l'implore. Il craque.

— Comment résister ? Regardez-moi cette beauté… Allez file, tu as gagné : Noël n'est pas encore mort !

Nico les observe, un peu ému par le spectacle de leur complicité revenue – ils ont passé l'année à se disputer et à dormir dans des chambres séparées, et puis ils ont retrouvé cet équilibre, doucement. Il a calé Alma sur ses genoux. Ils sont installés devant son piano, qui ne sert plus jamais depuis qu'il a quitté la maison, il y a des années. Il est désaccordé. Nico essuie la poussière d'un rapide mouvement de coude sur les touches. Il joue quelques notes pour sa nièce, qui demande à taper dessus aussi. Elle écrase ses poings sur le clavier, ravie. Amélie vient l'embrasser, elle lui souffle que ce ne sera pas long, que Nico fera tout ce qu'elle voudra, qu'elle a le droit de lui demander dix histoires ou qu'il les raconte en imitant les voix de tous les personnages.

— Et il sait faire la roue, aussi. Il maîtrise bien le bruit des chevaux, des truies et le cri du gibbon. Demande-lui ce que tu veux. Il est à toi, le tonton, pour deux heures. Profite ma choupette.

— Putain, Amélie, barre-toi maintenant, lâche-t-il en riant. Le gibbon, non mais n'importe quoi… Regarde plutôt ta fille comme elle assure au piano !

Elle lui redonne la liste des instructions pour la soirée, il se moque encore. Luc renchérit, et ils finissent tous les deux par les mettre quasiment dehors, de force.

Juste avant de filer, Ève attrape son manteau sur la rampe d'escalier, le bleu qu'elle adore. Elle est pressée, elle déteste être en retard alors son geste est un peu brusque. Le manteau vole dans l'élan, bouscule le tas de peluches. L'ours le plus gros, qu'Alma appelle *le mari*, retombe au sol, là, sous les étagères. Juste sous les bougies qu'Ève a voulu laisser allumées, pour que vive encore l'esprit de Noël.

Elle jette un œil à sa maison, à sa clique.

Si elle avait su que tout brûlerait, bientôt, elle aurait dit autre chose, de beau, de tendre, elle les aurait appelés ses amours, elle aurait regardé Luc longtemps, jusqu'au bout. Elle aurait envoyé un baiser, ceux qui planent dans un souffle. Mais elle ne peut pas deviner, bien sûr, ni le feu, ni la mort, elle lance simplement :

— Vous avez les restes d'hier à réchauffer !

Tout brûlera bientôt.

Plus jamais Ève ne pourra affronter les fêtes sans trembler.

Mon sang s'agite, bouillonne. Il est vivant, quelque part, ailleurs, dans le sang des autres.

7

Clamart
Janvier 2021

Elle aura bientôt cent ans.

Elle ne pensait pas qu'elle irait jusque-là, vraiment. Elle se pince, certains matins, pour y croire. Elle pince sa chair tendre, collée à l'os, aux reflets presque bleus, comme si les veines débordaient.

— Ta vie a traversé un siècle, *un siècle* bon sang ! Tu te rends compte, ma si vieille ?

Depuis la mort de Michèle, il y a sept ans, elle se parle à elle-même, pour déchirer le silence. Les journées se ressemblent ; elle attend les visites de l'infirmière et des deux personnes qui se relaient l'après-midi pour l'aider à se laver, à préparer les repas. Chaque soir est un gouffre qui la terrasse, elle a peur comme Alma, et du noir et de la mort. Ève a voulu la placer dans une résidence il y a deux ans, parce que c'était devenu trop dangereux, parce qu'elle avait de plus en plus de mal à se déplacer, Amélie et Afissa ont organisé la résistance : elles se partagent les jours de semaine, débarquent après leur travail et restent auprès de Suzanne jusqu'au moment d'aller au lit.

— Disons que vous venez me border, en somme, mes cocottes ! leur lance-t-elle souvent, avant de les regarder filer vers leurs vies à elles.

La mémoire lui a fait défaut quelques mois quand elle s'est retrouvée seule, après cinquante-sept ans passés avec Michèle. Elle ne perdait pas les souvenirs mais les mots, ceux du quotidien, qui s'effaçaient puisqu'ils ne servaient plus à rien. Elle s'est mise à se parler, du matin au soir, à tout nommer, tout décrire, les objets comme les gestes. Parfois elle s'adresse à ses morts, André, pour rire un peu, elle lui décrit sa propre déchéance, le corps effrité, douloureux, ou Prudence, quand elle a besoin d'engueuler quelqu'un. L'année dernière, elle a demandé des photos géantes pour habiller les murs de sa chambre. Ils sont tous là, autour d'elle, la clique, les morts comme les vivants, ils la rassurent et la portent quand elle sombre. La radio est une bonne compagne, du lever au coucher. Suzanne est obligée de monter le son très fort pour ne rien manquer de ses émissions préférées, elle l'écoute à demi endormie, ou quand elle reçoit les soins.

Aujourd'hui, l'aide-soignante habituelle, Teresa, est remplacée par un grand type haut sur pattes et costaud, tatoué de partout, Armand. Ses lunettes s'embuent régulièrement à cause du masque, il les retire et les essuie en riant. Il lui plaît. Plus que Teresa qui n'est pas bien bavarde et ne reste jamais plus tard que l'horaire prévu. À la minute près. Armand, lui, commente ce qu'il entend sur les ondes, passe d'une pièce à l'autre, lui propose des petits mouvements de gym en se déhanchant pour la faire glousser – il y parvient.

— Vous reviendrez ? Vous me plaisez.

— Merci ! C'est gentil, ça. Euh… Teresa est cas contact, je ne sais pas combien de temps je la remplace. Je vous dirai demain, mademoiselle.

— Elle ne rigole jamais, Teresa. Et elle me donne des « madame » longs comme le bras. J'ai horreur de ça.

— Je comprends. Bon, vous vous levez pour le repas ou vous le voulez au lit ? Quel est le rituel ?

— J'ai envie de voir un peu le salon. Vous m'y emmenez ?

— Ça marche !

Il lui tend la main et l'aide à se redresser.

— J'en profiterais bien pour aérer votre chambre, d'accord ?

— Elle sent le fauve ?

— Ce n'est pas ce que je… non…

— Armand, détendez-vous. Alors, quoi, la vieille bique ?

Il éclate de rire.

— Vous, vous êtes un sacré numéro. Non, je dirais plutôt qu'il y a une forte odeur de renfermé, c'est tout.

— Hum... de vieille bique enfermée, quoi !

La voilà debout, et tenue par les deux bras solides d'Armand, recouverts de fleurs, de feuilles de ginkgo, et d'un drôle de bestiaire.

— Ça vous plaît, mes tatouages ?

— Oui, assez. Pourquoi des scarabées, une belette, un hibou et ce... ?

— Scolopendre ! Je trouve ça marrant, pas de signification particulière. À part, là, sur l'épaule, le prénom de mon fils.

— Lucien, c'est joli.

Elle mange son œuf au plat et son écrasé de pommes de terre sans aucune faim. Elle a rarement envie de se nourrir, depuis quelques semaines. Les saveurs s'estompent, ça la désole.

Armand nettoie le plan de travail et lui prépare ses médicaments. Il lui parle en même temps, il n'arrête pas. Elle tend l'oreille au mot *squelette*.

— Vous dites ?

— Je vous demande si vous avez entendu ce qu'ils viennent d'annoncer à la radio.

— Non, quoi ?

— C'est glauque. Je raconte quand même ?

— J'en ai vu d'autres, Armand.

— Un type a retrouvé un squelette dans une grotte, vers Angers, par là-bas. Il faisait des travaux dans une demeure troglodyte, il creusait et paf ! il est tombé sur un mort…

Suzanne voudrait bien laisser l'information couler sur elle. Mais sa mémoire est intacte ; les souvenirs galopent autour d'elle, le teint de Prudence qui se grise, sa fugue dans son antre au bout du couloir, l'insistance d'André qui veut comprendre, tout est là, revient, s'installe.

— Et que… que disent-ils d'autre ? Ils savent de qui il s'agit ?

— Non, pas encore. L'enquête démarre à peine. La découverte date du début de la semaine. Le pauvre gars, ils ont l'air de dire qu'il a pu passer plus d'un siècle là-dessous, dans son trou. Je vous avais dit, c'est pas folichon, leur truc. Fromage blanc ?

— Non, merci. Mais mangez-le, vous. Il y a du miel dans le placard de droite.

Armand accepte, s'assoit sur le plan de travail et déguste le dessert de Suzanne en sifflotant (cette aisance, ce côté très spontané donnent à Suzanne envie de l'adopter sur-le-champ, il lui rappelle Nico) : elle sourit. Son masque chirurgical pend à son oreille, il ressemble à un cocker, comme ça.

— Vous pourrez m'acheter le journal demain, avant de venir ? Cette affaire m'intrigue vraiment.

— Avec plaisir.

— Il y a du liquide sur la petite table de l'entrée.

Plus tard, Armand repart, il a refusé les trois euros qu'elle lui proposait pour qu'il puisse s'acheter un pain au chocolat chez Durand en repartant. Elle a oublié qu'elle n'est pas sa grand-tante mais la vieille dame qu'il vient aider de 11 heures à midi et quart. Il reviendra demain. Elle dit qu'elle va trouver le temps long.

Suzanne, maintenant, doit faire avec le vide, à nouveau, et avec la peur, diffuse, du temps qui s'étire et gagne contre elle, bataille après bataille.

— André ? T'as entendu ce qu'a dit le grand, là ? À propos du corps retrouvé cent ans après ? Tu te souviens toi aussi, n'est-ce pas ?

Le silence des morts, c'est quelque chose.

— Tu ne dis rien ? Le jeune homme disparu avant la guerre, tu sais ? Le mutisme de la mère à propos de tout ça. Le secret qui te pesait tant. Réponds, merde !

André se tait. Se tait toujours.

Elle ferme les yeux, respire.

Si c'est cet homme, celui qu'ils recherchaient depuis 1913, il aura passé cent dix-huit ans au fond d'une grotte humide. Toute sa vie à elle plus huit années, les os dans le tuffeau, cent dix-huit hivers, autant d'étés, les gelées de janvier, les brûlures de juillet, est-ce qu'il a eu froid, elle a cette question en tête, est-ce qu'il a eu chaud, peur, mal, faim, soif ?

Elle veut savoir comment il s'appelle. Elle pourrait lui parler à lui aussi, de la vie qui a passé sans lui, de ce qu'il a manqué. Et puis de Prudence.

Peut-être que ce prénom lui dirait quelque chose, à lui.

Elle revoit la photo de sa mère et du jeune homme qu'on voyait à peine mais qu'on devinait si beau.

— André ? Tu penses comme moi ?

Sa voix se mêle à la musique que la radio diffuse, une chanson qu'elle n'écoute pas, son esprit s'échappe, sort de la pièce, de l'appartement, quitte Clamart, atteint Les Diables Rouges, et frappe, frappe à la porte, un coup, trois coups, espérant qu'on lui ouvre.

Armand a apporté le journal et en fait, pour Suzanne, une lecture à haute voix. Elle est restée au lit, épuisée. Cette nuit elle a si peu dormi. Elle est partie loin, longtemps, dans son monde perdu ; là-bas, comme personne n'est venu lui ouvrir la porte, elle a fait le tour par l'arrière. Elle a regardé par la fenêtre de la chambre de sa mère et Prudence était entre ses quatre murs sombres. Elle a poussé la vitre d'un coup de coude, sans faire aucun bruit. Là, elle a dit *maman, si tu nous racontais ? Hein, enfin, il est temps de parler.* Mais sa mère n'a pas répondu, d'ailleurs elle ne s'est même pas tournée vers Suzanne. Le visage de Prudence est resté dans la pénombre, penché sur ce qu'elle tenait entre ses mains, quelque chose, une lettre ou une photo, que Suzanne ne distinguait pas. La suite, elle ne s'en souvient pas, elle sait qu'elle a fait le chemin du retour : la visite était finie. Au petit jour, son oreiller était gorgé de larmes.

Armand lit bien, doucement, d'une voix qui pèse plus lourd en fin de phrase et qui s'étrangle.

L'article ne lésine pas sur l'enthousiasme. Il dit que c'est une extraordinaire énigme vieille de plus de cent ans que les gendarmes vont tenter de résoudre.

— Écoutez ça, madame Bérel…

— Suzanne, s'il vous plaît.

— Écoutez ça, Suzanne, « … la macabre découverte a eu lieu il y a trois jours, lorsque monsieur P. », oh c'est énervant cette façon de ne pas écrire les noms, bon, que monsieur P., donc, « a fait venir des ouvriers dans son habitation troglodyte des Sablons pour des travaux de réfection. En creusant, les gendarmes appelés sur place ont trouvé un vieux porte-monnaie quasiment vide, à l'exception d'une pièce de cinquante centimes datant de 1913. C'est cet indice qui les a mis sur la piste d'un jeune homme, un certain Augustin Samson, disparu avant la guerre et que ni l'enquête ni les battues n'avaient permis de retrouver à l'époque. » Ça fout les jetons, leur truc, non ?

— Continuez, Armand, continuez.

— « Les enquêteurs vont rapidement apprendre que le village des Sablons reste toujours marqué par cette mystérieuse disparition datant du début du XXe siècle, et jamais élucidée. Comme une ombre planant sur les lieux », il fait de la poésie, le journaliste, là. Bon… je reprends. « L'enquête n'avait jamais abouti, faute de cadavre. »

— Augustin Samson, vous dites ?

— Oui c'est ça. Pauvre môme… merde. En même temps, il serait mort au front un an après. Alors ça ou autre chose. Je divague… « Les os retrouvés dans la grotte et bien conservés sont envoyés à l'Institut de recherche criminelle. Une analyse ADN est en cours pour déterminer si… blablabla… »

— *Augustin*. Tu entends, André ?

— Moi c'est Armand, madame Bérel, enfin Suzanne, pardon.

— Désolée, oui, bien sûr, Armand…

Ensuite, il l'accompagne à la salle de bains pour la toilette du matin, les dents et le visage. Il la coiffe, trois coups de peigne suffisent, puis elle demande à manger au lit.

— Accrochez-vous !

Il l'attrape, une main sous les genoux et l'autre dans le dos. Il la porte. Elle est une plume légère entre les bras du géant tatoué. Il la porte !

Ce midi, une bouchée la rassasie, elle boit un peu d'eau. Un élancement lancinant raidit ses gestes.

Elle grimace ; tout devient si difficile. Elle repousse le plateau de médicaments.

— Brigitte, celle qui vient plus tard, elle me les fera avaler, ne vous en faites pas. Là, je ne garderai rien, j'ai la nausée. Vous pouvez y aller… Je vous assure.

Armand finit par quitter les lieux, il a promis avant de partir qu'il la ferait danser demain. Suzanne se surprend à espérer que Teresa soit positive au virus. Elle culpabilise à peine, c'est tellement plus amusant avec ce grand type qui lit si bien et qui la prend dans ses bras après la toilette pour la glisser sous les couvertures. Si Teresa voyait ça.

Demain, il la fera danser, si les autres voyaient ça.

Depuis qu'elle a entendu le nom et le prénom de la bouche d'Armand, les souvenirs jaillissent par vagues. Il y a quelque chose qui la ronge, qui s'insinue en elle, comme les douleurs de ses articulations, quelque chose qu'elle n'arrive pas à voir en entier, des images qui, prises une par une, ne forment aucun motif. Un puzzle. Aussi difficile à terminer que celui du visage de Georges Perec en photo, on pouvait confondre les cheveux et les poils de sa barbe ; Michèle et elle avaient mis des jours à poser la dernière pièce. Le passé revient, même très ancien, et ça la rassure, mais il débarque en morceaux. À elle de combler les vides, puisque plus personne ne peut l'aider, ni sa mère, ni André. Elle a demandé à Armand de lui sortir les boîtes de photos, les lettres ; elle a tout étalé devant elle. Le dos calé sur quatre gros coussins, elle se concentre sur les détails. Sur ce qu'André a cherché toute sa vie, sans comprendre. Sa relation avec leur père, Jean, des liens en creux, où on disait peu, où on nommait peu. Pas de *je t'aime mon fils*, pas de *mon fils* tout court, d'ailleurs. André n'était pas à l'aise avec lui, pourtant il semble à Suzanne que Jean était le même, avec lui et avec Simone et elle. *Presque* le même, sans doute, c'est ce que pensait André et tout est dans ce *presque*. La semaine de silence que Prudence a passée cloîtrée, parce que les mots d'un journaliste à la radio l'avaient assommée, la disparition de cet Augustin. Et les mensonges de Prudence – son refus de répondre, d'abord, son mutisme têtu, et puis les incohérences qui se nichaient partout, un grand flou sur les dates, les détails qui ne collaient pas. La photo qui hurle ce qu'elle taisait si bien. Elle, confiante et conquérante, amoureuse à en crever, le jeune homme à la casquette et, surtout, la date à l'arrière. La date qui prouve que Prudence a menti, qu'à l'été 1913, elle n'était pas encore à Paris avec Jean. Les larmes lui montent aux yeux, bien sûr, baignent ses joues, tombent sur ses mains, dans le sillon marqué entre les veines, et y forment, parce qu'elle ne bouge plus, qu'elle est parfaitement immobile, un puits minuscule.

Le cœur affolé, elle décide d'appeler en Suède, Nico l'écoutera.

— Suzanne, ça va ? Tu tiens le coup ?

— Oui mon beau.

— Tu n'appelles jamais, j'ai eu peur.

Elle est plus lente qu'avant, bien sûr, comme si ses mots, son souffle sortaient en brisant des choses au passage, comme si on pouvait entendre ce brisement. Celui de la langue qu'elle déplie, de la mâchoire qui fait l'effort du mouvement, de la voix qui s'échappe lentement. Il y a un répit minuscule, quelques dixièmes de seconde entre chaque bloc de mots.

— Aujourd'hui, je ne mourrai pas. Je t'appelle parce que je crois que je viens de comprendre une chose. J'ai mis la main sur le secret de Prudence.

— Tu devrais être l'héroïne d'une série policière. Tu as mené une enquête ? Raconte.

— Est-ce que, juste aujourd'hui, pour une fois, on peut ne pas en rire ? Ne pas en rire du tout ?

— D'accord. Oui, pardon. Là, c'est sérieux, hein ?

— J'ai l'impression que c'était devant nous et qu'on a passé notre vie à le contourner. Comme si, je ne sais pas, il y avait un immense rocher au milieu du salon, qui gênait nos déplacements, qu'on devait escalader ou faire semblant de ne pas voir. Tu comprends ?

— Si tu m'en disais plus ?

— La photo, tu sais ? Celle que tu as trouvée dans mes archives ? Que je croyais disparue…

— Oui, Prudence et son amoureux. Avant papy Jean.

— Je crois que. Je suis sûre que. Tout concorde. J'ai tout opposé, les faits et les secrets. Et…

— Et ?

Suzanne s'interrompt. Parler l'épuise. Elle prend une bouffée d'air, elle attend.

— Suz' ? Tout va bien ? Tu veux qu'on reprenne plus tard ? Tu as besoin de te reposer.

— Laisse-moi deux, trois secondes…

Il entend sa respiration légèrement rauque. Le bruit de sa langue qu'elle remue. Les muscles des joues, du menton s'échauffent, il imagine les petites grimaces du bas de son visage.

— Certains jours, j'ai plus de mal à tenir des conversations longues. C'est difficile. J'ai… l'impression que quelque chose se coince, tu vois ?

— C'est le goût du temps dans ta bouche.

Elle ne dit plus rien. Quelques secondes de silence, encore.

— Je reprends. Cet homme, c'est Augustin Samson, le squelette retrouvé récemment aux Sablons et il est le père d'André. Son vrai père.

— …

— Je pense que mon frère le savait, et qu'il a eu peur de confronter Prudence à ce vide. Voilà.

— Tu ne m'as pas dit pour cette découverte. C'est macabre.

— Ils ont retrouvé les ossements et une pièce de monnaie dans une grotte. L'enquête est en cours. Il y a des recherches ADN. On doit, enfin, vous devez vous signaler à la gendarmerie. Nico, tu comprends, là ? N'est-ce pas ?

— Tu crois que ce cadavre qu'ils ont retrouvé, je veux dire, ce type, c'est son amour de jeunesse. Qu'elle a eu un enfant de lui, que c'est André.

— Oui... Je vais prévenir ton frère et ta sœur. Vous vous reparlerez, d'accord ? Vous passerez sur vos désaccords.

— Mais pourquoi il a fini au fond de ce trou ? Qu'est-ce qu'elle savait ? Pourquoi elle a menti comme ça ?

— Elle avait ses zones d'ombre. Et j'avais ça sous les yeux, Nico, tout ce temps. Je ne sais pas si Jean était au courant. J'imagine que oui, tout de même... Mais mon frère, c'est sûr, il le savait dans sa chair.

Quand l'infirmière arrive, plus tard, elle trouve Suzanne endormie, la tête renversée, bouche ouverte. Elle la secoue délicatement, pour la réveiller. Elle met un moment à ouvrir les yeux, elle émerge. Mireille ouvre la fenêtre en grand, la lumière entre dans la pièce avec fracas, éclabousse le lit, le visage de Suzanne. C'en est presque violent, elle cache ses yeux, éblouie.

Suzanne, Simone.

André, Suzanne, Simone.

Une ombre immense. Et trois enfants dans cette ombre-là.

C'était si facile de s'abriter dessous, d'y fabriquer des cabanes, d'y inventer des jeux. De s'enrouler dedans pour éviter de voir.

*

André a dix ans, peut-être onze.

Il fait tourner Suzanne, si petite, si frêle, sur le tourniquet près de la plage. Il s'agit d'un de ses premiers souvenirs. Elle s'accroche à la barre de fer, serre ses poings dessus, ses doigts sont blancs tellement elle les serre. André court en la tenant par le dos, il la pousse pour lui donner de l'élan ; et finit par la lâcher. Il hurle *tourne, Suzette, tourne !* Elle le voit flou, elle adore cette vitesse folle, elle adore prendre le risque de tomber et elle éclate de rire. Son rire dure tant qu'elle tourne. À la fin, André est là pour l'aider à marcher, elle a ce qu'il appelle *le petit vertige*. Ils avancent vers leur père. Il n'a pas l'air fâché mais il ne sourit pas. Il attrape Suzanne dans ses bras, baisse la tête vers André et lui dit, sèchement : « Fais attention à ma fille, toi ! » Voyant les yeux d'André qui s'embrument, son menton tremblant, il ajoute, d'une voix plus douce, « elle est petite, tu sais, André. Toute petite. »

*

L'appel est rapide.

Elle attend la visite d'Amélie qui a, paraît-il, mille questions.

Quand Nico décroche, elle entend l'aboiement derrière lui.

— Chirac, ta gueule !

— Comme tu lui parles, toi !

— Au Président ?

— Non, à ton chien…

— Comment va ma Suzanne préférée ?

— Ah, tu as une autre Suzanne dans ta vie, donc ?

— Mais non, tu es la seule, l'unique ! Je répète, qu'est-ce qui t'amène ?

— Mon âge !

— …

— Je t'explique, petit. Tu te rappelles mon année de naissance ?

— Vaguement, tu sais, les dates et moi…

— 1921. Fais un rapide calcul.

— Oh putain ! Enfin, je veux dire bordel… Cent ans !

— Voilà, j'ai pensé qu'il fallait marquer le coup, on n'a pas tous les jours cent ans. D'ailleurs, je ne suis pas sûre que j'aurai un jour cent un an, tu comprends ?

— Tu pètes la forme !

Suzanne étouffe un petit gloussement. Elle aime Nico aussi pour ça : il sait qu'elle a une blague en tête, il le devine et il attend. Il attend que les mots fassent le chemin hors de sa bouche. Tout est plus lent quand on approche les cent ans. Il marque une pause, juste le temps nécessaire pour qu'elle dise :

— C'est ça, oui. Une forme olympique. Ils me le répètent tous les jours à mes cours de saut en longueur.

C'est au tour de Nicolas d'éclater de rire.

— Suz'... Je vous ai repérés, toi et ton petit survêtement. Tu me manques.

Elle prend une profonde inspiration, de l'élan :

— Alors, viens. Je ne te le redemanderai pas deux fois. On va faire... une fête. Il faudra organiser ça bien, que ça soit compatible avec la pandémie et toutes les règles sanitaires. D'ailleurs, tiens, je me fais vacciner cette semaine.

— D'accord.

— D'accord pour quoi, le fait que je me fasse vacciner ?

— Non, d'accord pour que je vienne. Je serai là. Et je verrai les autres, tous les autres, Ève incluse. Je le ferai pour toi. Parce que, comment dire...

— Parce que tu m'aimes, dis-le. Il faut dire aux gens qu'on les aime.

— Parce que je t'aime, ma vieille. Et on va te le fêter dignement ton siècle.

Un siècle.

Trente-six mille jours, à la louche.

Elle se dit que tout ce temps, lui, il l'a passé au fond de sa grotte, sous la rocaille.

Pour Suzanne, une vie, trente-six mille matins, trente-six mille soirs, des rencontres, des voyages qui emportent loin, des ruptures, des chagrins, des joies terribles, des mensonges, de l'amour.

Pour lui, une nuit qui n'en finissait pas. Qui ne finit toujours pas.

Elle aussi, elle se demande s'il a eu froid, pendant que les autres, à la surface, naissaient, grandissaient, se tenaient chaud.

Les autres justement, Suzanne les a sous les yeux, accrochés aux murs de sa chambre.

André, Luc, Nico, Amélie, Mika, Alma et Tim.

André.

Luc.

Nico.

Amélie.

Mika.

Alma.

Tim.

Sa voix perce, elle lui parle, et fort pour qu'il l'entende :

— Les voilà, tous. Je te les présente, Augustin. Ce sont les tiens.

TROISIÈME PARTIE

Les siens

2021

Il pleut de la boue. Le ciel a une drôle de teinte jaune orangé. Il se souvient qu'à Saint-Palais, les gens disaient que c'était le vent du Sahara qui apportait du sable du désert. Parfois, le linge et les voitures étaient recouverts d'une fine pellicule brunâtre. Luc appelait ces journées-là les jours sépia, il essayait d'immortaliser cet étrange halo ocre mais n'y parvenait jamais vraiment. Nico ne sait pas si, ici, en Suède, le Sahara s'invite aussi, il en doute. Il n'essaiera pas de prendre de photo, il se tient sur le porche et observe le jardin, la route, les arbres. Tout lui semble irréel, comme s'il regardait le monde avec un filtre vintage. Dans la maison, Archie Shepp pleure Mama Rose. Nico fredonne avec lui. Maud revient d'une grande balade avec le chien. Ils sont tous les deux trempés jusqu'aux os ;

la grande cape imperméable de Maud ruisselle, ses bottes sont remplies d'eau. Chirac s'ébroue avant de rentrer se glisser au chaud, sur le tapis près du poêle.

— T'as vu cette lumière, c'est bizarre, hein ?

Il caresse sa joue, essuie avec son pouce les gouttes sur ses sourcils, embrasse ses lèvres.

— Je t'aime. Je n'ai pas envie de partir.

— Tu seras content une fois là-bas.

— La route sera longue. La dernière fois que je l'ai faite en voiture, j'en ai eu pour vingt-sept heures. C'était bien, l'avion…

— Tu sais que ça existe encore, ces bestioles ?

— Et toi tu connais l'état de la planète ?

Maud ne répond pas, elle incline la tête et tend les bras vers Nico pour qu'il l'aide à retirer la cape trempée. La voilà en pull, blottie contre lui.

— Quel temps de merde, quand même. Vive le mois de juin en Suède.

— Entre, beauté, je vais te préparer un chocolat chaud. J'ai même acheté du marshmallow à faire fondre dedans. Je suis pas un genre de prince, par hasard ?

— Si, carrément.

— Je vais te manquer ?

— Tu pars dix jours, Nico. Donc, non. Et heureusement, tu crois pas ?

— Ça m'aurait pas déplu que tu fasses au moins semblant de ne plus pouvoir te passer de moi.

— Tu partirais pour toujours, tu me manquerais. Mais je sais que dans dix jours, tu seras à nouveau dans mes pattes, que tu referas fondre du marshmallow dans mon lait brûlant, alors je survis. Pigé ?

Il a pigé.

Ses bagages sont déjà dans le coffre. Il a des petits cadeaux pour tout le monde, du saumon et des écrevisses congelées, de la confiture d'airelles, un gros pull vert en jacquard pour Suzanne, le maillot de l'équipe de foot de Suède pour Tim, un 33 tours de Vulfpeck pour Alma (il n'a pris aucun risque, s'est renseigné auprès de Mika), de la céramique locale pour sa sœur et Afissa. Rien pour Ève, il n'a pas eu le temps. Il lui achètera quelque chose en route, dans un magasin de station-service, une boîte de Daim ; elle adorait ça, avant. Pour son frère, il a trouvé une cassette vidéo dans un vide-grenier à Brunnby. Celle du film *Good Morning, Vietnam* avec Robin Williams, leur acteur fétiche à tous les deux. C'est un souvenir qu'il avait effacé et qui a rejailli, alors qu'il traînait sur ce stand la semaine dernière. La cassette était là, la bouille de Robin Williams, son index pointé vers lui. Il semblait dire *rappelle-toi*. Il a obéi et s'est rappelé. La dispute. Mika qui fouille sous son oreiller et met la main sur des journaux pornos. Dévale les escaliers en gloussant, et agite les images de filles à poil sous les yeux d'Ève et de Luc qui ne rient pas du tout. Mika court partout, hurlant *Mon frère se branle, mon frère se branle !* Nico renverse la pile de cassettes vidéo, attrape la préférée de Mika et en déroule le long fil noir, tire dessus, en le fixant de son air mauvais. Mika et lui ne s'étaient pas adressé la parole pendant plus d'une semaine. Il avait fallu que Luc tape du poing sur la table pour qu'ils se parlent à nouveau, pour qu'ils s'aiment à nouveau. Un cadeau à vingt couronnes suédoises, mais un cadeau parfait, après onze ans sans se voir. Il a des sandwiches dans une glacière, pour éviter d'avoir à acheter un immonde pain sec – saucisse moutarde aigre-douce sur l'autoroute en Allemagne. Des fruits. De la réglisse salée. Tout ira bien.

— Encore mal au ventre, ce matin, mon amour ? lui demande Maud, en frottant ses cheveux dans une serviette de toilette, penchée vers le feu.

— Ah oui, ça… Oui. Ça va durer jusqu'à ce que je les voie, je pense.

— C'est ta famille.

— Non, ma famille c'est toi et le chien. Et Suzette. Les autres…

— Et Alma, Tim ? Eux aussi, non ?

— Oui, t'as raison. Bon. On verra. J'ai le trac en tout cas, comme si je remontais sur scène après des années sans jouer devant du public. Ça me fera ça, sans doute, quand je serai à nouveau sur scène après la pandémie.

— Je serai là, avec toi, tout le temps.

— En miniature ? Comme le Béliard dans le livre d'Echenoz ? Sur mes épaules, à me susurrer des encouragements à l'oreille ?

Le rire de Maud éclate dans un clin d'œil.

— Oui, mais plutôt comme dans la nouvelle de Bukowski, tu te rappelles ? La sorcière qui rétrécit son mec pour s'en faire un sex-toy !

Il visualise une mini-Maud qu'il aurait dans sa poche pendant le voyage, et qu'il sortirait en cas de crise. Écarte l'idée.

— Non, t'es à peu près le contraire d'une femme-objet, tu le sais bien.

La discussion se poursuit, il attrape Maud par la taille, s'approche de son cou, presse son sexe contre elle.

— J'ai envie de toi. C'est bien, ça, de baiser, avant un long voyage ?

— J'ai mes règles. Grandes marées. Je peux rien pour toi, mon Nico. Ah, si…

Elle se met à genoux devant lui, une main s'accroche au plan de travail, l'autre caresse ses fesses et les amène à elle. Sa bouche l'accueille goulûment, elle passe sur sa queue sa langue brûlante, il gémit. Son plaisir monte par vagues, il se retire avant de jouir (Maud déteste le goût du sperme), juste à temps, dans la manche de son pull.

Il la relève, doucement, ils restent tous les deux-là, debout et chancelants, de longues minutes.

Il fait couler un café fort, le boit en regardant Maud, en passant sa main dans ses cheveux. Il retire la petite mèche de cheveux blancs qu'elle a décidé de ne plus teindre et qui cache ses yeux.

— Je t'aime et vous me manquerez, toi et ton chien qui pue.

— Poète, va.

Nico est à bord de sa voiture de location. Longtemps qu'il n'avait pas conduit une voiture aussi propre. Il fait marche arrière sans lâcher Maud et Chirac du regard. Un petit signe de la main, tout en tenant le volant et il démarre en trombe. La boue éclabousse les portières blanches. Dans deux jours, il atteindra Clamart et affrontera ce qu'il fuit depuis onze ans : l'incendie.

Quand il a un long trajet à faire seul en voiture, Nico se concocte une playlist adaptée, des musiques planantes pour la route de nuit, du rythme pour les moments de fatigue et, surtout, des chansons dont il connaît les paroles par cœur pour les hurler à tue-tête. Il vient de récupérer son véhicule après l'heure de traversée en ferry entre Rødbyhavn au Danemark et les côtes allemandes. Des mouettes géantes sont venues lui voler son sandwich alors qu'il traînait sur le ponton extérieur du bateau, malgré la tempête. Il essuie un reste de guano sur la manche de sa veste – élimée, velours gris, multiples poches – avec un kleenex mouillé de sa propre bave. La tache blanche s'étend, maintenant recouverte de morceaux de mouchoirs accrochés au tissu. Il crache dessus, frotte encore, lèche directement la manche, en vain. Le guano est récalcitrant.

— Salope de mouette, j'ai l'air de quoi maintenant ?

Il veut faire encore une centaine de kilomètres avant la pause sieste sur le bord de la route. Hésite entre un bon vieux Bowie et la chanson *Our Last Summer* dans la bande originale du film *Mamma Mia !*, finit par écouter *Saman* en boucle, un morceau hypnotique d'Ólafur Arnalds, musicien islandais découvert grâce à Maud. C'est sans doute l'air le plus mélancolique qu'ait engendré ce pays, parfaitement assorti à cette autoroute allemande noyée sous les pluies torrentielles des dernières heures. La douceur un peu gluante de *Saman* aggrave la situation : Nico a la nostalgie naturellement chevillée au corps, c'est quelque chose qui le constitue, comme un ensemble de cellules pourvu d'une structure et d'une fonction spécifiques. Il ne lutte même plus contre, la regarde grossir, parfois, jusqu'à l'implosion : il est capable de vivre le moment présent en anticipant sa future disparition et donc en le regrettant déjà.

Ce voyage jusqu'en France, long et muet, lui rappelle les trajets de nuit vers Saint-Palais. Il arrivait que sa mère monte à l'arrière avec Amélie et Mika, toujours malades en voiture et qu'il fallait soigner. Il faisait la route à la droite de son père, avec pour mission de lui indiquer la direction à prendre. Luc faisait semblant de ne pas connaître le chemin, et s'en remettait à son fils. Ils parlaient peu, quelques mots à propos de ce qui passait à la radio, chuchotés pour ne pas réveiller le reste de la famille. Nico adorait ces moments cotonneux, suspendus. Il essayait de résister à la fatigue, fixait un point sur la route en écarquillant les yeux, se donnait des petites gifles sur les joues, des deux mains, mais finissait par s'écrouler, le front calé sur la vitre froide, se réveillait quand Luc coupait le moteur, garé devant Les Diables Rouges. Ensuite son père le portait jusqu'au lit, où Nico s'endormait pour de bon, tout habillé. Luc chuchotait quelques mots qu'il entendait à peine, dors fiston, demain la mer, dors, fais de beaux rêves. C'est sa voix qui s'est effacée en premier, dans les semaines qui ont suivi l'incendie. Nico réécoutait parfois le message que son père lui avait laissé pour son anniversaire, juste pour se souvenir du timbre posé, clair, et de l'amour.

Ce soir, il voit à peine la route, des rafales de vent le déportent. Lui reste en bouche le mauvais goût de la sauce ketchup-mayonnaise, la pensée du repas avalé à bord du ferry l'écœure ; il faudra penser à vomir. À dormir et à vomir. Le mal de ventre ne passe pas, il a peur, vraiment, de les affronter. Il a répété les phrases qu'il pourrait dire, les gestes qui sonneraient juste, il s'est même entraîné à placer sa voix pour cacher ses émotions. Il se demande si Alma voudra lui parler, s'il pourra passer un doigt sur sa tempe, suivre le fil de la cicatrice ou si elle s'écartera pour ne pas qu'il la touche. Est-ce qu'elle lui a pardonné ? Il craint Ève, surtout, d'ouvrir une brèche, et que se déverse son fiel.

Il se gare entre deux camions, sur le parking d'une station-service à hauteur de Lübeck, et s'endort en quelques secondes, le visage enfoui entre ses bras posés sur le volant. Dans le rêve qui suit, immédiat, il trace la route sous une pluie de cendre.

À son réveil, il fait encore nuit, il appelle Maud pour la rassurer. Il l'imagine dehors, son imper posé sur ses épaules par-dessus son pyjama, pour la première balade de Chirac. Ou encore sous les draps chauds, repoussant le moment d'en sortir et d'affronter les seize degrés de la maison.

La radio égrène le nombre de morts, de personnes en réanimation, l'évolution des variants anglais, sud-africain, delta, la situation hors de contrôle en Inde. Le jour se lève ; le ciel encombré, d'un gris duveteux, s'éclaire un peu.

Les kilomètres et les heures défilent, il ne pense même pas à s'arrêter pour se reposer quelques minutes. Il a des fruits secs, de l'eau, il écoute un bon podcast, celui dont Mika lui a parlé récemment dans un de ses mails, « Cerno, l'anti-enquête ».

L'affaire du tueur de vieilles dames, dans les années 80, il la suit comme un polar, enchaîne les épisodes, s'émeut des rencontres que fait le journaliste. Le temps passe vite. Le tiraillement d'hier, au ventre, a disparu. Nico a moins peur, finalement, les mots de Maud creusent leur sillon.

Il est près de 16 heures quand il arrive enfin à Clamart. Il se gare dans la petite rue, à l'angle de la boulangerie.

Ses chouquettes dans un gros sac en papier, il se rue dans l'immeuble de Suzanne.

La porte de l'ascenseur s'ouvre sur un grand type à la bouille sympa, ça se voit malgré le masque, il s'écarte pour le laisser passer. Il est sûr que c'est Armand, dont sa tante lui parle tant.

Leurs regards se croisent. Armand, si c'est lui, avise le sac de viennoiseries et sourit.

— Elle va aimer ça ! Faudra lui couper en petits morceaux.

— …

Nico reste là, bras ballants. Il ne voit que les yeux de cet homme, qui le fixe, rieur.

— Ah, vous êtes l'aide-soignant ?

— Elle vous attend ! Une sacrée dame, votre grand-tante.

— On va tenter de fêter ses cent ans dignement. Merci pour tout ce que vous faites, elle vous adore.

— C'est mon métier !

— Disons que vous le faites bien.

— C'est marrant, j'ai la sensation de vous connaître tous, avec les photos sur les murs, partout. Je vous aurais reconnu, je pense, si je vous avais croisé dans la rue. Et puis, vous, vous avez un statut privilégié.

— Ah.

— Ouais, *celui qui est parti.* D'ailleurs…

— Oui ?

— Elle demande tous les jours quel temps il fait en Suède. J'ai mis la météo de Brunnby dans mes favoris sur mon téléphone, du coup.

Nico éclate de rire.

— Par contre, là, elle va vous engueuler, j'vous préviens. Quatre heures de retard et pas un coup de fil…

— Et merde.

— Allez, vous vous en sortirez ! Courage.

Ils se séparent, Nico est déjà dans l'ascenseur.

Il bloque les portes de justesse, avec son pied.

— Armand ? Vous serez là pour son anniversaire ?

— Nan, je peux pas. J'aurais bien aimé, c'est gentil. Je vais voir mes vieux à Strasbourg ce week-end. Je la ferai danser à mon retour.

Il marche vers la porte d'entrée et, sans se retourner, lève le bras, très haut, immobile et droit, pour saluer Nico.

Là-haut, la porte de Suzanne est entrouverte.

— Un drôle de mec, ton Armand. Très sympa ! Suzanne ? C'est moi !

Elle ne répond pas, l'appartement est silencieux, mais lumineux : Armand a dû aérer. Les rideaux sont tirés, il y a cette vue sur les toits de Clamart, le ciel décoloré, bleu pâle après les pluies inouïes de ces derniers jours, Nico reste de longues secondes immobile, mille souvenirs passent.

Un bruit sourd derrière lui le fait sursauter.

Elle se tient là, les deux mains posées sur un déambulateur.

— Ah. Tu n'avais pas ça, la dernière fois. Ça va ?

Il s'approche.

Son visage a rétréci, on dirait. C'est Suzanne, modèle réduit. Le teint cireux, les traits tirés. La couleur de ses yeux se perd dans les contours flous de ses paupières.

Il écarte l'appareil et la serre fort.

— En douceur, petit. J'ai les os fragiles. Tu aurais pu appeler, au moins. Je t'attendais pour le café.

Elle semble hésiter sur chaque mot, mais le regard ne trompe pas : elle est là, bien là.

— Je pensais faire la route d'une traite, et puis j'ai trouvé plus raisonnable de…

— Mais tu pouvais prévenir. C'est ce que je dis.

— Tu m'engueules ?

— Oui.

Elle s'essouffle. Il remarque de légers spasmes dans certains de ses gestes. Elle tressaille.

— Aide-moi à m'asseoir, petit.

— OK ! Un thé, ça te dit ? J'ai pris des chouquettes chez Durand.

— Armand a mis une bouteille de… cidre… au frais. Je sais que tu adores ça. Du brut.

C'est Luc qui adorait le cidre fermier. Pas lui. Mais il se tait, évidemment.

— Oui, trinquons, allez. J'irai chercher mes affaires après. Bon, j'ai fait le test et je me suis mis en quarantaine, je retire ce truc, c'est bon ? Je sais pas comment font les gens pour supporter ça, je suffoque là-dessous.

Il boit, elle trempe ses lèvres dans les bulles. Il coupe les chouquettes en tout petits morceaux, et, spontanément, porte à sa bouche les billes de sucre et les croque.

Le geste est anodin. Il ne s'est presque rien passé. Pourtant les yeux de Suzanne s'embuent.

— Quoi ?

— Ton père.

— Oui ?

— Il faisait exactement ça avec les grains de sucre. Et même…

— Et même qu'il les léchait directement sur la toile cirée des Diables. Comme ça, sur la table.

— Tu connais tes classiques.

— Tu me l'as raconté cent fois. Je crois que j'ai dû intégrer l'info et ça ressort dans ce geste que je fais sans m'en rendre compte.

Plus tard, il met de la musique, du baroque, qui leur rappelle Michèle à tous les deux.

Il aide Suzanne à se coucher, très tôt, vers 19 heures.

— Tu ne sors pas, ce soir, n'est-ce pas ?

— Ouais, je suis crevé. J'ai les cervicales en compote. Et demain, grosse journée.

— Armand a gentiment préparé la chambre du fond.

— Ah, mais il fait tout, celui-là. Merci mais je dormirai dans le salon, j'aime bien cette pièce.

— Comme ton père. Quand il dormait chez nous, il prenait son sac de couchage et s'installait, là, dans le sofa ou sur un matelas de camping.

Au-dessus de la table de nuit, un portrait de Luc. Nico détourne le regard.

Elle pose sa main sur les siennes.

— Tes marques, j'ai l'impression que ça s'accentue, non ? Autour des yeux je les remarque moins, mais sur tes mains…

— C'est normal. Tu sais, j'en ai partout. Sur le zizi et tout.

Il rit. Et immédiatement, cesse de rire. Suzanne le voit, ce revirement soudain.

— Tu appréhendes de tous les revoir ?

Haussements d'épaules.

— Oui. Enfin, pas tous. Alma et Ève. Les autres, je pense que je peux gérer. Mais elles deux, pour des raisons très différentes, je flippe.

Elle ferme les yeux.

— Tu me laisses dormir, maintenant ?

Il l'embrasse sur le front.

— Tu me raconteras pour l'enquête, les gendarmes. Tu m'as dit qu'il y avait du nouveau.

— Oh, du nouveau du siècle dernier. Demain, Nico, demain.

Il pousse la porte mais la laisse entrebâillée, quelques centimètres de lumière entre le couloir et la chambre.

— Nico ?

— Suzette ?

— Je serai là, tu sais. Je suis avec toi, je suis de ton côté. Je ne laisserai personne te…

— Me faire de mal ? Je te fais confiance. Ils n'ont qu'à bien se tenir.

Il entend un petit gloussement et rejoint le salon.

Nico s'installe dans le canapé, sous un plaid qu'il est allé chercher dans la chambre d'amis. Il préfère cette pièce encore baignée de soleil que celle du fond, sombre. Muette. Ici, tout lui parle, ici le passé est bavard et ne garde aucun secret.

Le silence est un peu lourd à son goût, sur le chemin qui les mène chez Amélie. Il ronge les ongles de la main qui ne tient pas le volant. Il a la gorge nouée, respire mal. Ce matin, Nico s'est réveillé avec ce qu'il a décrit à Suzanne comme des nœuds au bide. Mais Suzanne a insisté, elle pense qu'il est temps, grand temps, de renouer, c'est ce qu'elle a dit, renouer. Il sait bien qu'elle a raison. Et puis, il lui a promis ; il veut tenir cette promesse-là. Il se met à parler, pour combler le vide, essaie de ne pas montrer son trouble, et ça le terrasse.

La maison d'Amélie se situe au fond d'une allée qu'on n'atteint qu'à pied, dans une ville limitrophe à Clamart. Il n'y a pas de place pour se garer à proximité ; Nico tourne quelques minutes dans les petites rues alentour, en vain.

— Bon, Suzette, je dois chercher un parking plus loin. On va appeler Amélie, qu'elle vienne te récupérer, là.

— Si tu veux, petit.

Sa chaise roulante est dans le coffre, il la sort et la déplie – il s'est entraîné ce matin, sur le trottoir devant l'immeuble. Il ouvre la portière de la voiture et attrape Suzanne sous les bras, délicatement, comme si elle pouvait se briser, elle, cette force sauvage. Il tient la chaise avec son pied et guide sa tante ; elle n'est plus, entre ses mains, que déséquilibre, elle tient à peine debout, sur une ligne fragile.

Il compose le numéro de sa sœur, attend sa voix en tremblant, et quand elle est là, quand il l'entend enfin, *allô, Nico ?*, il tend l'appareil à Suzanne, le courage, sa propre voix, lui font défaut.

— Amélie, c'est moi, c'est Suzanne. Peux-tu venir me chercher au bout de l'allée, ma chérie ? Nicolas doit trouver une place ailleurs, on tourne depuis vingt minutes.

Elle raccroche.

— La voilà. Vas-y, elle sera là dans deux minutes ; on t'attendra ici, sur le trottoir.

— Sûre ?

— Que je peux rester deux minutes seule ? Oui, c'est... dans mes cordes.

Elle a réussi à le faire sourire.

— Non, que vous allez m'attendre là.

— Évidemment.

Nico remonte en voiture et démarre. Il la suit des yeux dans le rétroviseur central, Suzanne petite, assise dans son fauteuil, Suzanne toute petite, et Amélie, enfin, qui s'avance vers elle, l'embrasse sur le front, prend sa main ; il ne les lâche pas du regard, sa sœur et cette femme vieille d'un siècle qui est tout ce qui lui reste d'enfance.

Il aimerait ne rien trouver, et filer, il dirait que c'est impossible de se garer dans ce quartier ; il serait à Brunnby dans quinze heures pour reprendre sa vie où il l'a laissée. Mais, finalement, à quelques centaines de mètres, quelqu'un libère une place devant lui, il fait la manœuvre et coupe le contact.

Il attend. Certains gestes sont difficiles, ce matin. Ouvrir une porte, tendre la main, dire trois mots à une fille avec qui on a grandi. Il marche vers elles, son cœur cogne, partout, dans le cou, sous les paupières ; il se concentre sur sa respiration, avale l'air par petites bouffées. Son masque le protège un peu. Elle ne verra pas les palpitations de ses lèvres, ni le menton tremblant.

Elle est là. Elle le fixe, ardemment, comme elle sait le faire, elle le brûle. Il porte sa main à sa poitrine.

Amélie éclate de rire.

— N'en rajoute pas. Tu vas pas avoir une attaque, si ?

Il s'avance. Pose une main sur son épaule. Pas plus. Pas d'embrassades. Mais sa main appuie fort, comme s'il la tenait, tout entière, sous sa paume.

— Salut.

— Salut.

— …

— Onze ans, Nico. Tu as tenu onze ans. Tu ne vas même pas les reconnaître.

— Si, j'ai vu des photos, tout ce temps. Et…

Il l'a lâchée. Elle ne vacille pas. Il veut dire tellement de choses qu'il n'en dit aucune. Il a l'après-midi pour ça, pour demander pardon. Et pour l'entendre.

— Il y a tout le monde ?

— Mika et Afissa n'arrivent que le matin de l'anniversaire. Maman est là, et les enfants. Tu verras Damien plus tard, mon compagnon, tu sais ? Il bosse aujourd'hui.

— Oui, Suzanne m'en a parlé.

Une inspiration, profonde, et il pose les mains sur les poignées du fauteuil.

— Emmène-moi, Nico, c'est le moment maintenant, lance Suzanne, sa voix est toujours plus frêle, mais cette fois, elle l'a dit fermement. Il n'a plus le choix : il y a une allée à traverser, un jardin à franchir. Une mère, un neveu, une nièce, une cicatrice, des blessures anciennes à regarder.

— Allez.

Amélie marche devant eux, le pas presque alerte.

Sur le seuil de la porte, Nico doit soulever légèrement le fauteuil. Du pouce, il caresse la nuque de Suzanne – le petit signe qui appelle à l'aide. Les tout derniers mètres avant de les retrouver. Le vertige. Suzanne tourne la tête vers lui et envoie ce qu'elle peut d'amour, tout ce qu'elle a, d'un clignement d'yeux appuyé.

Tim passe dans le couloir, s'immobilise un instant, et le salue rapidement. Une main levée aussitôt retombée.

— Tim, viens dire bonjour à Suzanne, lui demande sa mère.

Ce grand bonhomme, cou de cygne et bras immenses, les cheveux coupés très court, presque ras, s'avance, souriant et masqué. Il se baisse vers Suzanne et lui donne un coup de coude.

— Bonjour Suzette. Stylée ta chaise.

— Tu as vu ça. Contente que ça te plaise. Tu reconnais Nicolas ?

Tim se marre :

— Impossible, j'avais quoi ? Six mois, non ?

Nico s'approche pour l'embrasser, réalise que ce sont des gestes d'avant, avant la pandémie. Recule.

— Moi, je t'aurais reconnu, je crois, Tim. Suzanne m'envoie des photos, souvent.

— Ah, cool. Ça te fait quoi, de revenir ici ?

— Je n'ai pas connu cette maison, je la découvre. À l'époque, vous viviez dans un appartement, près du bois.

Amélie prend les manteaux, propose quelque chose à boire.

— Venez dans le salon. Maman ? Ils sont là ! Tim, où est ta sœur ?

— Dans sa chambre, je crois. Elle a dit que… Non, rien.

Il s'éclipse dans la cuisine, gêné.

Ève est assise dans le canapé, un livre en main, qu'elle repose en les voyant entrer dans la pièce. Évidemment, elle ne lisait pas, pense Nico. Elle a entendu le coup de fil tout à l'heure, elle sait qu'ils sont là depuis quelques minutes, mais elle n'a pas bougé. Elle a dû lire et relire la même phrase à l'infini, elle a dû, comme lui, il en est sûr, puiser de l'air, où qu'il soit, pour ne pas fléchir, pour ne pas avoir *l'air de fléchir.* Son visage a changé – il ne s'attendait pas à ce qu'elle ait rajeuni, mais il retrouve, au cœur de ses traits affaissés, des rides, il retrouve ce qu'il aimait, et aussi ce qu'il avait du mal à aimer. Cette raideur. Ses demi-sourires. Le pincement que ça lui faisait, petit, comme la pointe d'un couteau frôlant la chair, quand elle ne le regardait pas, justement. Quand il était transparent.

Il n'ose pas avancer. La pièce est très lumineuse, les rideaux, les murs, le parquet, le piano droit, tout est blanc. Quelques taches de couleurs vives, laitue, soleil, mauve, des tableaux, des coussins, des vases, c'est assez laid, c'est joyeux, rien n'est assorti et pourtant, il sait qu'il pourrait se sentir bien, ici. Des photos et des dessins par dizaines couvrent les murs. Il aimerait qu'elle se lève, Ève, au moins. Elle ne fera pas le premier pas vers lui, il le sait, mais il voudrait qu'elle ne l'oblige pas à venir la relever. D'ailleurs il ne la touchera pas. Il y a cet alibi du virus. Il la fixe, elle soutient le regard, sans ciller. Sans laisser rien paraître.

— Depuis quand tu as ça, sur les doigts, au coin des yeux ?

Elle pose le livre et, enfin, se met debout. Elle ne sait pas quoi faire de ses bras, elle les place dans le dos, puis les noue devant. Sa bouche reste ouverte. Le haut de son corps, finalement, semble tendu vers son fils. Lui, s'ancre au sol. Incapable du moindre mouvement.

— Des années. Tu trouves ça moche ?

Suzanne et Amélie assistent à la scène, depuis l'entrée.

Il y a un drôle de silence, d'un autre genre. Pas le même que celui de la voiture, avec Suzanne, pas le même que ceux des randonnées avec Maud, c'est un silence visqueux où on n'est pas à son aise. Laineux, c'est le mot qui lui vient à l'esprit. Un silence qui l'enveloppe, dans lequel il s'accroche, se débat, prisonnier.

— Pas du tout. Je dois m'y habituer, voilà tout. J'imaginais que tu reviendrais tel que tu es parti, que tu serais le même exactement. Et puis, non. Tu as…

— Il a grossi ! lance Amélie, sans doute pour détendre un peu l'atmosphère pesante.

— Ouais. Et j'ai des taches de vitiligo qui gagnent du terrain. Toi, Ève, tu ne changes pas.

— Bon, allez, on boit quelque chose ?

Sa sœur s'agite, pousse le fauteuil de Suzanne près du canapé. Elle virevolte autour de la cuisine, branche la bouilloire.

— Café, thé ? J'ai un peu de tout, menthe, thé vert à rien, genre détox, du chaï aux épices, déca, bon café éthiopien. Alors, quoi ?

Elle a trouvé une façon de résister, elle occupe l'espace, chaque vide, chaque seconde muette.

— Amélie, tu me donnes le tournis. Viens là, dit Suzanne.

Nico ne s'est pas assis. Il lui reste quelqu'un à voir.

— Et Alma ?

— Je crois qu'elle ne veut pas te voir. Elle est dans sa chambre. C'est dur en ce moment avec elle…

— Tu lui passes tout, c'est surtout ça !

— Maman, c'est bon, n'en rajoute pas.

Ève se redresse :

— Ta fille ne met plus beaucoup les pieds au collège, elle s'enferme, elle ne fait plus de piano. Et toi, tu attends que ça passe tout seul.

— Elle est dans la révolte, en ce moment. C'est de son âge. Elle a treize ans !

— Et elle refuse de me voir, c'est ça ? insiste Nico.

— Catégoriquement. Allez, viens…

Amélie lui tend la main.

Il l'attrape, il ne s'attendait pas à ce cadeau.

La chambre d'Alma est au rez-de-chaussée, au bout d'un couloir au papier peint arraché.

— Fais pas attention, Damien est en train de tout refaire.

Devant la porte, Amélie marque un temps d'arrêt. Ils sont très proches, quelques centimètres les séparent.

— C'est à cause de moi.

— Quoi ?

— Ma fille fâchée. J'ai passé cinq ans à parler de toi avec amertume, puis cinq ans à ne plus prononcer ton prénom.

— Et la dernière année ?

— À m'habituer à le redire à haute voix. C'est con, hein ? Je m'entraînais, je t'assure, Nicolas, Nicolas, Nicolas… Je t'en veux encore.

— …

Son regard se perd, ailleurs.

— Pourtant, tu les as sauvés, tous les deux. Et je le sais bien.

Il repense à Alma sur le brancard et aux pas qu'il aurait dû faire, vers elle. Aux mots qu'il aurait dû trouver pour la réconforter. Il balaie tout.

C'est pas le moment, pense-t-il.

— On y va ?

— Si tu entres comme ça, je ne donne pas cher de ta peau.

Amélie a son sourire navré.

Elle frappe deux trois coups.

Pas de réponse.

— Alma ? Nico est là, il voudrait… enfin, il aimerait…

Il se passe quelques minutes et ils entendent le bruit du verrou qu'elle tourne. La porte reste fermée mais Alma, de cette façon, les autorise à entrer.

— Un bon début, lâche Nico, avant de l'entrebâiller.

— Bonjour Alma. Je peux ?

Il la découvre, assise sur son lit, le dos contre des coussins le long du mur. Ses jambes sont repliées, elle a enfoui ses mains dessous, inatteignable.

Il fait trois pas et attend que, d'un signe, elle lui permette de s'asseoir, peut-être, près d'elle. Il tourne la tête vers Amélie, restée au seuil de la pièce.

Elle est jolie, Alma. L'air doux de sa mère, de Luc, les cheveux blonds coupés au carré, des reflets colorés, d'un blanc presque rose. Sa cicatrice ne se voit plus, on la devine. Une trace creusée sur la tempe, rose pâle elle aussi.

— J'ai pas envie de te voir, en fait.

— Je comprends.

Voix sèche.

Visage libre.

— Et j'ai pas de masque.

Amélie approche, lui en tend un et recule.

— Je vous laisse. Alma ?

— Quoi ?

— Donne-lui sa chance.

Elle sort de la chambre en refermant derrière elle.

Les voilà seuls.

Rien n'a changé.

Le même amour, intact. Il le sent, violemment, sous le sternum, qui le pulvérise.

— Alma, je crois qu'il faut qu'on se parle.

— Ouais, ben t'as loupé plein d'occasions !

— Je n'ai pas d'excuse. Je… respectais ton choix.

— Mon quoi ? T'es sérieux ? Putain, je rêve, pire mec, franchement. Mon choix…

Elle tourne le visage et désigne la marque sur sa peau. Sans le regarder.

— En fait, je m'en fous. De toi, de tout. J'ai zéro souvenir. J'avais deux ans. On n'a pas de souvenir à deux ans. Pars.

— Non, je reste.

— Ah ben, ça te change.

— Touché.

— Tu fais ce que tu veux de ta vie. C'est ce jour-là que tu aurais dû rester et que tu t'es barré. Même pas, d'ailleurs. T'es juste pas venu vers moi. Putain, je flippais, merde. J'étais petite, j'avais mal, et peur, chaud partout mais les pieds glacés.

» J'aurais voulu que tu te bouges le cul, que tu m'accompagnes.

» Je te revois, tu sais. Quelqu'un, un pompier, un médecin, je sais pas, s'avançait vers toi avec une de leurs couvertures dorées, genre en alu. J'avais ce truc sur le nez, pour respirer, je tremblais de peur, bordel.

— On a des souvenirs à deux ans ?

— Oui, j'ai menti, parfois je préfère dire que je me souviens de rien. Le feu, j'ai oublié. J'ai oublié papy aussi. Mais la douleur sur mon front, mes oreilles, c'est là, pour toujours. Et puis toi.

Elle se tait.

Nico a les larmes aux yeux.

— Oui, voilà, c'est ça, trahie. Après je ne me rappelle rien, mais rien. Ni l'hosto, ni les pansements, j'ai vu des photos c'est tout. Mais toi, ton air perdu qui me regarde sans un geste, ce moment-là, c'est gravé.

— Alma ?

— Quoi encore ?

— Alma, je te demande pardon. Tu pourrais, tu crois, un jour, pas maintenant mais un jour, me pardonner ?

— Je pense pas, non. C'est trop tard.

— D'accord (il accuse le coup).

Plus tard, ils n'ont pas bougé d'un cil, il dit :

— Tu as continué le piano, il paraît ?

— Continué ? Ben, j'ai commencé le piano à six ans, en CP.

— Tu en as joué ce soir-là. Avec moi. Tu étais assise sur mes genoux, à écraser les touches avec tes petites mains. Et tu étais très, très mignonne.

— Ah. Tu crois qu'en sortant les violons, là, tu vas m'attendrir ?

— Absolument pas. Tu as déjà reparlé de cette soirée avec quelqu'un ?

— Un psy vers huit, neuf ans. Et maman. Mamy Ève, elle refuse. Maman, elle t'en a voulu longtemps, comme moi, de m'avoir laissée partir seule dans l'ambulance. Pour le reste, papy et tout ça, moi, je sais que c'est pas de ta faute. Tim aussi il le sait. Et maman pareil.

Enfin, elle pose ses yeux dans les siens.

Nico tressaille, un grand frisson le parcourt.

— Ça ne se voit pas, ta cicatrice.

— Tu t'attendais à pire ?

— Ça aurait pu être pire.

— Oui, on aurait pu tous cramer.

— Alma, je ne te demande pas la réciproque mais… sache que… sache que je t'aime.

— La réci-quoi ?

— La réciproque : je ne te demande pas de m'aimer en retour.

— Ah. Tant mieux.

— Mais promets-moi d'essayer de me pardonner.

Tim déboule, deux verres de cidre en main.

— Tenez, Suzanne m'a dit de vous apporter ça !

— Dégage de ma chambre, toi ! hurle Alma.

Nico tend le bras et saisit les deux verres.

— Merci, Tim. C'est gentil. On vous rejoint tout de suite.

Tim va sortir de la chambre et s'arrête.

— Euh, moi, j'ai jamais été fâché, hein. Au contraire. T'es genre… le mec qui nous a sortis des flammes, quoi. Et c'est… plutôt… cool.

— Fayot, lance Alma.

Nico, lui, déglutit et se laisse gagner par l'émotion. Il le revoit, ballotté dans ses bras, le plaid glissant sur la tête. Il ne pleurait pas, Nico le tenait si fort contre lui qu'il pouvait sentir l'odeur de la nuit sur sa peau, la sueur de bébé, la crème qu'il avait étalée sur ses joues juste avant de le coucher. Ce parfum lui revient. Il couvre le feu terrible.

— Merci Tim, ça me touche beaucoup. Vraiment.

— Et maintenant, venez. C'est galère, là-bas, sans vous.

— On arrive tout de suite.

Alma croise les bras et les remonte sous le menton.

— Tu parles, c'est facile pour Tim, tu l'as pas abandonné, lui.

— …

— Almouille ?

Personne, depuis onze ans, ne l'a appelée comme ça. Elle sursaute presque.

— Ah, non ! M'appelle pas Almouille ! C'est ridicule les trucs en ouille.

— Tu viens, on les rejoint au salon ? Suzanne, elle attend ça, nos retrouvailles, depuis longtemps.

Elle sort de son lit.

Elle est moins grande que son frère, malgré ses deux ans de plus.

Elle fait disparaître la cicatrice derrière sa mèche de cheveux roses. Et lève les yeux vers son oncle.

— C'était toi qui avais inventé ce surnom ?

— Oui, mademoiselle. Almouille et Timouille, mes…

— Tes quoi ?

— Mes deux tout-petits.

Elle est déjà dans le couloir. Il ne verra pas qu'elle pleure.

On a des souvenirs à deux ans.

Nico ne s'est jamais senti très proche de son frère. Petits, Mika et Amélie formaient une sorte d'entité, un duo indétrônable qui partageait la même chambre, la même bande d'amis dans le quartier, les mêmes chansons et répliques de séries cultes. Nico les appelait Mikaméli, surnom décliné au singulier. S'il demandait :

— Où est Mikaméli ?

Luc répondait :

— Dans sa chambre !

Et tout le monde en riait.

Nico n'a pas souffert de cette situation, préférant, toujours, la compagnie de ses copains et son statut, son *territoire* d'aîné. Depuis la mort de leur père, Mika n'a pas fait le voyage jusqu'en Suède. Il l'a évoqué plusieurs fois, mais rien ne s'est finalement concrétisé. Sa compagne et lui, journalistes tous les deux, passent leur vie entre le Rwanda, où Afissa a grandi, et la France. Nico et Mika ne se voient pas, ne s'appellent jamais, mais s'envoient, de temps en temps, des mails pour se donner des nouvelles. Ils échangent des musiques, des idées de séries ou de films. Et s'en contentent. Ils ne sont pas fâchés. Et ne se posent pas beaucoup de questions sur leur lien fraternel. Nico aurait rêvé, sans doute, d'un rapprochement après l'incendie, que Mika prenne position face aux délires d'Ève, qu'il lui dise, simplement, *ce n'est pas ta faute*. Il a attendu des signes qui ne sont pas venus et s'est habitué à chercher chez d'autres, ses potes du groupe, des collègues du lycée à Lund, un frère possible. Leurs retrouvailles n'angoissent pas Nico. Il a l'impression de l'avoir quitté la veille, et n'a ressenti ni vide ni douleur particulière pendant ses années d'exil.

Mika et Afissa arrivent de Kigali en fin de matinée. Il la connaît à peine, cette fille, il l'a croisée deux fois avant le dernier Noël. Elle venait d'entrer dans la vie de son frère quand il a fui en Suède pour s'y installer. Nico a proposé d'aller les récupérer à l'aéroport : il est presque enjoué sur le trajet vers Roissy. Aujourd'hui, les choses se passent comme il l'avait imaginé. Il attend un quart d'heure dans le hall, les yeux rivés sur la porte d'où son frère sortira bientôt – il ne ressent pas grand-chose, un vague sentiment de hâte, contenu, sans tourment. Tout à coup, ils sont là, face à lui : son petit Mika (il fait une tête de moins que tout le monde dans la famille) tenant par la main Afissa, tellement souriante, tellement enceinte.

La première chose qui vient, c'est un éclat de rire.

— Là, y a une info qui n'était pas arrivée jusqu'à moi !

— Amélie t'a pas dit ? C'est prévu pour septembre !

Le regard de Nico navigue de l'un à l'autre, il a posé maladroitement une main sur l'épaule d'Afissa. Il y a ces secondes étranges, hésitantes, où chacun se demande si on a le droit aux baisers, aux embrassades, ou si on doit se contenter, même quand on se retrouve après des années, d'un salut à bonne distance, d'un flottement timide. Mika attrape finalement le bras de son frère et l'attire à lui, leurs bustes se touchent et, d'une manière à la fois brusque et tendre, leurs fronts. Ils ne se disent rien d'autre, Afissa assiste à cette drôle de chorégraphie immobile, à mi-chemin entre le câlin et la chute, les mains s'accrochent à la nuque de l'autre, et leurs corps tournent légèrement, en équilibre instable.

— Fille ? Garçon ?

— On sait pas ! On s'en fout, nous ce qu'on veut, c'est un bébé…

— Alors, comment ça va avec ta mère et ta sœur ? demande Afissa, sur le trajet vers le parking.

— Hum… plutôt naturel avec Amélie. Plutôt crispé avec Ève. Et avec Alma, on avance pas à pas. J'ai… bon espoir.

— Tim et Alma sont de chouettes mômes, ça va le faire, te bile pas.

Ça va le faire. Te bile pas.

Deux expressions héritées de Luc.

Il aurait dit ça, exactement ça.

D'ailleurs, à une autre époque, ça aurait agacé Nico. Des phrases toutes faites, vaguement ridicules, qui maintenant l'émeuvent. Font jaillir son père, l'espace d'une seconde.

— Dis, t'as vu, cette histoire de fou, là ? On change d'arrière-grand-père !

— Suzanne devait me raconter tout ça en détails et puis, ce matin, elle était pas en forme. Justement elle m'a dit que tu m'expliquerais tout, que tu es au courant de l'évolution de l'enquête. Alors ?

— Écoute, c'est chaud. À mon avis, Suzanne a vu juste. Les flics ont retrouvé des traces de cet Augustin Samson. Des témoignages écrits de gendarmes qui ont enquêté à l'époque. Ça remonte, hein ! 1913... Le corps n'avait pas été retrouvé, pourtant il y avait eu des battues, les grottes avaient été fouillées partout dans le coin. Mais pas toutes, donc. Et là, bim. Un mec fait des travaux de rénovation et tombe sur papy.

— T'es con.

— Ben quoi ? C'est un peu ça, non ? En vrai, on n'est pas des Bérel, on est des Samson.

— Attends, on n'a pas encore de preuves de tout ça.

— Avec Suzanne, on les a contactés. J'ai eu un des gendarmes en visio depuis Kigali. Je vais profiter de mon séjour pour faire avancer les choses. Ça sera assez rapide, recherches ADN et tout le bazar.

Ils errent quelques minutes au quatrième sous-sol à la recherche de la voiture de location de Nico.

— J'ai un peu de mal à faire deux trucs à la fois, me souvenir de l'endroit où je suis garé et cette histoire de fantômes… Donc ils vont chercher le lien entre ce squelette et nous ?

— Oui, c'est le laboratoire de police scientifique qui prend ça en main, explique Afissa. Il paraît qu'une fois les prélèvements faits, ça sera assez rapide.

— On s'est renseignés avec Afi. En fait, ils forent dans l'os et…

— Hein ? Mais moi j'ai pas l'intention qu'on fore dans mes os, oh !

Mika éclate de rire :

— Nico, je te parle du squelette d'Augustin, là… Donc il récupère un morceau d'os dont ils font de la poudre.

— De la poudre d'os, sympa.

— Et c'est à partir de cette poudre qu'ils font leurs analyses.

— Il avait des frères et sœurs, Augustin ? On va peut-être gagner des cousins, on n'est pas au bout de nos surprises.

— Un frère apparemment, mort à la guerre en 17. Les pauvres parents… un fils disparu et un tombé au front, imagine.

Ils sortent du parking. Le périphérique se noie sous des pluies torrentielles.

— Putain, j'ai eu ce temps-là pendant tout le voyage depuis Brunnby. L'enfer… On va mettre des heures à rentrer. Suzanne va paniquer. Envoie un SMS à Amélie, qu'elle lui dise.

Mika s'exécute.

— Suzanne, ça la remue toute cette histoire, lance Nico. Elle a la réponse à des questions que se posait son frère, mais ça arrive trop tard. Et elle en veut à sa mère d'être partie avec ce secret.

Afissa s'est endormie à l'arrière. Sa tête penche et ballotte ; Mika tend le bras pour la redresser et essayer de la caler avec sa veste.

— T'es vachement prévenant, dis donc. J'aime bien te voir comme ça.

— Et toi, Nico, Suzanne prétend que tu as quelqu'un dans ta vie. C'est sérieux ?

— L'inverse de sérieux, justement. On se marre beaucoup. Et oui… on… s'aime et ça va durer. Je crois.

À leur arrivée, ils découvrent l'allée devant chez Amélie entièrement recouverte par les eaux. Ils la préviennent tout de suite. Nico tient les sacs de voyage dans ses bras, comme des bébés, pendant qu'Afissa cherche désespérément son imperméable dans le coffre.

Quand Amélie débarque, ses enfants la suivent de près. Ève est là aussi, elle a réussi à traîner le fauteuil de Suzanne, qui *voulait voir,* sur un semblant de rebord en béton, le long du chemin. Tim tient un grand parapluie au-dessus d'elles. Suzanne ouvre les bras, ravie. Elle tend le visage vers le ciel. Nico hurle qu'il faut la rentrer, qu'à cent ans, c'est un coup à attraper la mort. Elle répond d'un geste de la main qui veut dire *laisse-moi attraper ce que je veux, petit, et la mort pourquoi pas.*

Des trombes d'eau, les tissus qui collent à la peau, la rue George-Sand transformée en ruisseau, elle ne veut rien manquer, Suzanne. Elle a toujours aimé qu'au milieu du bien réglé, de l'habituel, quelque chose vienne tout faire déborder. Elle se souvient de cette fois-là, quand Jean et Prudence avaient continué à manger sur la terrasse immergée du restaurant. Elle leur doit cela, peut-être, elle sait accueillir l'effréné, l'incongru qui s'invite soudain. Au milieu de la route, il y a rapidement dix, quinze centimètres d'eau. Les enfants s'avancent pour aider Nico et Mika à transporter les affaires. Afissa tente de garder l'équilibre, accrochée à la voiture ; le vent, nerveux, la fait tanguer doucement. Nico s'arrête un instant et les regarde, tous, il s'émeut de les voir, là, luttant sous le déluge. Alma a retiré ses baskets, elle les tient à la main et court pieds nus, rapidement imitée par Tim. Si belle, si souriante, elle a oublié qu'elle en veut à Nico et le bouscule un peu, l'éclabousse. Elle l'entraîne dans son jeu, et les autres avec elle. Très vite, il faut rentrer se remettre à l'abri : le chemin du retour, Suzanne en tête, vieille et heureuse, ils le font en hurlant parce que la pluie redouble et que le vent les gifle.

Évidemment, ce soir, Ève fera toujours la gueule, elle séchera ses cheveux en râlant et replongera dans son livre sans attendre, évidemment il restera des plaies à vif, des secrets cachés dans la poudre d'os. Mais au moins ils auront fait ça, ils auront dansé ensemble sous l'orage.

*

La fête a lieu le lendemain midi ; Suzanne se couche de plus en plus tôt le soir. Les enfants et Amélie ont décoré le salon de guirlandes et de banderoles. Une boule à facettes, chinée récemment, asperge les murs de mille soleils. Il y a bien cent bougies – Tim a recompté plusieurs fois – sur le gâteau à étages, une pièce montée de toutes les couleurs commandées chez Durand. Damien, le compagnon d'Amélie, a annoncé par texto qu'il ne viendrait pas ; il est infirmier aux urgences et sa nuit de garde a été éprouvante. Elle râle un peu, puis se reprend, après tout, Suzanne n'aura pas un siècle tous les jours. Paola annule sa venue aussi, son train depuis Dax, où elle vit maintenant, est bloqué en gare à cause des inondations. Suzanne la rassure, lui promet que ça n'est rien, que si la vie n'est pas trop vache, elles auront d'autres occasions.

Pour cet anniversaire, elle a demandé à goûter quelque chose de nouveau, pas de plat traditionnel, rien qui puisse lui rappeler l'enfance, les vacances à Saint-Palais, ou Michèle, pas de fruits de mer, de brioche vendéenne, ni de recette héritée de Prudence.

— Je veux un goût inédit ! Ça, et du champagne, a-t-elle annoncé la veille.

Ses vœux seront respectés à la lettre.

Afissa a proposé de cuisiner un plat rwandais qu'elle maîtrise bien, l'igisafuliya. Mika et Nico ont filé au marché acheter des bananes plantains, des légumes et un bon poulet.

Ces derniers jours, elle a fermement demandé à ne pas recevoir de cadeaux.

— De l'argent foutu en l'air ! Et puis… vous êtes réunis à nouveau : j'ai tout ce que je voulais.

Amélie a insisté, en douceur, alors qu'ils étaient tous attablés pour le petit déjeuner.

— Mais quand même, un truc pour marquer le coup, non ?

— Non, je te promets, rien. J'aimerais juste tenir jusqu'aux résultats des analyses. Rendre à cet homme ce qui lui revient. Et donner à André une réponse. Lui, il a toujours eu la sensation de ne pas être à sa place, il était sûr qu'on lui mentait. Il a dû vivre avec ce vide. Oui, ça, lui dire qu'il avait raison, ce serait un sacré cadeau.

Elle s'est tue un instant, et a repris, tout bas, comme si l'air lui manquait.

— Cette fête, je veux qu'elle soit celle de nous tous, ici. Celle qui est née il y a cent ans et les autres, qui ont toute la vie devant eux. Et mes morts, ce sera leur fête aussi. Mes fantômes aimables.

— Ta mère, tu la comptes dedans ou t'es encore fâchée ? a risqué Alma.

Suzanne a fait non de la tête.

— Hum… Je la compte. Si tout ça se confirme, je devrai la pardonner pour de bon. Je finis par penser qu'elle avait ses raisons. Je ne les connais pas, je ne les connaîtrai jamais mais elles existent. Quelque part, il y a longtemps, cette femme a pensé que pour tout le monde, pour son fils, pour Jean, il valait mieux se taire, et d'ailleurs…

Mika l'a interrompue, sa tartine de miel à la main.

— Ce qu'on ne saura jamais, et ça c'est le pire, c'est ce que ce type, je veux dire Augustin, ce qu'il faisait au fond de cette grotte. Est-ce qu'il y est mort ? Est-ce que quelqu'un l'a mis là ? Est-ce que Prudence a menti aussi sur ça ?

— Peut-être que c'était pas un mec bien, qu'il la frappait ou je sais pas, qu'il lui a fait du mal, a lancé Amélie.

— Et que le secret, peut-être, c'est tout ce qu'elle a trouvé pour tenir. Pour survivre.

— Nico a raison, a dit Suzanne, elle a fait comme elle a pu. Tout le monde se débat comme il peut. On pense qu'on aura tout le temps pour se rattraper, pour tout dire. Et un jour, on s'aperçoit que le temps s'est desséché, contracté. Que c'est trop tard.

Ses mots, d'ailleurs lâchés d'une traite, sans pause, étaient pour Prudence, mais tout le monde a pensé qu'elle les disait pour Ève, Ève qui n'a pas lâché un mot pendant le petit déjeuner.

Ils ont fini le repas en silence, on entendait seulement les sons du jeu de Tim, sur le téléphone de sa mère. Alors que les enfants débarrassaient la table, Suzanne a demandé qu'on l'emmène dans sa chambre, pour se reposer avant la fête. C'était comme si la discussion l'avait éreintée. Nico s'est levé sans un mot, l'a soulevée – elle est si légère, à présent – et l'a portée jusqu'à son lit.

Suzanne a soufflé sur ses bougies, et un peu craché dessus au passage. Ensuite, elle a demandé de l'aide aux enfants qui se sont placés à ses côtés, Tim à droite, Alma à gauche, pour éteindre cent ans avec elle.

Elle est morte le lendemain matin.

Ils ne l'ont pas compris tout de suite, elle est morte en silence, alors qu'elle était là, assise dans le canapé du salon avec eux. Elle regardait sa clique tourner autour d'elle, servir l'apéro en dissertant sur l'avenir, elle est morte en souriant. D'ailleurs, ils ont cru qu'elle somnolait, Mika a même fait quelques blagues sur le champagne de la veille, qu'elle devait cuver. Nico lui a secoué le bras, plus tard, et il a senti la peau froide. L'inertie. Il n'a rien dit, l'a gardée pour lui quelques secondes, après il y aurait trop de larmes, de gestes à faire, de choses à organiser, ça deviendrait un espace où elle ne serait plus. Il a chuchoté à son oreille *je t'aime ma chère petite vieille, ça sera moins facile de vivre sans toi.* Il s'est tourné vers les autres et n'a pas eu besoin de parler. Amélie a poussé un cri, Alma a accouru de sa chambre, Afissa a fait tomber un plat en cuisine et Ève a dit, d'une voix détachée :

— Voilà, c'est fini ?

Mais ses mains tremblaient. On ne peut pas tout cacher.

Tim a insisté sur le fait que Suzanne était morte *vivante,* sa façon de dire qu'elle était au cœur de la vie, de la vie telle qu'elle l'aimait, bruyante et brouillonne, quand elle est partie.

Nico a dit :

— T'as raison, Tim. Entourée des siens, heureuse. Oui, je crois qu'elle est morte heureuse.

Elle avait laissé quelques instructions. Elle voulait être incinérée, comme l'avait fait Michèle.

Et que ses cendres soient dispersées au même endroit exactement, au pont du Diable, pour la rejoindre. Qu'il y ait de la musique baroque et des rires, des pleurs aussi, *vous gênez pas pour pleurer, mes petits, vous gênez pas, ça me fera plaisir.*

Ils ont mis du temps à trouver une date qui convienne à tout le monde, mais aujourd'hui, ils sont là, plusieurs semaines après sa mort. Nico est revenu de Suède, cette fois avec Maud et le chien.

Paola. Armand est venu aussi. Afissa a le ventre très rond, Mika le caresse sans arrêt. Ils annoncent que c'est un garçon, qu'ils hésitent pour le prénom mais qu'ils pensent à Augustin. Les autres trouvent ça joli, très joli, Amélie dit que ça lui aurait plu, à Suzanne. Ils respectent ses volontés, dans les détails, leurs rires jaillissent, aux sanglots mêlés.

À la fin, Ève prend la main de son fils, de Nico. C'est tout, pas plus, elle ne prononce pas une parole, elle ne demande pas pardon, ne s'explique pas. Elle lui prend la main, sa main aux taches blanches nageant jusqu'aux poignets, pose sa tête sur son épaule. Il la regarde du coin de l'œil, lui sourit. Il ouvre le vase de cendres et le fait danser au-dessus des vagues, pour que le vent l'emporte.

Et le vent l'emporte.

J'ai d'abord entendu ton prénom.

On travaillait sur la charpente de la mairie, Fernand et moi, j'étais assis à cheval sur la poutre centrale, les jambes dans le vide, il a dit jette un œil à celle-là, c'est Prudence, tu la connais, Prudence ? *Il a continué à parler de toi, je l'écoutais d'une oreille, mais une seulement. Tu sais, Fernand, il en disait toujours long sur les filles, les prénoms défilaient, elles défilaient : une oreille, ça suffisait pour ce qu'il avait à dire.*

Prudence.

Je n'ai pas tourné la tête ce jour-là pour te voir, j'ai cloué ce que j'avais à clouer.

Le lendemain, j'étais sur ton chemin.

On marchait dans le froid, après le boulot, on avait dans l'idée de passer du temps au bar avant de rentrer chez nous, au village. On prenait toute la place sur le trottoir, à l'angle de l'épicerie, Fernand et moi. Les garçons font ça, souvent, ils occupent l'espace. Tu arrivais en face de nous, il a dit tiens, c'est elle, Prudence, cette fois regarde-la, ça vaut le coup, pas la plus jolie mais. *La fin de sa phrase est morte sous tes pas, tu n'as pas dévié de ta route. Le menton haut, les yeux fixés sur un point, pile entre Fernand et moi, fière, on est devenus invisibles. Transparents. On s'est écartés, ton épaule a bousculé légèrement la mienne. Il était vexé, Fernand, que tu sois passée sans nous regarder, il s'est retourné et il a dit* elle est mieux de dos, elle a un cul, un de ces culs. *Je l'ai pas compris sur le moment, mais maintenant que je sais ce qui s'est passé ensuite, comme on s'est*

aimés

toi

et

moi,

je crois que j'étais déjà foutu. Tes yeux à peine entrevus. Ta façon d'avancer, vaillante. La petite odeur de tes cheveux, du lait chaud ? J'ai fait semblant de rire avec Fernand, et je suis monté dans le car pour les Sablons.

Il a fallu quelques jours pour qu'on se croise à nouveau.

Le chantier de la mairie de Gennes m'occupait du matin au soir, on prenait à peine un quart d'heure le midi pour la soupe. Ce matin-là, Fernand s'est blessé au pied, j'ai dû entrer à la pharmacie acheter une pièce de gaze pour son pansement. Tu étais là, assise sur un tabouret, derrière le long comptoir en bois sombre, tu parlais avec la femme à la caisse. J'ai caché mes mains dans mes poches, je les ai laissées là. Je ne voulais pas que tu les voies, comment deviner que, plus tard, tu les aimerais tant, que ta langue glisserait dessus.

Le pharmacien m'a servi, sa femme a pris ma monnaie.

Sa fille, j'ai compris que tu étais sa fille, n'a pas levé la tête vers moi, pas une seconde.

Sur le trottoir, une rafale de vent glacial m'a coupé le souffle, j'ai dû poser la main contre la vitrine et attendre que ça passe,

ce vertige.

Toi. Que tu passes.

J'ai filé.

Ensuite, je ne sais plus l'ordre des choses.

C'est douloureux d'y penser, depuis la terre sale, depuis le vide où je gis.

Ta voix, le premier son de toi qui m'est parvenu, ta main tendue pour que je la serre, ton prénom que tu prononces comme si tu en avais honte, après tu m'as dit que tu aurais préféré t'appeler Marie comme tout le monde, ou Violette, Reine, Blanche.

Le rendez-vous sur le chantier vide, un soir de mars et ce baiser. Il y a cette douceur, de tes lèvres, du tissu de ton manteau, et dedans, je veux dire au cœur même de la douceur, la terreur que ça ne dure pas, qu'on t'arrache à moi.

On dirait que le temps a rétréci, comme un gilet en laine qu'on a trop frotté, dont la maille se resserre.

Trois mois jusqu'au brûlant de l'été, oui la maille des jours se resserre : si j'y pense maintenant le printemps près de toi dure dix secondes. Un baiser, vingt baisers, cent baisers. On reste cachés, on ne veut de personne autour de nous. Tes parents pensent que tu révises chez une amie, ou, le soir, que tu dors. Ils ne savent pas que tu me rejoins, presque chaque nuit, que tu descends du premier étage en t'accrochant à la glycine centenaire.

Qu'on invente un royaume.

Qu'on réduit les distances entre Gennes et les Sablons.

Que ma main passe sous ton pull, que tes seins je les bois.

Un jour, tu sors notre amour de sa cachette, et tu leur dis. Ils ricanent. Tu les imites le lendemain, dans les rires et dans les pleurs aussi, tu reprends leur air de dédain et ce qu'ils ont dit ensuite un charpentier, c'est ça que tu veux pour ta vie ? Un charpentier…

Pour toi, ce qu'ils veulent, c'est Henri, qui est le fils de quelqu'un.

Moi je ne suis le fils de personne.

Tu tiens tête, évidemment que tu tiens tête, puisque tu es celle qui ne dévie pas de sa route, qui attend qu'on s'écarte pour passer, en donnant un coup d'épaule. Vous vous disputez follement. C'est ce que tu me dis, des disputes folles.

On t'oblige à voir Henri. Il est invité dans votre salon, il apporte des fleurs, des chocolats. Plus tard, sa voie est toute tracée, il sera professeur et il montera à Paris. Ses fleurs tu les jettes, ses chocolats, tu les mets dans tes poches et on les mange ensemble, plus tard, près de la rivière. Tu en as sur les dents que je lape d'un grand coup de langue pour en attraper le goût. On se baigne nus, sous l'eau la caresse de ta peau me tue.

Tu reçois des lettres d'Henri, tous les jours. Tu ne réponds jamais, tu es sûre qu'il finira par se lasser. Tu ne mens pas à tes parents ; ils insistent, parlent de ces taches blanches autour de ma bouche et sur mes mains. Ils te disent que c'est héréditaire, te demandent si, vraiment, c'est ce que tu veux pour tes enfants, un père charpentier à la chair rongée.

On continue à se voir en secret.

Dans la grange et sur les berges de la Loire.

Parfois c'est toi qui conduis le vélo et je m'agrippe à ta taille.

Parfois tu es à l'arrière, ton corps pressé contre le mien. On tremble tous les deux, je vrille de désir.

Je t'explore, je te dévore, ta main appuie sur ma tête pour que je te lèche entre les cuisses. Tu m'aimes fiévreux, soufflant sur ton sexe. Je ne bouge plus du tout, j'attends, j'attends que tu dises mon nom. On compte nos jours d'amour, je compte les jours où tu jouis.

J'aime quand tu m'appelles Augustin-Samson. Augustin-Samson je vous aime je te veux.

J'aime tes yeux noyés dans les miens quand je me glisse en toi.

Un jour, on entend du bruit dans la grange, une échelle qui tombe dans le foin ou une fourche qu'on déplace. On se lève : par une petite ouverture entre les pierres du haut mur, on le voit, lui, Henri, qui s'enfuit vers la route, les poings serrés. Tu dis tout le village sera bientôt au courant. *Et tu ris.*

Juillet s'ouvre à nous.

Il semble qu'il n'ait rien dit à personne. En tout cas tes parents baissent la garde et tu peux me rejoindre après ma journée de travail. On trouve une autre cachette, dans une cabane abandonnée. On l'appelle chez nous. *Là, on mange, on boit, on fait l'amour. On n'est pas prudents, Prudence. Il y a ce midi-là, au tout début de l'été : tu débarques sur le chantier, tu as couru. Il fait une chaleur à crever, et tu ruisselles. Ou tu pleures. Je t'entraîne vers le ruisseau d'Avort, à l'abri des regards. Moi, j'imagine un drame, qu'ils te marient de force, qu'ils t'envoient en pension. Tu marches devant moi, je t'attrape par l'épaule, je t'embrasse dans le cou, lait chaud, sueur, larmes. Tu plantes tes yeux, tu dis* je suis pleine. *Comme je dois avoir l'air d'un crétin, bras ballants à ne rien dire, tu ajoutes* je suis enceinte, *en caressant ton ventre.*

Un bébé.

Un petit nous.

On se met à rêver, évidemment qu'on le garde ! On partira loin, à Paris ! Ils ont besoin de charpentiers là-bas. Et d'institutrices.

La vie est entre nos mains, non ?

Je n'ai plus peur de rien.

Le lendemain, tu empruntes en douce à tes parents une merveille que tu appelles Vest Pocket Kodak *et on prend le car jusqu'aux Sablons. On prend la pause, maladroits, ravis, devant un Fernand qui s'improvise photographe. Il y a quelques copains avec nous, je ne sais plus. Personne ne compte. J'ai ma casquette des grands jours, toi tu as ton sourire.*

Les photographies faites ce jour-là seront toutes ratées, beaucoup trop sombres. Sauf une. Une que tu éclaires.

Toi.

Ton sourire.

Moi, j'ai bougé parce que je me marre, je suis dans le flou.

Tu regardes droit devant, ma pleine de fougue, ma pleine d'audace. Tu serres une de mes mains, ça ne se voit pas sur l'image mais je m'en souviens, l'autre main, tu l'as saisie pour la poser sur ton ventre.

Si on avait su, alors, ce qui nous poursuivait, je t'aurais prise sur mon dos et on aurait fui. À toutes jambes.

Le soir du bal, tu refuses une danse à Henri, deux danses, trois. Ses yeux sont des armes quand il me regarde. Je te fais tourner, les autres nous observent. On a trop bu, on s'en fiche, qu'ils causent, tous. Et qu'ils nous laissent. Ta robe te serre, je retire le bouton du haut. Ce qui fait que ta peau, rougie de chaleur, de désir, elle n'est que pour moi. Tu portes notre secret et je te fais danser.

À minuit, je te raccompagne chez toi.

Ce baiser, le dernier, il ne s'efface pas.

La terre du sentier, le calcaire, la poudre des parois sont passés dessus, depuis, mais rien ne l'efface. Il est dessous, intact.

Tu chuchotes quelque chose à mon oreille. Tu m'aimes, on partira bientôt.

J'ai bu trop de mauvais vin, je ne sais pas que c'est la dernière fois, je te dis juste à bientôt ma jolie. *Tu lâches mon poignet que tu serrais si fort.*

Henri m'attend à l'angle de la rue.

Il me menace. Lui aussi est saoul. Me traite de dégueulasse. Me demande si je suis contagieux, si tu as pu attraper ma maladie, toi, ma Prudence. Je déteste qu'il dise ton nom, il le salit. Il abat la première beigne. Je me débats, je frappe aussi, mais son poing cachait une pierre, lourde, et je m'écroule. Il n'y a personne autour de nous, personne pour me relever. Henri me roue de coups de pied, dans les côtes, en plein visage. J'ai le goût du sang sur la langue.

Il parle sans arrêt. Tape, tape plus fort. Il est au-dessus de moi, assis sur mon torse. Je sens le visqueux de son haleine, c'est l'alcool, c'est la haine. Et son poids, puissant, sur mes poumons. Je suffoque, je suffoque et cherche de l'air en tournant la tête, je t'appelle. Et quand il entend ton prénom, il cogne plus, il cogne encore. Écume sa rage et me fracasse. Me foudroie. Je crois que c'est là que je meurs, sous ces coups-là.

Après, je ne sais plus.

Il me traîne au fond du labyrinthe dans la roche que, petit, j'appelais la vieille cave, le serpent, oui, tout au fond, au centre de la Terre. À moins que ce soit une autre grotte, je confonds tout. Est-ce que je suis vivant ou mort, est-ce que c'était hier ou il y a un siècle.

Il m'écrase en repartant.

Le sang déjà séché sur ma peau déchirée, mes ongles arrachés, et ce drôle d'air froid qui frémit sur moi.

Toi, tu es là, encore vivante sur mes lèvres.

Pars, Prudence, il est grand temps.

Regarde bien où tu marches. Éloigne-toi du bord. Et surtout, tu m'entends ?

Surtout ne reste pas seule.

REMERCIEMENTS

Merci à Glenn Tavennec pour sa confiance.

Merci à Charlotte de Prémare pour les mots de juillet.

Merci à Clémentine, Philippe, Arnaud, Sandrine, Anne-Gaëlle, Alice, Florence et Constance.

DE LA MÊME AUTRICE
(sélection)

Chez Robert Laffont, collection R
Soleil glacé, 2020

Chez Nathan
Son héroïne, 2020
L'Été des perséides, 2020
Tu reverras ton frère, 2021
Sous ta peau, le feu, 2021

Chez Bayard
Pëppo, 2018

Chez Sarbacane
Quelqu'un qu'on aime, 2015 (J'ai lu, 2021)
Des Astres, 2019

George Sand, fille du siècle, DELCOURT, 2021
(avec Kim Consigny)
Le Plongeon, GRAND ANGLE (avec Víctor Pinel)

DANS LA MÊME COLLECTION

Jean-Charles CHAPUZET,
Le Cri de la cigogne

Antoine DOLE,
Six Pieds sur terre

Ce livre existe grâce au travail de toute une équipe.

Communication : Caroline Babulle, Sandrine Perrier-Replein, Typhaine Maison, Adélaïde Yvert.

Coordination éditoriale et administrative : Céline Poiteaux, Martine Rivierre.

Studio : Pascaline Bressan, Barbara Cassouto-Lhenry, Joël Renaudat.

Fabrication : Muriel Le Ménez, Céline Ducournau, Bernadette Cristini, Phousa Chantharath, Isabelle Goulhot, Émilie Lapan (Canada).

Correction : Emmanuelle Coppeaux, Valérie Gautheron.

Commercial, relation libraires et marketing : Laetitia Beauvillain, Alexandra Profizi, Élise Iwasinta, Morgane Rissel, Aurélie Scart, Clément Vekeman.

Cessions de droits : Isabelle Votier, Benita Edzard, Lucile Besse, Sonia Guerreiro.

Gestion : Sophie Veisseyre, Chloé Hocquet, Isabelle Déxès, Camille Douin.

Services auteurs : Viviane Ouadenni, Jean-François Rechtman, Catherine Reimbold.

Ressources humaines : Mylène Bourreau.

Juridique : Laëtitia Doré, Anaïs Rebouh, Valérie Robe, Jean-Benoît Vassogne, Julia Crosnier.

Diffusion : Aurélia Spalacci (directrice des ventes), Nadine Eugénie, Céline Pitt, Arnaud Weill, Hervé Adamczyk, Annie Bourgade, Éric Charpentier, Gilles Couillard, Sandrine Ducrocq, Élisabeth Ehlinger, Guillaume Loras, Jean-Philippe Pilloux, Philippe Maulnier, Gilles Torché, Élisabeth Gastaldo, Jean-Pierre Stephany (Belgique), Olivier Béguin (Suisse), Jean Bouchard et Marie-Ève Provost (Canada), Emmanuelle Cadot, Virginie Godet et Caroline Pan.

Ainsi qu'à toutes les équipes d'Interforum et d'Editis qui participent à la création, la diffusion et la distribution de ce livre.

Canoros Vehit Canentes

pcacmb
édition pré-presse
livres numériques

44400 Rezé

MIXTE
Papier issu de
sources responsables
FSC® C003309
FSC
www.fsc.org

L'éditeur de cet ouvrage s'engage dans une démarche
de certification FSC® qui contribue à la préservation
des forêts pour les générations futures.

Pour en savoir plus :
www.editis.com/engagement-rse/

Imprimé en France par CPI
en octobre 2021

N° d'édition : 63342/61 – N° d'impression : 2061385